Na dann, Prosit Neujahr!

Jenny Joker

Impressum

Na dann, Prosit Neujahr!
Jenny Joker

Herausgeber:
2023 © FeuerTanz-Verlag ist ein Imprint im VA-Verlag
www.feuertanz-verlag.de • kontakt@ feuertanz-verlag.de
www.va-verlag.de • info@va-verlag.de
Veronika Aretz, Vennstraße 30, 52134 Herzogenrath

Urheberrecht am Text: Jenny Joker
Lektorat: Rike Moor, www.lektorat-moor.de
Coverbilder: Shutterstock.com, Urheber © palpitation;
ifong; Iurii Kachkovskyi; Svetlyachock; Rob Wilson; natali_ploskaya

ISBN: 978-3-944824-99-4

Heiter bis Wolkig – Roman

Jenny Joker

Feuertanz-Verlag

Inhalt

Triggerwarnug

In diesem Roman geht es um Liebeskummer, Trennungs-schmerz und Selbstmordgedanken. Zudem kommen Diebe, Vergewaltiger und ein Drogenkartell vor. Diese Themen können – besonders wenn es in der eigenen Biografie Par-allelen gibt – aufwühlende Gefühlszustände und Reaktionen hervorrufen. Bitte gib auf dich acht, wenn das bei dir der Fall ist, und betrachte diese Geschichte so, wie sie gemeint ist: Humorvoll und mit einem Augenzwinkern.

Der letzte Arbeitstag

*H*eute ist ein schöner Tag zum Sterben.

Bevor sich der Wecker mit einem ihm verhassten Lied einschaltete, war Florian schon lange wach. Er spürte den Stein, der ihm schon seit Jahren auf der Brust lag und der mit jedem Tag schwerer zu werden schien. Einerseits stieg Hoffnung in ihm auf, dass der heutige Tag besser würde als alle anderen, andererseits würde er wahrscheinlich wie immer enttäuscht werden. Nein, das Schöne an einem Tag war eigentlich nur, wenn er zu Ende ging. Und am besten kam kein neuer.

Die Gedanken stieß er von sich. Mechanisch tastete er nach seiner Brille, hievte sich in die Senkrechte und schlüpfte in seine Pantoffeln. Anschließend wusch er sich und zog sich seinen Anzug an, das Jackett aber noch nicht, es konnte beim Frühstück ja schmutzig werden. In der Küche hörte er bereits seine Mutter werkeln, der Kaffeeduft drang in seine Nase und Eier hatte sie auch gebraten. Dazu aß er ein Butterbrot mit Marmelade und trank aus dem Pott, den ihm seine Mutter bereits hingestellt hatte. Zähneputzen, Schuhe anziehen und hinausgehen … Er war ein

Langweiler, das wusste er. Unfähig, sich selbst ein eigenes Zuhause aufzubauen, lebte er noch immer in seinem Elternhaus. Sein Vater war vor drei Jahren verstorben, die Mutter kochte nach wie vor für ihn und wusch seine Wäsche. Das war bequem. Am Wochenende war er nicht allein und überhaupt, er brauchte sich um fast nichts zu kümmern. Nur hin und wieder die Mülltonne auf den Gehweg stellen und abends wieder hereinziehen.

Florian seufzte, als seine Mutter ihm nachrief: „Mach's gut, mein Junge!" Eigentlich wollte er nicht so umsorgt werden, aber sie war ebenfalls allein und freute sich, wenn sie etwas für ihn tun konnte. Ohne ihn würde auch sie den Sinn ihres Lebens verlieren. Glaubte er. Jeden Abend aßen sie gemeinsam und sahen anschließend fern. Dann war der Tag schon vorbei.

Die frische Luft war eine Wohltat, doch er senkte den Kopf. Sollte jemand aus dem Fenster schauen, war er so nicht gezwungen, zu grüßen. Die Leute waren alle eigenartig, er wollte mit ihnen nichts zu tun bekommen. Besser gleich einen Bogen machen, als mit irgendwem ein Pläuschchen halten. Nein, dann kam er womöglich noch zu spät, das wäre das erste Mal in seinem Leben gewesen.

Die Bankfiliale betrat Florian mit zusammengepressten Lippen. Lilly, die mit zwei anderen Angestellten die Kunden betreute, wandte sich ab, als hätte sie ihn nicht gesehen. Hatte sie natürlich doch, das wusste er, und sie wusste, dass er es wusste. Trotzdem lag eine eisige Kälte zwischen ihnen. Warum? Er hatte zu oft gesehen, dass sie sich mitten während der Arbeitszeit die Fingernägel lackiert hatte! Wenn ein Kunde kam und das mitbekam … Nein, es war seine Pflicht gewesen, ihr Fehlverhalten seinem Chef zu melden. Seitdem wurde er von allen gemieden. Niemand ging mit ihm in der Mittagspause zum Essen oder fragte ihn bei irgendetwas um Rat. Aber nach seinem Empfinden hatte er richtig gehandelt. Sie arbeiteten hier, um ihren Kunden professionell entgegenzutreten, da durfte man sich nicht von einer solchen Seite zeigen.

Zielgenau strebte er auf seinen Platz zu. Es war eine durch hohe Plastikwände abgegrenzte Kabine, die er sein eigenes Reich nennen konnte. Natürlich lag es in der hintersten Ecke, trotzdem brauchte er es nicht mit jemand anderem zu teilen. Sein Schreibtisch und das Sideboard waren sauber und aufgeräumt, Dokumente hatte er in Schubladen verschlossen. Jetzt öffnete er sie und nahm einige Papiere heraus. Wozu eigentlich? Es war sein letzter Tag, er war gefeuert worden. Vielleicht wegen des Petzens, vielleicht auch weil er alles tat, um für seine Kunden da zu sein. Oder bemerkten sein Chef und die anderen Mitarbeiter das vielleicht gar nicht? Er war für sie unsichtbar, war es schon die letzten vierzehn Jahre lang gewesen. Heute war Silvester, der letzte Tag des Jahres und auch sein letzter im Leben. Das hatte er sich fest vorgenommen.

Sylvia schlenderte wenige Meter entfernt an ihm vorbei. Sie sah wieder mal aufreizend schön aus in ihrem bordeauxroten Kostüm, die schlanken Beine in den High Heels, eine Taille, die er vermutlich mit nur einem Arm umfassen konnte, glänzende braune Haare, die sie diesmal hochgesteckt hatte, sodass ihr langer Hals zur Geltung kam. Ein seidiger Schal verdeckte ihn zum Teil ebenso wie ihr Dekolleté – eine perfekte Frau, wie sie im Buche stand. Ausgerechnet in die hatte er sich verliebt. Natürlich wusste sie nichts davon, denn das hatte er ihr niemals gezeigt. Das wäre ja aufdringlich gewesen, und so war er eben nicht. Doch nachts verzehrte er sich nach ihr, nach ihrer Wärme, ihrem Duft und vor allem nach ihrem Lächeln. Sie verhielt sich immer aufrichtig und sanft, und er glaubte, dass sie ihn niemals gefeuert hätte, wenn sie die Chefin gewesen wäre.

Die Zeit lief schleppend langsam. Er hatte an seinem letzten Tag natürlich keine Arbeit mehr bekommen, also ging er seine früheren Kunden noch einmal durch und machte Notizen, die – falls irgendjemand sie im nächsten Jahr sehen sollte – für seinen Nachfolger vielleicht hilfreich wären. Vielleicht würden sie aber auch einfach im Müll landen. Ihm war es egal, er würde dann nichts mehr dazu sagen können.

Endlich ging es auf die Mittagszeit zu. Natürlich hatten sie heute nur bis dreizehn Uhr geöffnet. Kunden waren kaum hereingekommen, und eigentlich hätten sie die Filiale an diesem Tag schließen können. Florian seufzte innerlich, als sich seine Kollegen bereits voneinander verabschiedeten und sich einen guten Rutsch ins neue Jahr wünschten. Natürlich kam niemand zu ihm – warum auch. Sein Chef hätte es tun sollen, doch er hatte sich die Tage zwischen Weihnachten und Neujahr freigenommen. Also gab es niemanden, der ihm ein schönes weiteres Leben wünschte. Nun, das würde es ja auch nicht geben, doch er hätte es nett gefunden. So blieb es eben bei dem Abschiedsbrief, den er in der Schublade deponierte. Darin hatte er erklärt, dass es ihm leidtat und er eigentlich zur Gemeinschaft gehören wollte, es jedoch nicht geschafft hatte, gegen die Ignoranz der Kollegen anzukommen. Natürlich war das ein Vorwurf, doch er wollte nicht einfach gehen, ohne den Grund zu erklären. Niemals hätte er das den Leuten ins Gesicht sagen können, also blieb ihm nur dieser Weg übrig.

Er schloss die Schublade und ließ die kleinen Schlüssel daran hängen. Seine Tasche mit seinem Wurstbrot konnte er eigentlich stehen lassen, denn was brauchte er sie noch, es gab ja keinen weiteren Arbeitstag mehr für ihn. Und das Brot ... Sollte es doch verschimmeln. Er wusste, dass seine Mutter es gut meinte, doch manchmal fühlte er sich erdrückt. Falls sie ihn heute über sein Handy anrufen sollte, würde sie merken, dass er es zu Hause liegengelassen hatte. Absichtlich natürlich. Niemand sollte ihn bei seinem Vorhaben stören. In der heutigen Silvesternacht, wenn die Glocken zwölf schlugen und die Raketen in den Himmel schossen, würde er sich vom höchsten Gebäude Düsseldorfs stürzen. Er hatte sich schon eines ausgesucht, bei dem der Tod auch absolut sicher sein würde. Während er flog, würde es um ihn herum knallen und die Lichtershow mit Raketen und sonstiger Lasertechnik würde ihn in Szene setzen. Denn natürlich würden die Leute hinaufstarren und ihn fallen sehen. Genau 3,72 Sekunden würde er den Anblick genießen können. Der Aufschlag auf Betonplatten würde ihn sofort töten, ohne Schmerzen würde er hinübergleiten ins Nichts. An Gott, Himmel und Hölle glaubte er nicht, ein Leben nach dem Tod war ebenso lächerlich. Sein Leben würde beendet sein und Punkt.

Wer seinen Matsch hinterher fortwischte und die Knochen und alles einsammelte, brauchte ihn ebenfalls nicht zu interessieren. Leicht hatten es die Leute vom Rettungsdienst jedenfalls nicht. Er hatte mal eine sehr nette Person bei einem Einsatz beobachtet. Ihr Gesicht hatte Mitgefühl gezeigt, als sie einen Verletzten versorgte. Ob auch seine Reste in ihr etwas bewegen würden?

„Du hast doch heute deinen Letzten, nicht?"

Die sanfte Stimme riss Florian aus den Gedanken. Sein Herz pochte schneller, als er die Person an der Tür des Büros sah. Sylvia! Sie sprach mit ihm, das konnte doch nicht wahr sein! Vielleicht das dritte oder vierte Mal in den zehn Jahren, seit sie hier arbeitete, und jetzt zum Abschied? Was sollte er denn nur sagen?

„Ich finde es schade", fuhr sie fort, da er sie nur schweigend – und ein wenig panisch – anschaute. „Der Dröppelmann hätte dich nicht rauswerfen sollen. Es ist doch nur fair, Kunden eine Chance zu geben. Ich hätte genauso wie du gehandelt."

Ach, das hätte sie? Warum hatte sie das denn nicht schon vorher mal deutlich gesagt? Er rang sich ein Lächeln ab. Saß aber weiterhin an seinem leergeräumten Tisch, unfähig, mehr zu tun.

Jetzt kam sie einen Schritt auf ihn zu und hielt ihm die Hand hin. „Na ja, jedenfalls wünsche ich dir alles Gute. Ich hoffe, du kannst diese Nacht trotzdem feiern."

Er stand auf, rückte seine Brille auf der Nase zurecht und reichte ihr zögernd die Hand. Wie schmal ihre Finger waren, und so weich … mit schönen Fingernägeln, die nicht abgeknabbert waren wie seine. Schnell entzog er ihr die Hand. Das sollte sie nicht sehen, dafür schämte er sich. Ein Erwachsener, der an den Nägeln kaute? Das ging gar nicht!

„Also, einen guten Rutsch." Sie trat einen Schritt zurück. „Vielleicht sieht man sich ja mal."

Weg war sie. Florian starrte ihr nach. „Dir auch einen …", begann er, doch es kam als ein Krächzen heraus. Er räusperte sich, dann sagte er es noch einmal, doch seine Stimme wurde immer leiser. „Dir auch einen guten Rutsch."

Natürlich hatte sie ihn nicht mehr gehört. Wie blöd war er denn eigentlich? Die einzige Mitarbeiterin, die ihn in den vielen Jahren überhaupt beachtet hatte, und von ihr konnte er sich nicht einmal verabschieden?

Wütend über sich selbst riss er seinen Mantel vom Garderobenständer. Natürlich verhakte er sich und das ganze Ding kam ihm entgegen. Knallte ihm gegen den Kopf und verbog ihm die Brille. Was für ein Mist! Konnte er sich nicht ein einziges Mal wie ein ganz normaler Mann benehmen? Kein Wunder, dass er sich hasste und in diesem Leben nicht mit sich selbst klarkam.

Unentdeckt gelangte er nach draußen. Entweder waren schon alle fort oder sie hatten sich versteckt, als er aus seiner Ecke gekrochen kam. Es war ihm egal, sie konnten bleiben, wo der Pfeffer wuchs. An der kalten Luft zog er die Schultern hoch. Was sollte er denn eigentlich tun bis zum besagten Zeitpunkt? Auf jeden Fall konnte er etwas zu trinken gebrauchen. Schnaps oder so, den würde er einfach in sich hineinkippen, dann würde der Sprung einfacher sein. Ja, und eine Henkersmahlzeit durfte er sich gönnen. Warum nicht, Geld hatte er genug. Seine restlichen Ersparnisse würden nach seinem Tod an seine Mutter gehen. Für die Beerdigung hatte er bereits etwas arrangiert, eine Urne und eine Platte mit seinem Namen bestellt und eine Grabstätte mitten auf einer Wiese ausgesucht, wo hundert andere lagen. Er würde einer von vielen sein, bedeutungslos und schnell vergessen. Wenigstens musste sich seine Mutter nicht mehr um die Einzelheiten kümmern, selbst die Karten an ihre Verwandten und Bekannten waren geschrieben, die Briefe frankiert, und im Café direkt neben dem Friedhof waren Plätze für den anschließenden Leichenschmaus gebucht. Das Wort war eigentlich makaber, als wollten die Hinterbliebenen *ihn* verspeisen. Sollten sie doch, ihm war es egal.

Nur den neuen Sessel hatte er seiner Mutter nicht mehr gekauft, obwohl die Armlehnen an dem alten bereits abgewetzt waren, auch am Fußteil war der Stoff blankgescheuert. Fast sechzig Jahre war er schon im Einsatz, ein Erbstück ihrer Mutter.

Er hatte es nicht getan, was wirklich schade war, doch sein Tod war einfach zu teuer.

Knallhart auf den Tisch

Elisabeth pinselte den Braten ein, damit er innen schön zart blieb und außen knusprig wurde. Das mochte Bernd so sehr; über Jahre hinweg hatte sie dieses Essen so perfektioniert, dass sie einem Dreisternekoch durchaus das Wasser reichen konnte. Mit dem Küchentuch tupfte sie sich den Schweiß von der Stirn, der sich wegen der Hitze des Ofens gebildet hatte. Nun wandte sie sich dem Kochtopf zu. Umrühren, damit die Apfelstücke im frischen Rotkohl ziehen und den Geschmack aufnehmen konnten. Die Klöße köchelten ebenfalls lustig vor sich hin, blieb nur noch übrig, den Tisch zu decken. Bernd musste jeden Augenblick von der Vor-Silvesterfeier mit seinen Fußballfreunden zurückkommen. Sie selbst musste natürlich noch ihren Hausanzug gegen ein etwas unbequemeres Kleid tauschen. Zu dumm, dass sie dieses Jahr wieder zugenommen hatte, obwohl sie ständig irgendwelche Diäten versuchte. Heute Abend würde sie noch mal gut zuschlagen, aber ab dem neuen Jahr hieß es dann FdH. Was blieb ihr auch anderes übrig.

Die Haustür klackte laut ins Schloss, als sie sich bereits auf dem Weg ins Bad befand. Sie hasste es, wenn Bernd solch einen Krach machte, doch durch seine Arbeit am Bau hatte er für Feinheiten kein Gefühl. Ihr Ehemann machte sich auch nicht die Mühe, die Schuhe im Flur auszuziehen, er behielt sie einfach an und sie musste hinter ihm herwischen. Seit dreißig Jahren schon. So wie jetzt, als er eilig an ihr vorbeihuschte. Er grüßte sie nicht einmal.

„Was ist los?" Alarmiert schaute ihm Elisabeth nach. „Ist etwas passiert?"

„Ich gehe."

Seine Stimme war rau und dunkel, wie immer. Doch diesmal schwang etwas Heiteres in ihr mit, was nicht zu dem Satz passte, den er ausgesprochen hatte. Elisabeth schüttelte irritiert den Kopf und folgte ihm ins Schlafzimmer. Er holte die Reisetasche vom Schrank und stellte sie aufs Bett. Dann begann er, ein Wäschestück nach dem anderen dort hineinzuwerfen. Noch immer sah er sie nicht an.

„Du kannst die Kleidung doch nicht so da reinknuddeln!" Elisabeth nahm ihm das Hemd aus den Händen und legte es auf dem ordentlich gemachten Bett aus.

„Du willst mir also helfen, die Tasche zu packen?" Sein Blick war alles andere als gut, die Augenbrauen zog er hoch und grinste dabei breit. Diesmal sah er sie direkt an. „Eli, ich gehe fort. Heute noch. Ich verlasse dich. Für immer."

Einen Moment lang hielt sie inne, dann aber faltete sie das Hemd weiter ordentlich zu einem Rechteck zusammen. „Wohin gehst du denn?"

„Zu Maja."

Er pfefferte einen Pullover und einen Stapel Unterhosen in die Tasche, was Elisabeth mit Entsetzen verfolgte. Sie hielt inne, denn so konnte sie das Durcheinander nicht korrigieren.

„Du kennst sie, meine Sekretärin im Büro. Wir haben beschlossen, zusammenzuziehen."

Sie ließ die Arme sinken. Maja hatte sie ein paar Mal gesehen, wenn sie ihn in seinem Büro besucht hatte. Als Bauunternehmer hatte er ständig viel zu tun, daher war sie meist nur bis zu seiner Sekretärin gekommen. Die Frau war hübsch, ein junges Ding eben, mit falschen Wimpern und vielleicht hatte sie sich auch den Busen vergrößern lassen. Jedenfalls war damals das Fleisch aus dem V-Ausschnitt ihrer engen Bluse gequollen.

„Und ich?" Sie konnte sich nicht vorstellen, wie er mit einer solchen Frau zusammenleben konnte.

„Du kannst das Haus behalten. Die Schulden sind abbezahlt, aber für die jährliche Steuer musst du selbst aufkommen."

„Aber …" Sie schluckte, weil ihr ein dicker Kloß den Hals zuschnüren wollte. „Ich hab doch keine Arbeit."

„Dein Problem." Er sah sie nun offen an. „Glaubst du wirklich, dass ich auf Dauer mit so einer grauen Maus zusammenleben will? Sieh dich doch mal an!"

Sie schaute in den breiten Spiegel des Schlafzimmerschranks. Ja, die Frau dort hatte noch die Lockenwickler im Haar, darüber eine schützende Haube, damit die Farbe auch gut einzog. Außerdem trug sie einen Hausanzug und die fleckige Schürze, die sie immer beim Kochen anhatte. Dass sie kurz davor war, sich etwas Hübsches anzuziehen, musste er doch wissen, schließlich waren sie seit dreißig Jahren verheiratet. Anfangs waren ihre drei Kinder noch zu Silvester gekommen, doch nun waren sie über die Erdkugel verstreut und feierten mit ihren Freunden oder der eigenen Familie. Was sie absolut verstehen konnte. Mit Bernd hatte sie die

Silvesternacht meist mit einem guten Essen vor dem Fernseher verbracht.

Und das sollte es heute nicht geben?

Ihr Gesicht im Spiegel sah bleich aus, das ihres Mannes allerdings nicht. Er trug das eng sitzende Hemd, das sie eigentlich aussortiert hatte, denn wenn er sich setzte, spannte es um seinen Bauch. Längst hatte er sich einen Rettungsring angefuttert, was er auf ihre gute Küche zurückführte. Dass Maja ihn tatsächlich liebte, so, wie er war, manchmal übellaunig und herrisch … Nein, das konnte sich Elisabeth nicht vorstellen. Vielleicht war sie hinter seinem Geld her.

„Du bist eine graue Maus", wiederholte Bernd noch einmal. „Mit dir will man sich in der Öffentlichkeit nicht zeigen. Deshalb muss ich hier raus. Mach's gut!"

Mit diesen Worten schloss er den Reißverschluss seiner Reisetasche, doch da er zu viel hineingepackt hatte, quollen der Zipfel einer Unterhose und der Ärmel eines Pullis heraus. Elisabeth hob die Hand, um ihm zu helfen, doch dann zuckte sie zurück. Er wollte weg. Die Unordnung in seiner Tasche war nicht mehr ihr Problem.

Sie hörte das Trampeln auf der Treppe und sah die Spuren auf dem Teppich, die er wieder einmal hinterlassen hatte. Draußen war schmuddeliges Wetter, vielleicht war er wieder in die Pfütze vor der Haustür getreten, in der sich Dreck und Wasser sammelten. Wie oft hatte sie ihm gesagt, dass er das Pflaster neu legen sollte? Es war abgesackt und sie musste es nach jedem Regenschauer sauberkehren.

Wozu sie wegen der heutigen Vorbereitungen nicht gekommen war.

Die Haustür knallte ins Schloss, der Schrank vibrierte. Die Leere im Flur sah bedrohlich aus, trotzdem konnte sie die Augen nicht davon abwenden. Sie war allein. Ganz allein. Was war überhaupt gerade geschehen? Wieso hatte sie sich wie eine bescheuerte Kuh verhalten und nicht kapiert, was er vorhatte? Dass sie noch seine Hemden hatte falten wollen, war ja kaum zu fassen! Was sollte sie denn jetzt tun? Sie war fünfundfünfzig, hatte nach der Schule Chemielaborantin gelernt und gleich danach geheiratet. Ihre ganze Aufmerksamkeit hatte sie den Kindern und dem Haus gewidmet, hatte dafür gesorgt, dass es Bernd gemütlich hatte und hier nicht auch noch arbeiten musste. Er hatte immer betont, wie schwer die Tätigkeiten auf dem Bau waren, was sie ihm auch geglaubt hatte. Bis er schließlich selbst die Leitung übernommen hatte und seine Leute auf den Bau schickte. Von da an hatte er schlagartig zugenommen, denn viel zu oft saß er im Büro und musste den Papierkram erledigen. Elisabeth hatte das nicht gestört, denn auch sie hatte ihre schöne schlanke Figur von vor der Hochzeit längst verloren. Es war mühsam, wenig zu essen, oder wie die Ratgeber meinten, das „Richtige" zu sich zu nehmen. Also hatte sie ihr Problem damit gerechtfertigt, dass auch er nichts unternahm, um abzunehmen. Als dann ihr jüngstes Kind Daniel auszog, um seiner eigenen Wege zu gehen, hatte sie sich allerdings allein gefühlt. Von dem Zeitpunkt an hatte sie angefangen, immer mehr zu essen. Hatte sich auf die Aufgaben im Haushalt gestürzt, um ihn picobello in Ordnung zu halten, hatte den Garten in Schuss gehalten und sich um die vielen Dinge gekümmert, für die Bernd wegen seiner Arbeit keine Zeit mehr gehabt hatte.

Vielleicht aber – der Gedanke peitschte ihr durch den Kopf und ließ dabei ein lebhaftes Bild entstehen – hatte er die meiste Zeit damit verbracht, seine Sekretärin auf dem Schoß zu befummeln.

Nein, das wollte sie sich nicht vorstellen. Und doch …
War das jetzt der Dank für alles, was sie für ihn getan hatte?

Sie holte einen Lappen aus dem Bad, griff nach der Flasche Teppichreiniger und schlurfte in ihren plüschigen rosa Pantoffeln zurück ins Schlafzimmer. Wie so oft kniete sie sich nieder, um die Spuren zu beseitigen. Auf dem hellen Teppich sah man sie viel zu gut, sie sollte Bernd fragen, ob er damit einverstanden war, einen neuen und dunkleren zu kaufen. Natürlich würde er zurückkommen, denn Maja würde ihn sicher bald nicht mehr haben wollen, so egoistisch, wie er sich immer verhielt. Von vorn bis hinten hatte Elisabeth ihn bedient, und eigentlich war er doch immer zufrieden gewesen. In ihrer Yogagruppe gab es niemanden, der auch nur ansatzweise so viel für den Partner tat. So wie jetzt. Sie wischte und schrubbte, bis sie zufrieden war. Ordentlich stellte sie die Utensilien zurück ins Badezimmer, löste ihre Lockenwickler und spülte die Haare aus. Nachdem sie sie ordentlich abgerubbelt hatte, tappte sie die Treppe hinunter.

Es war still. Und leer. Nur der Backofen schob etwas heiße Luft hinaus und brummte leise. Immerhin, der Rotkohl und die Knödel waren fertig, sie drehte die Schalter auf null. Sie spürte, wie sich in ihrem Bauch etwas zusammenzog. Natürlich war es der Hunger, schließlich war das Essen so gut wie fertig. Aber eben noch nicht ganz. Doch sie brauchte jetzt etwas. Schokolade vielleicht? Ja, ganz bestimmt. Oder einen Likör. Der Schoko-Haselnuss-Likör, den sie vorgestern erst gekauft hatte. Wenn Bernd sein Bier getrunken hätte, hätte sie sich ein oder zwei Gläschen davon gegönnt. Zur Feier des Tages. Sie holte die Flasche aus dem Schrank und öffnete den Verschluss. Heute würde sie allein fernsehen. Und den leckeren Braten mit Rotkraut und Knödeln essen. Es war viel zu viel für eine Person, aber den Rest konnte sie ja einfrieren. Sie konnte machen, was sie wollte, es würde niemand da sein, der nörgelte. So brauchte sie nicht mal ein Glas, um den Likör zu trinken. Sie setzte den Flaschenhals an ihre Lippen und nahm einen Schluck. Und noch einen.

Minka mauzte. Ihre Katze, die sie schon seit fünfzehn Jahren hatte, stand vor der geschlossenen Terrassentür und blickte die Türklinke an. Wahrscheinlich musste sie mal raus. Elisabeth öffnete die Glastür und trat mit der Katze auf die Terrasse. Ein frischer Wind fuhr ihr ins Gesicht, er war kühl, aber längst nicht so kalt, wie es sich für den Tag des Jahreswechsels gehörte. Und natürlich nieselte es. Der Wind hatte ein paar Blätter auf ihre Terrasse geweht, die musste sie noch wegfegen. Sie stellte die Flasche auf dem Sideboard der Terrasse ab und griff nach dem Kehrblech am Haken …

Laut klackte die Tür hinter ihr ins Schloss.

Elisabeths Augen weiteten sich. In gebückter Stellung verharrte sie, als hätte sie damit das Unvermeidliche ändern können. Nein! Was hatte sie nur getan! Sie musste die Tür doch immer sichern, bevor sie hinausging, sonst kam sie nicht mehr ins Haus! Hektisch wirbelte sie herum. Rüttelte am Griff, doch es nützte nichts. Seitdem die neue Alarmanlage eingebaut worden war, hatte Bernd es für sicherer gehalten, wenn die Terrassentür sofort ins Schloss klackte. Zu oft hatte Elisabeth vergessen, sie abzuschließen. Vor zwei Jahren war sie nach dem Einkaufen zurückgekommen und sie hatte sperrangelweit offen gestanden, Einbrecher hatten ihre Wohnung durchwühlt und alles Wertvolle mitgenommen. Die Versicherung hatte nicht bezahlt. *Wer die Tür offen lässt, legt es darauf an, dass man Besuch bekommt*, hatte der Versicherungsfritze gesagt. Bernd war natürlich stinkwütend gewesen, war regelrecht aus der Haut gefahren. Hatte eine neue Verriegelung angebracht und sie darauf hingewiesen, dass sie vor dem Verlassen die Sperrung betätigen müsse. Oder einen Schlüssel bei sich führen, dann würde sie auch wieder reinkommen. Ganz einfach.

Nun, sie hatte weder das eine noch das andere getan.

Entgeistert starrte Elisabeth auf die Tür. Wie hatte sie nur so dumm sein und nicht daran denken können? Jetzt stand sie hier, in rosa Puschen und einem Hausanzug, der nicht warm genug für das Wetter war. War denn vielleicht irgendein Fenster offen, durch das sie einsteigen konnte? Nein, es war zu kalt, sie wusste genau, dass sie alle Fenster geschlossen hatte. Dennoch lief sie über den Rasen, um nachzusehen. Ihre Pantoffeln platschten durch das feuchte Gras. Saugten sich voll, aber darum konnte sie sich jetzt nicht kümmern. Im Haus piepte der Wecker. Der Braten musste aus der Röhre, sonst wurde er zu trocken. Jetzt musste sie sich beeilen. Wenn sie doch nur Bernd hätte anrufen können, er hatte ja noch den Hausschlüssel. Oder doch nicht? Sie musste ihn fragen. So weit weg konnte er noch nicht sein, er brauchte nur zurückkommen und ihr aufschließen, dann würde er wieder zu seiner Tussi fahren können. Ja, das war die Lösung. Sie musste zu einem der Nachbarn gehen und Bernd von dort aus anrufen.

Schnell steckte Elisabeth die Likörflasche in ihre Hosentasche, wo sie fast bis zum Hals verschwand. Dann ging sie ums Haus herum bis zum Bürgersteig. Die Straßen waren nass, das Laternenlicht glitzerte in den Pfützen. Immerhin hörte es auf zu nieseln. Bei ihrer Nachbarin zur Rechten war es dunkel, dort konnte sie außerdem nicht klingeln, denn die gute Frau war schwerhörig und lag bestimmt schon im Bett.

Auch das Haus auf der anderen Seite lag still, wie immer reiste die Familie zu Verwandten, um die Silvesternacht fröhlich mit ihnen zu verbringen. Wie oft hatte sie die Leute beneidet, so viele Freunde und Verwandte zu haben. Vor allem waren sie lustig. Bei einer Geburtstagsfeier im Garten hatte sie sie fast ununterbrochen lachen gehört. Mit Bernd gab es nie solche Treffen, außerdem hörte sich sein Lachen wirklich grauenvoll an.

In den Häusern ihr gegenüber waren die Rollos heruntergelassen, unnahbar und kalt schienen sie zu sagen: *Verschwinde.* Dennoch klingelte sie bei einer Familie, von der sie die Frau schon mal gesehen hatte. Es war merkwürdig, wie sehr sich die Zeit gewandelt hatte. Als sie selbst noch bei ihren Eltern gewohnt hatte, kannten sich die Leute mit Vornamen und tratschten miteinander auf der Straße. Die Kinder spielten draußen, und kam ein Auto herangerollt, fuhr es langsam und nahm Rücksicht. Hier in ihrer Straße sah sie kaum jemanden, nur im Sommer hörte sie, wenn jemand den Rasen mähte. Anfangs hatte sie mit ihren Kindern draußen gespielt, doch es hatten sich keine anderen dazugesellt. Selbst die Spielplätze blieben verwaist oder wurden nur von Jugendlichen beansprucht, die ihre Kippen in den Sand warfen. Nein, die Zeit hatte sich zum Schlechten gewandelt, man war auf Abstand gegangen und wollte nichts von Fremden wissen. Die meisten Bewohner waren außerdem zu alt, die Kinder aus dem Haus, doch ihre Rente reichte nicht aus, um ins Heim zu gehen. Oder selbst wenn doch – wie bei ihrer Nachbarin zur Rechten –, wollten sie es nicht. Allein aus dem Grund waren die Straßen leer, weil das Leben dahinsiechte …

Niemand öffnete, nicht einmal das kleinste Geräusch war von innen zu vernehmen. Entmutigt ging Elisabeth weiter.

Entweder war tatsächlich niemand zu Hause, oder man hatte Angst zu öffnen. Das Betteln an den Haustüren hatte in letzter Zeit zugenommen. Das war unangenehm, daher hatte Elisabeth immer ein paar Münzen neben der Haustür liegen, die sie den Leuten schnell in die Hand drückte. Vielleicht dachten die Nachbarn ja, dass sie jetzt betteln wollte? Kopfschüttelnd drehte sie um. Bei jedem Schritt spürte sie die Feuchtigkeit in ihren Hausschuhen. Hoffentlich würde sie sich nicht erkälten oder gar eine Lungenentzündung bekommen. Aber welche Wahl hatte sie denn? Zuerst Bernds Verkündung, und dann das. Und das an einem einzigen Abend.

Partylärm drang aus dem Haus am Ende der Straße, also hielt sie darauf zu. Die Bässe trommelten laut bis zum Bürgersteig, sodass sie meinte, der Boden würde vibrieren. Nun, sie brauchte ja nicht lange bleiben, schnell überwand sie den Weg vom Törchen bis zur Haustür. Ihre Hand zuckte vor zur Klingel, als die Tür aufgerissen wurde und ein völlig schwarz gekleidetes Mädchen vor ihr auftauchte. Ein junges Ding, vielleicht siebzehn Jahre alt, bekleidet mit einem dünnen und aufreizenden Oberteil, das eine Menge Haut sehen ließ. Ihre Lippen waren schwarz umrandet, was Elisabeth absolut schrecklich fand und wovon sie daher nicht den Blick abwenden konnte.

Das Gesicht des Mädchens war wütend, es erblickte Elisabeth und brüllte: *„Du kannst mich mal, du breitgetretenes Arschgesicht!"*

Einbruch

*E*s gab zwei Sorten von Menschen, so viel stand fest. *Jene*, die ihre Nase hoch trugen, die von ihren Eltern alles bekamen, was sie brauchten, nein, sogar was sie wollten, und die ihrem Umfeld sagten, was man zu tun und tunlichst zu lassen hatte. Natürlich gaben sie niemals einen Fehler zu, sondern schoben den geschickt anderen zu, ohne dass die es merkten, sich wohl aber schuldig fühlten. Dann gab es die *Anderen*, die von Anfang an vom Leben gezeichnet waren, die sich durchbissen und dankbar für die geringste Kleinigkeit waren. Die kein neustes Smartphone in der Tasche hatten, sondern das alte von ihrem Vater bekamen. Die *Anderen* wurden von *Jenen* gemieden, allenfalls wurde ihnen gezeigt, dass sie Gossenkinder waren. *Jene* der ersten Gruppe wurden ständig von Leuten gefördert, die der gleichen Gruppierung angehörten, während die *Anderen* nicht mal den Hauch einer Chance bekamen. Tanja hatte es versucht, sie hatte sich so gegeben wie *Jene*, doch sie war durchschaut und hochkant rausgeschmissen worden.

Aus diesem Grund war sie hier.

Georginas Haus war groß, war aber keine der Villen, die mit Überwachungskameras und Alarmanlage ausgestattet waren. Eingehend hatte sich Tanja informiert, denn sie musste wissen, welche Gefahren es gab, damit sie nicht einfach in eine Falle tappte. Hier war absolut nichts, nur im unteren Geschoss waren die Fenster mit Gittern vor Einbruch geschützt. Ihre Klassenkameradin gehörte zu *Jenen*, daher war es nur gerecht, wenn einer der *Anderen* sich bei ihr einmal umsah und das mitnahm, was nutzbar war. Lange genug hatte Tanja die Clique um Georgina umschwärmt, natürlich unauffällig, um herauszufinden, dass sie mit ihrer Familie Silvester auf einer Almhütte im tiefsten Schnee verbrachte. Mit dem Snowboard würde sie dort die Abhänge herunterpesen und Glühwein in einer der Berghütten trinken. Skifahren hatte sie natürlich schon mit fünf Jahren gelernt, während Tanja damals gehungert hatte, da ihre Mutter nach zu viel Alkohol nicht mehr in der Lage gewesen war, ihr ein warmes Mittagessen vorzusetzen. Lange hatte Tanja durchgehalten, bis sie eines Tages zurück in ihre Wohnung im fünften Stock gekommen war und sich dort viele Leute aufgehalten hatten. Versteckt hinter dem Wintermantel an der Garderobe hatte sie mit ansehen müssen, wie sie ihre stöhnende Mama auf einer Bahre forttrugen. Nach und nach waren die Leute verschwunden und sie blieb allein zurück. Noch gut konnte sie sich an die Einsamkeit erinnern, wie sie durch die kleine Wohnung gestromert war und aus dem Fenster gesehen hatte. Die vielen leeren Flaschen hatte sie hinausgeworfen, weil sie instinktiv gewusst hatte, dass sie der Mutter geschadet hatten. Ein paar Tage noch lebte sie allein, aber dann war jemand gekommen und hatte sie in ein Heim gebracht.

Tanja zupfte sich ihre Lederhandschuhe zurecht, mit denen sie keine Fingerabdrücke hinterließ, und holte das Werkzeug heraus, um die Balkontür im ersten Stock aufzuhebeln. Viele Menschen glaubten ja, es würde ausreichen, wenn sie ihre Vorder- und vielleicht auch die Hintertür sicherten, doch dass Einbrecher auch klettern konnten, daran verschwendeten sie keinen Gedanken. Tanja war flink und hatte im Sport die besten Noten, besonders im Bodenturnen. Und sie hatte damals schnell herausgefunden, wie sie aus dem Heim verschwinden konnte.

Sie huschte ins Zimmer und lehnte die Tür nur an. Im Falle einer Flucht durfte sie nicht klemmen, dann musste es schnell gehen. Auch wenn sie sicher war, dass niemand im Haus war … Es gab immer Nachbarn, die viel zu aufmerksam waren. Genau deshalb nutzte sie auch nicht das Licht ihres Handys, höchstens im Notfall oder wenn sie sich etwas ganz genau ansehen wollte, wie auch hier. Sie fand Georginas Zimmer schnell. Ihren Musikgeschmack hatte sie laut herumposaunt, vor allem, weil sie schon zu mehreren Konzerten diverser Bands gegangen war. Die Poster mit den Unterschriften sowie etliche Fanartikel zierten ihre Wände oder standen auf Sideboards herum, dienten einzig dem Zweck, damit anzugeben. Daher lud sie auch recht viele ihrer Freunde ein, natürlich nur *Jene*, niemals einen der *Anderen*. Ja, einen solch begehrten Gegenstand wegzunehmen, würde sie wahrscheinlich schwer treffen. Tanja hielt die Kappe eine Weile in den Händen, die angeblich mal Justin Timberlake gehört haben sollte. Sie gefiel ihr, doch tragen konnte sie sie nicht, das würde irgendwem auffallen und dann wäre sie dran. Nein, sie stahl nur das, was sie auch benutzen oder versetzen konnte, schließlich war Geld zum Überleben notwendig. Ihre Mutter hatte sie vor drei Jahren zu sich nach Hause zurückgeholt, doch sie hockte nur noch daheim und stierte teilnahmslos in die Gegend. Ein paar Mal hatte sie für Leute geputzt, doch es war wohl anstrengender gewesen, als sich daheim auf dem Sofa zu fläzen.

Tanja wandte sich um, sah sich das breite Bett an, die Gegenstände auf dem Nachttisch, und entdeckte die Playstation 5. Natürlich, vom Bett aus konnte Georgina zocken, denn genau gegenüber stand ein großer Fernseher. Zu gern hätte sie den mitgenommen, doch den konnte sie nicht vom Balkon wuchten oder zu Fuß wegschleppen. Aber die Playstation war gut, für die würde sie vielleicht vier- oder fünfhundert Mäuse bekommen, wenn sie die bei eBay einstellte. Sie packte sie in ihren Rucksack, dazu noch zwei Wireless-Controller und die passende Ladestation. Auf dem Nachtschränkchen lag die Fernbedienung, die sie ebenfalls brauchte – doch wo war die HD-Kamera? Sie konnte sich nicht vorstellen, dass Georgina sie nicht zu Weihnachten bekommen hatte! Aber da, das Headset, das für die 3D-Konsolen optimiert war, das musste noch mit. So, jetzt hatte sie alles. Natürlich würde ihre Klassenkameradin sofort merken, dass alles weg war, und wen würde sie verdächtigen? Natürlich die *Anderen*, denn *Jene* bestahlen sich nicht gegenseitig. Tanja war klar, dass sie mit zu den ersten Verdächtigen zählen würde, aber das würde nicht das erste Mal sein.

Sie verließ das Zimmer und stieg hinab in den Wohnbereich. Dass die Eltern irgendwo einen Safe hatten, war zu vermuten, aber damit hielt sich Tanja nicht auf. Einmal einen zu knacken, wäre schon toll, aber dafür musste sie in die Lehre gehen, und welcher Einbrecher nahm schon eine Siebzehnjährige unter seine Fittiche? Nein, mit jemandem zusammenzuarbeiten bedeutete auch, sich unterzuordnen.

Das wollte sie nicht, sie bestimmte selbst, was sie wann tat und wen sie bestahl. So begnügte sie sich hier unten mit einer Flasche Wein und Pralinen. Damit nichts in ihrem Rucksack klapperte, stopfte sie um die Gegenstände einen Schal, den sie an der Garderobe fand.

Wenig später platschten ihre Schritte ruhig über den regennassen Asphalt. Die Kapuze ihres Sweatshirts hatte sie bereits zurückgezogen, der prall gefüllte und schwere Rucksack schaukelte mit ihrem leichten Gang. Schon von Weitem hörte sie die dröhnende Musik, die aus einem der Einfamilienhäuser herausscholl. Gut, dass rundherum die Fenster dunkel waren, dann würden die Nachbarn sich nicht beschweren. Es gab immer welche, die selbst zu Silvester schon um zehn Uhr abends ins Bett gingen. Hoffentlich würde sie später nicht so sein. So ganz weit weg vom Leben …

Sie ging an der geschlossenen Haustür vorbei in den Garten. Adrians Eltern waren woanders auf einer Party und er hatte das Okay bekommen, ein paar Freunde einzuladen. Sie grinste, als sie die vielen Stimmen durch die offene Terrassentür hörte. Der Blick ins verrauchte Wohnzimmer zeigte ihr, dass sie richtiglag, ihre Augenbrauen schoben sich in die Höhe. Bestimmt waren dreißig oder mehr Personen gekommen, und wahrscheinlich waren noch längst nicht alle da.

„Hallo, Tanni!" Ein junger Mann winkte ihr zu. Mit seinem hautengen Ganzkörperanzug war er wie Superman gekleidet, nur dass der aus dem Film keinen so dicken Bauch hatte. „Du hast dein Kostüm vergessen! Du weißt doch …"

Tanja winkte ab. Kostümpartys fand sie einfach lächerlich, doch Adrian hatte sich nicht überzeugen lassen. „Hi, Jonas.

Ich bin als Einbrecherin verkleidet, das siehst du doch. Und das hier ist meine Beute." Sie nahm den Rucksack ab und holte die Flasche Wein und die Pralinen heraus.

Jonas nahm beides entgegen und lachte. „Ich kenne keinen Einbrecher, der *so etwas* stiehlt."

Tanja zuckte lächelnd die Schultern. „Vielleicht ist die große Beute ja noch im Sack?" Sie stellte ihn in einer Ecke ab und fischte ihr Smartphone aus der Hosentasche. „Mist – schon wieder leer! Die Akkus halten auch nicht mehr so lange wie früher."

Jonas hielt ihr seine offene Hand hin. „Ich kann es in der Küche aufladen. Da liegt auch mein Handy."

Sie reichte es ihm. Ein wenig verlegen war sie schon, da es bereits mehrere Jahre alt war, doch sie hatte kein Geld für ein neues. „Und wo finde ich Adrian? Lass mich raten, er ist als Jack Sparrow verkleidet."

Jonas verzog sein Gesicht. „Woher du das schon wieder weißt ... Ich meine, ich hab ihn vorhin nach oben gehen sehen. Schau doch einfach mal nach. Gib mir vorher deine Jacke, ich hänge sie in die Garderobe."

Tanja reichte sie ihm und bahnte sich einen Weg durch die Menge. Einige Leute rauchten, daher hatte man vorsorglich die Rauchmelder abgenommen. Niemand wollte bei der Kälte nach draußen ins schmuddelige Wetter, auch wenn ein Pavillon mit Lampions aufgebaut war. Die Musik dröhnte, der Geruch von Bier drang in ihre Nase, als sie die Stufen nach oben nahm. Adrian wohnte noch bei seinen Eltern, aber sobald er die Lehre in der Schlosserei beendet hatte, wollte er sich eine Wohnung suchen. Ob sie dann noch seine Freundin war ...? Sie wusste es nicht. Niemand hatte es je länger als zwei Monate mit ihr ausgehalten,

Gründe gab es da viele. Wahrscheinlich kamen die meisten Jungs nicht mit ihr zurecht, weil sie spontan war – und sie tat auch mal etwas, was verboten war. Das machte ja wohl am meisten Spaß.

Sie öffnete zuerst die Tür zu Adrians Zimmer, doch es war leer. Die Badezimmertür war angelehnt und darin war es dunkel. Dort war er also auch nicht. Warum gesellte er sich eigentlich nicht zu seinen Gästen? Da, Stimmen. Eine Frau und ein Mann, im Zimmer seiner Eltern. Jetzt wurde sie neugierig und stieß die Tür vorsichtig auf. In dem Moment kreischte die Frau. Es war Clara, ihre beste Freundin. Die sich gerade auf Adrian warf. Beide fielen rücklings aufs Bett, Adrian lachte. Sagte etwas, was Tanja nicht verstand. Aber ihr dämmerte, dass die beiden mehr vorhatten, als nur freundschaftlich abzuhängen. Ihr Herz wummerte, sie bekam keine Luft. Schlagartig wurde ihr klar, dass ihr Freund es mit ihrer besten Freundin trieb! Vor ihren Augen! Sie konnte es nicht fassen, sie hatte das Gefühl, ihr Kopf würde gleich platzen. Und ihr Herz sowieso.

„Das macht ihr also, wenn ich weg bin?“ Tanjas Stimme klang schrill, bestimmt übertönte sie die Musik von unten. *„Dann weiß ich jetzt, was ich von euch beiden halten soll! Arschlöcher, alle beide!“*

Die Wut in ihr brodelte wie ein Vulkan, sie bekam kaum noch Luft. Der Drang, alles kurz und klein zu schlagen, war übermächtig, sie wehrte sich nicht dagegen. Zuerst schmetterte sie sämtliche Sachen vom Schminktisch direkt neben der Tür, sodass Nagellacke, Puderdöschen und sonstige Schönheitsutensilien im hohen Bogen durch den Raum flogen. Auf einer anderen Kommode lagen Bücher, dicke Wälzer mit Lesezeichen zwischen den Seiten. Sie nahm das oberste und warf es Adrian an den Kopf. Derweil schob der Clara zur Seite und versuchte, aufzustehen. Mit seiner Linken wehrte er das fliegende Geschoss ab. Es landete mit offenen und geknickten Seiten auf dem Boden. Das zweite Buch traf ihre Freundin. Clara hatte allerdings schon die Arme hochgerissen, um ihr Gesicht zu schützen.

„Tanja, warte!" Adrian streckte die Hand aus, um sie zu bremsen. „Du missverstehst da was! Lass es mich erklären …"

„Was gibt es da zu erklären?" Sie brüllte, so laut sie konnte. Hätte am liebsten noch die Kommode umgeworfen, doch sie war zu schwer. Ihr blieb nur, die Tür hinter sich zuzuknallen und so schnell wie möglich von dort zu verschwinden.

Sie stürzte die Treppe hinunter. Einige der Gäste sahen überrascht zu ihr, aber sie quatschten weiter, als wäre nichts gewesen. Gut so, sie brauchte auch niemanden, der ihr jetzt irgendetwas vorlog, dass alles gut werden würde oder so einen Scheiß. Nein, gerade eben war genau das passiert, was sie immer erlebt hatte: Noch nie hatte sie sich auf jemanden verlassen können. Weder auf ihre Mutter noch auf ihre Freundin. Und jetzt auch noch Adrian. Er gehörte also ebenfalls zu dem Pack der Lügner. Sie hätte es wissen müssen.

Jonas schien etwas geahnt zu haben, er hielt sie im Flur auf. Packte sie am Arm und versuchte, sie aufzuhalten. Doch sie wollte nicht. Die Wut war zu groß und sie wusste nur eines: Sie bekam keine Luft mehr, musste hier raus. Egal wie. Mit einem Fußtritt gegen das Schienbein konnte sie sich von dem übergewichtigen Superman befreien.

„Lass uns reden!", hörte sie Adrians Stimme von oben.

Das war das Letzte, was sie wollte. Und alle Anwesenden sollten wissen, was er verbrochen hatte. Wissen, dass er ein

Mistkerl war, der glaubte, sich an allem bedienen zu können. Mit Tränen in den Augen riss sie die Haustür auf und schrie, so laut sie konnte: *„Du kannst mich mal, du breitgetretenes Arschgesicht!"*

Als sie die drei Stufen auf den Weg zum Gartentor hinabspringen wollte, sah sie in das knittrige Gesicht einer dicken Frau im Schlafanzug und mit rosa Plüschpantoffeln an den Füßen.

Überfall

*D*ie Stadt war voll und unruhig. Menschen hetzten umher, einige wollten sich noch mit Böllern und Raketen eindecken, anderen fiel anscheinend ein, dass sie doch zu wenig Käse für das Raclette gekauft hatten, oder sie bekamen Panik, dass ihr Besuch mit der Auswahl an Speisen nicht zufrieden sein würde. Oder warum kaufte man am letzten Tag des Jahres kurz vor Ladenschluss noch ein? Offen waren die Lebensmittelgeschäfte noch bis sechzehn Uhr, aber es sah so aus, als würden Irre in die Läden stürmen.

Florian war der Trubel zu viel. Menschenmengen hatte er nie gemocht. Sie stießen und schubsten ihn auch heute in Richtungen, in die er eigentlich nicht wollte. In einem Bekleidungsgeschäft stand er mehrere Minuten vor einer mit Schafwolle gefütterten Jacke, die ihm gut gefiel. Sollte er sie kaufen? Aber wozu, wenn es sein letzter Tag war? In einer warmen Jacke sterben, wäre das nicht besser als in diesem dünnen Mantel, der schon mindestens zehn Jahre alt war? Würden die Leute vielleicht denken, wenn sie ihn tot in der neuen Jacke sahen, dass er irgendwelche krummen Bankgeschäfte gemacht hatte und erwischt worden war?

Dreihundertvierundzwanzig-neunzig war viel Geld, so viel hatte er noch nie für ein Kleidungsstück ausgegeben.

Er ging zurück, um die Jacke besser zu betrachten. Schob sich die Brille zurecht, legte den Kopf schief. Ein Mann mit Hut drängte an ihm vorbei, auf der anderen Seite eine Frau, die ein plärrendes Kind an der Hand hinter sich herzog. Jemand trat ihm gegen sein Schienbein, und schon wurde er von drei jungen Burschen zur Seite gedrängt. Weg von der Jacke, weg von der Entscheidung. Wie gut. Dann sollte es wohl so sein. Florian überließ sich dem Strom, bis er eine Nische fand. Immerhin war es warm in dem Geschäft, doch die erste Durchsage kam, dass in zehn Minuten geschlossen wurde.

Mit hochgezogenen Schultern trat er wieder in die kalte Luft hinaus. Er entschied sich, dass sein Magen zuerst etwas Leckeres zu Essen brauchte, bevor er Schnaps in sich hineinkippen und er nachher so betrunken sein würde, dass er vielleicht vergaß, sich umzubringen. Das wäre voll peinlich, nach Hause zurückzukehren und seine Mutter weinend über dem Abschiedsbrief vorzufinden. Vielleicht würde sie auch nicht weinen, was wusste er schon, wie es in ihrem Innern aussah. Reden taten sie nicht über Gefühle, man lebte einfach nur nebeneinanderher und das war's.

Also Essen. Er musste sich eingestehen, dass er noch nie ein Restaurant aufgesucht hatte, da es viel zu teuer war und seine Mutter ja auch gut kochte. *Geld verschwenden*, hatte sie immer gesagt, *das brauchen wir nicht*. Bis auf das eine Mal, als er mit den anderen Bankangestellten zum Vietnamesen gegangen war. Da hatte es ihm richtig lecker geschmeckt, es war mal etwas anderes als sonst gewesen. Doch Florian wusste, dass es dort immer voll war und er besonders heute einen Tisch hätte reservieren müssen. Natürlich konnte er sich eine Mahlzeit zusammenstellen lassen und mitnehmen. Bei dem Gedanken daran fröstelte ihm. Wo sollte er dann essen? Es war hier draußen viel zu kalt. Nein, er musste sich irgendwo hinsetzen und sich bedienen lassen. Am letzten Tag seines Lebens war das richtig so.

Also schlenderte er eine belebte Straße entlang. In den Innenstädten mochte es zwar genügend Anbieter geben, doch meistens handelte es sich um Imbissbuden oder überfüllte Schnellrestaurants, und darauf hatte er wenig Lust. Mit seinem Handy hätte er sofort etwas ausfindig gemacht, doch das lag ja zu Hause. Etwas außerhalb würde er sicher einen Gasthof oder ein Restaurant finden, er musste eben nur ein bisschen laufen.

Das Erste, was er entdeckte, war eine Kneipe. Dort bekam man zwar kleine Imbisse, doch er brauchte etwas Deftiges. Danach fand er ein Café, das sowieso gleich schloss, dann ein kleines Wirtshaus, aus dem fröhliches Stimmengewirr zu hören war. Sich jetzt in die Menge hineinzuquetschen und von schnatternden Leuten umgeben zu sein, konnte er sich absolut nicht vorstellen. Nein, es musste ruhig und gediegen sein, etwas für Leute, die auch ein bisschen mehr Geld ausgaben. Zu blöd, dass er sich nicht so gut auskannte. Jemanden fragen, das traute er sich nicht. Was mochte derjenige dann von ihm denken?

Vor ihm zur Linken tauchte ein Schnellrestaurant auf. Dahinter nur noch Wohnhäuser und keine Leuchtreklamen mehr. Anscheinend war hier Schluss, er musste den ganzen Weg zurückgehen. Nun ja, dann würde er wohl oder übel doch einen Burger und Fritten essen, Hauptsache, er kam aus dem Nieselregen raus und hatte es warm. Sein Mantel war viel zu dünn, nicht für lange Spaziergänge geeignet. Aber wozu brauchte er einen dickeren, wenn er bisher nur fünfzehn Minuten bis zur Arbeit gebraucht hatte?

Unsicher stapfte er auf die hell beleuchtete Eingangstür zu. Würde er sich innen überhaupt zurechtfinden? Natürlich, er war ja nicht blöd. Warum hatte er nur dauernd diese Angst im Kopf. Auch das würde sich in wenigen Stunden von selbst erledigen und er wäre endlich befreit von all dem Übel … Entschlossen stieß er die Tür auf. Der Raum war voller Menschen, das laute Gequatsche wie eine Wand, die er kaum durchdringen konnte. Sein erster Reflex war, umzudrehen und zurück in die befreiende Kälte zu fliehen. Aber hinter ihm kamen mehr Gäste, die ihn ungeduldig weiterschoben, sie hatten kein Erbarmen. Dies war nicht das, was er sich für seine letzte Mahlzeit vorgestellt hatte. Aber der Hunger war groß, viel zu lange war er in der Kälte herumgelaufen, ohne Ziel und ohne Mut. Jetzt war er hier und jetzt würde er sich der neuen Situation stellen. Ein letztes Mal. War das nicht auch befreiend?

Florian sah sich die elektronische Tafel an, auf der die Gerichte abgebildet waren. Er nahm das Erste, was einigermaßen gut aussah, dazu eine große Cola und eine heiße Apfeltasche als Nachtisch. Das alles bekam er auf einem Tablett, das er durch die engen Gänge balancierte. Überall saßen Leute, meist mit zwei oder drei Kindern. Das Gequake war hier besonders groß, ständig zankten sie sich. Konnten die nicht einfach zu Hause bleiben? Endlich entdeckte er einen Platz. Auf der anderen Seite des Tisches saß jemand.

„Darf ich mich dazusetzen?", fragte er höflich.

Der Mann biss gerade in seinen doppelten Burger und schaute auf. Mayonnaise quoll zwischen den Brötchenhälften heraus, kleckerte auf seine Hand und schließlich auf den Tisch. „Nein", brummte er.

Florians Mundwinkel schossen nach unten. Einem solchen Typ gegenübersitzen wollte er ja auch nicht, das würde ihm den Appetit vermiesen. Er rückte seine Brille zurecht, murmelte „Tschuldigung" und drängte sich weiter durch die Menge. Irgendwann würde bestimmt ein Platz frei werden, er musste nur warten. Oder er stellte sein Tablett an der Ecke ab, wo die Behälter mit Servietten und die Strohhalme aufbewahrt wurden. Dort kam zwar jeder vorbei, aber es schien besser zu sein als blöd herumzustehen und zu merken, wie das Essen mit jeder Minute kälter wurde. Vorsichtig packte er seinen Burger aus dem Papier aus.

Jemand rempelte ihn an. Dann eine böse Stimme: „He, pass doch auf, du Blödmann!"

Irritiert drehte sich Florian um. Zwei Männer standen dicht hinter ihm. „Rück dein Handy und dein Geld raus", knurrte ihn der eine plötzlich an. Der Geruch aus seinem Mund ließ Florian würgen. „Und keinen Mucks, sonst sticht mein Kumpel dich ab."

Von der anderen Seite wurde er von dem zweiten Gauner bedrängt und es fühlte sich an, als würde der ihm etwas Spitzes in die Seite drücken. Jemand ging an seine Gesäßtasche und zog das Portemonnaie heraus.

„Wo ist dein Handy?", fragte der Mann vor ihm.

„Ha-hab k-k-keins", würgte Florian hervor. Gerne hätte er sich die Brille auf der Nase hochgeschoben, doch das hätten die beiden Typen vielleicht falsch gedeutet. Da spürte er die Spitze stärker in seiner Seite. Es tat weh!

Die Augen des Mannes vor ihm wurden schmal und wütend. „Lüg nicht! Jeder hat ein Telefon, also …?"

„Ha-ha-hab's zu Ha-hause ver-g-gessen", stammelte Florian. Er spürte, wie er abgetastet wurde. Und das mitten in einem Restaurant! Sollte er schreien? Wer würde ihm dann zu Hilfe eilen? Vielleicht der Typ an dem Tisch, an dem noch ein Platz frei war? Stark genug wäre er …

Der Mann mit dem stinkenden Atem kam näher und packte ihn am Kragen. „Pass auf, Bürschchen, wir lassen dich jetzt leben, aber wenn wir mitbekommen, dass du hier irgendeinen Terz machst und uns jemanden hinterherhetzt, dann kannst du dir sicher sein, dass deine letzte Stunde geschlagen hat! Hast du das verstanden?"

Florian hätte am liebsten aufgelacht, doch das fiese Grinsen des Kerls vor ihm ließ ihn schwer schlucken. Grob wurde er gegen den Tresen gestoßen. Sein Portemonnaie – natürlich ohne Bargeld – wurde auf die Ablage geknallt. Er konnte sehen, wie die beiden Gauner durch die Tür nach draußen huschten, in einen Wagen einstiegen und mit quietschenden Reifen davonbrausten.

Starr vor Schreck verharrte er auf der Stelle. Dann – endlich! – rückte er seine Brille zurecht. Man hatte ihn beraubt! An seinem letzten Tag in seinem beschissenen Leben hatte man ihm ohne Probleme das Geld aus seinem Portemonnaie gestohlen. Die EC-Karten und alles andere hatten die Diebe ihm gelassen, doch das Fach mit den Scheinen war gähnend leer. Niemand um ihn herum hatte es bemerkt, und er selbst hatte keinen Pieps von sich gegeben. Hätte er nicht um Hilfe rufen sollen? Vielleicht hätte der Typ hinter ihm mit dem Messer zugestoßen. Wäre das nicht egal gewesen? Er wollte doch sowieso sterben. In dieser grausamen Welt gab es nichts, was ihn hielt, es gab keine Liebe, sondern nur Hass und Neid aufeinander. Er hatte recht, wenn er dem ein

Ende setzte. Von all dem konnte er sich befreien und dieser schrecklichen Welt endlich den Rücken kehren.

Angewidert starrte er auf das Essen. Es war bereits kalt, und appetitlich sah es auch nicht aus. Ohne es wegzuräumen, drehte er sich um und verließ das Schnellrestaurant. Den Kopf gesenkt, steuerte er auf eine Bushaltestelle zu. Dort konnte er sich wenigstens setzen und war vor dem Nieselregen geschützt. Jetzt musste er erst mal nachdenken, wie er die restlichen Stunden seines Lebens verbringen wollte.

Nur mal telefonieren

Das schwarz gekleidete Mädchen machte einen Satz vor, blieb aber abrupt stehen, sonst wäre sie mit Elisabeth zusammengestoßen. Ihre glitzernden Augen verengten sich noch mehr.

„Und du", fauchte das Mädchen, „stehst mitten im Weg! Was willst du?"

Vor Schreck über die harte Ausdrucksweise in sich erstarrt, tat Elisabeth einen Schritt zur Seite. Wut, vor allem aber Tränen, standen in den Augen der jungen Frau. Dabei waren es sehr schöne Augen, von einem klaren Grün mit einer dunklen Umrandung.

Elisabeth schluckte, dann beeilte sie sich zu sagen: „Ich hab mich ausgesperrt und muss mal dringend telefonieren."

Das Mädchen zeigte mit dem Daumen über ihre Schulter. „Drinnen liegt irgendwo das Telefon – wirst es schon finden." Dann stiefelte sie an ihr vorbei.

Verdattert sah Elisabeth ihr nach. Da drehte sich die Schwarzhaarige doch noch mal um. „Schöne Verkleidung übrigens. Passt perfekt – eine graue Maus, die von ihrem Macker sitzengelassen wurde."

Fassungslos versuchte Elisabeth zu schlucken. Woher konnte das Mädchen das so genau wissen?

Ein junger Mann kämpfte sich durch den mit Menschen vollgestopften Flur und erschien in der Tür. Er war wie ein Pirat gekleidet, mit langen Ohrringen, Kopftuch und einer Augenklappe. „Tanja – bitte!", rief er nun. „Stell dich doch nicht so an!"

„Natürlich nicht, du schwanzgesteuertes Kleinhirn!", fauchte sie zurück. Längst hatte sie den Bürgersteig erreicht und war am Zaun entlanggestiefelt. „Entweder sie oder ich! Das hättest du dir früher überlegen müssen!"

„Aber Tanja …" Er versuchte es noch einmal, doch das Mädchen war bereits von der Hecke des nächsten Hauses verdeckt. Er ließ seine Hand mit einer schwarzen Jacke sinken. „Es war nicht so, wie du denkst …", murmelte er noch.

Elisabeth räusperte sich. „Wenn ich so was höre, denke ich, dass ich in einem schlechten Film gelandet bin und der Mann kein Gehirn hat."

Aufgeschreckt starrte der Pirat sie an. Offensichtlich hatte er nicht bemerkt, dass Elisabeth Zeugin ihrer Auseinandersetzung gewesen war. „Aber … wir sind nicht … in einem Film", stotterte er.

„Ja, eben."

Nun schien er noch verwirrter zu sein, vielleicht hatte er aber auch schon zu viel getrunken, sodass er nicht mehr klar denken konnte. „Äh – schön, dass du da bist", stammelte er. Und schob dann etwas unsicher hinterher: „Tolles Kostüm."

„Ich bin hier nicht eingeladen", erklärte Elisabeth nun langsam und deutlich. „Ich habe mich zu Hause …"

„Macht nichts, geh doch einfach rein. Dir muss doch kalt sein. Drinnen kannst du dich mit einem Drink aufwärmen."

Und schon sprang er die Stufen hinab und lief dem Mädchen nach. „Tanja, du hast deine Jacke vergessen! Du solltest dir wenigstens was überziehen …"

Elisabeth zuckte mit den Schultern. Kalt war ihr wirklich, außerdem musste sie jetzt endlich anrufen, damit Bernd zurückkam und den Braten im Ofen rettete. Sonst würde er zu trocken und ungenießbar werden. Sie stieß die Tür weiter auf. Wummernde Musik dröhnte ihr entgegen, laut und grässlich, die Wände vibrierten. Wie konnte man so etwas schön finden? Der Bass suchte den Weg über den Boden in ihre Beine und donnerte schließlich in ihrem Herz, das gefühlt doppelt so schnell schlug wie sonst. Ein verkleideter Sultan kam ihr entgegen, kichernd, denn in einem Arm hielt er eine fast nackte Suleika, die nur mit hauchdünnen transparenten Tüchern bedeckt war. Wo war Elisabeth hier nur hingeraten? Inzwischen hatte sie eine Vorhalle zum Wohnzimmer erreicht. Schön sah es hier aus, natürlich abgesehen von den Leuten. Auf jeden Fall war hier eine Party im Gange, bei der man sich verkleiden sollte. Oder eine Orgie, denn sie entdeckte weitere leicht bekleidete Mädchen und junge Männer mit nacktem und tätowiertem Oberkörper.

Egal, sie wollte ja nichts weiter als telefonieren. Irgendwo mussten die Leute doch einen Apparat haben.

„Was trinken?", brüllte ihr jemand entgegen.

Die Frau trug eine Abwandlung des typischen Outfits einer Kellnerin, wie Elisabeth es aus diversen alten Filmen kannte. Nur war alles etwas aufreizender gestaltet: Lange, in Netzstümpfe verpackte Beine, kurzes Röckchen, unter dem die Pobacken herausquollen, ein bauchfreies Oberteil, bei dem die Brust zusammengepresst wurde, sodass der Busen sich hervorwölbte. Die blonde, gelockte Perücke unterstrich die Wirkung noch, und der knallrot geschminkte Mund wiederholte nun die Frage.

Elisabeth nahm sich ein Sektglas vom Tablett. „Ich muss telefonieren", brüllte sie, um die Lautstärke – Musik konnte man das niemals nennen – zu übertönen.

Die Kellnerin zuckte mit den Schultern, sah sich um, dann fischte sie ihr eigenes Handy aus der Handtasche. „Hier – brauchst nur tippen."

Elisabeth betrachtete den rechteckigen dünnen Gegenstand mit gerunzelter Stirn. Sie hatte noch nie ein Handy benutzt, wozu auch? Den ganzen Tag war sie zu Hause, und wenn sie einkaufen ging, brauchte sie niemandem von den derzeitigen Sonderangeboten berichten. Wie sollte sie bloß damit umgehen?

Die Frau lachte und schien sich ihrer Unbeholfenheit bewusst zu sein. Sie nahm ihr das Handy ab, wischte über den Bildschirm und rief irgendetwas auf, sodass Elisabeth nur noch die Zahlen zu tippen brauchte. Was sie dann auch tat. Bernds Nummer kannte sie auswendig, da er häufig unterwegs war.

„Jetzt grün drücken?", schrie sie der Frau entgegen, um die hämmernden Bässe zu übertönen.

Die nickte ungläubig. Dennoch traute Elisabeth dem Ganzen nicht. Sie hatte das Sektglas in der Linken, das unhandliche Ding in der Rechten. Es war viel zu dünn, rutschte ihr fast aus den Händen. Wie ungeschickt! Die Frau schaute jetzt etwas skeptisch, sagte aber nichts. Schnell den Sekt hintergekippt – da, hörte Elisabeth eine Stimme? Die Musik wummerte weiter.

„Hallo?", rief sie laut, und noch einmal: „Hallo? Hallo?"

Es war zu laut. Sie war sich sicher, dass sich jemand gemeldet hatte, wahrscheinlich Bernd. Vielleicht hörte er sie, dann brauchte sie nur zu reden.

„Bernd – wenn du es bist", schrie sie in das Ding hinein, „dann komm sofort zurück! Ich habe mich ausgeschlossen und der Braten ist im Ofen …"

Sie hörte leise Worte. Was sagte er? „Du kannst … Arsch lecken … musst selbst …"

Dann nichts mehr. Verwundert schaute Elisabeth auf das Display. Mist, sie hatte das Handy verkehrt herum gehalten und ihn deshalb nicht hören können. Wie aus weiter Ferne war die Stimme gekommen. Sollte sie noch einmal anrufen? Nein, er hatte ihr unmissverständlich gesagt, was er davon hielt. Entschuldigend versuchte sie zu lächeln, doch die Kellnerin nahm ihr das Telefon aus der Hand und steckte es zurück in ihr Handtäschchen. Bevor sie in der wild tanzenden Menge verschwand, nahm sich Elisabeth noch ein neues Glas Sekt. Wenn sie Silvester schon allein verbringen musste, dann wenigstens nicht nüchtern.

Was sollte sie jetzt tun? Sofern sie Bernd richtig verstanden hatte, würde er nicht kommen. Dann musste sie den Schlüsseldienst anrufen, der konnte ihr die Haustür aufschließen. Ob sie die Kellnerin noch einmal fragen sollte? In der Menge der Leute, die sich eher hektisch als sinnlich zur Musik bewegten, schien das unmöglich. Außerdem musste sie an dem knutschenden Paar vorbei, und der Junge hatte seine Hände schon in die knatschenge Hose des Mädchens gesteckt … Nein, hier wollte sie keine Sekunde länger bleiben.

Sie drehte sich um und stieß mit dem jungen Mann zusammen, der vorhin der wütenden Schwarzhaarigen nachgelaufen war. „Gehst du raus?", fragte er. Als sie nickte, drückte er ihr die Jacke der jungen Frau in die Hand. „Kannst du das Tanja geben? Die hockt die Straße hoch auf einer Mauer und schmollt. Bei der Kälte holt sie sich den Tod."

Überrascht beäugte Elisabeth ihn. Er war besorgt um sie – wie lieb war denn das? Lächelnd nahm sie die Jacke und nickte ihm zu. Dann sah sie einen dicken Mantel an der Garderobe hängen. Ob sie sich den ausleihen konnte? Sie drehte sich wieder dem Piraten zu, um ihn zu fragen, doch der war bereits fortgesegelt. Dann eben nicht, sonst glaubte noch jemand, sie würde ihn stehlen. Dabei wollte sie ihn ja nur ausleihen, vielleicht für eine halbe Stunde oder so. Wahrscheinlich würde der Besitzer es ja nicht einmal merken.

Seufzend verließ sie das Haus. Eine bittere Kälte schlug ihr ins Gesicht und kroch augenblicklich an ihren Beinen hoch. Auch die Arme hatten bereits eine Gänsehaut. Klar, es war Dezember, und sie war für diese Jahreszeit nicht richtig angezogen. Schnell schnappte sie sich doch noch den Mantel und blickte entschuldigend in die Menge der Menschen. Niemand beachtete sie, daher schüttelte sie den Kopf und sah sich den Mantel genauer an. Ein Knopf am Revers sah anders aus als die anderen, er war viel größer und dicker. Ansprüche wollte Elisabeth jetzt keine stellen, aber wenn das ihr Mantel gewesen wäre, hätte sie damit nicht herumlaufen wollen.

Jetzt aber schnell, mahnte sie sich. Schließlich musste sie dem Mädchen die Jacke bringen und sich dann auf den Weg machen, um den Ersatzschlüssel bei ihrem Vater zu holen. Bestimmt war sie in einer knappen Stunde wieder zurück.

Die Enten-Oma

Fünf Minuten zuvor hatte Tanja natürlich gewusst, dass die Flucht nach draußen dumm war. Sie hatte sofort gespürt, wie sich die Kälte durch ihre Klamotten fraß und ihr eine Gänsehaut auf Armen, Beinen und der Kopfhaut bescherte. Doch ihre Wut war zu groß gewesen. Adrian hatte sie mit ihrer besten Freundin betrügen wollen, das konnte sie so schnell nicht verdauen.

„Tanja, bitte!"

Sie hörte seine Stimme. Ihre Schritte stoppten und sie drehte sich um, die Arme eng um den Leib geschlungen, um die Kälte wenigstens dort fernzuhalten.

„Was willst du?", fauchte sie.

„Ich möchte mich entschuldigen." Seine Stimme klang sanft, wenn auch ein bisschen verzweifelt. „Es ist wirklich nicht so, wie du denkst …"

„Ach nein? Und was ich gesehen habe, ist nichts?" Ihre Stimme überschlug sich. Langsam kam er auf sie zu. Ihr Herz raste. Entweder vor abgrundtiefem Hass oder vor Sehnsucht. Sie wusste es nicht. Nur berühren durfte er sie jetzt nicht, das würde sie nicht ertragen. „Bleib weg, ich will dich nicht sehen!"

„Ich hab deine Jacke. Du holst dir noch den Tod.“

Tanja schnaubte. „Na und?“

Sie sank auf die nahe gelegene Mauer eines Grundstücks und entdeckte eine ziemlich zerdrückte Zigarettenpackung im Gebüsch. Ob da noch eine drin war? Die konnte sie jetzt wirklich gut gebrauchen, ihre Nerven flatterten. Und es war arschkalt.

„Tanja, ich will doch nur mit dir reden.“

Wieder diese Stimme, so zerbrechlich und sanft. In die sie sich verliebt hatte. Dabei hätte sie so verzweifelt klingen müssen. Aber sie konnte nicht anders, sie musste ihn schmoren lassen. Er hatte ihr schließlich etwas angetan.

„Verschwinde!“, fauchte sie. „Sonst schreie ich.“

Adrian schaute sie noch eine Weile an, dann strich er sich mit der freien Hand über den Arm. Offenbar war auch ihm kalt. Nicht nur ihm, aber das schien er nicht zu realisieren. Dann drehte er sich um und eilte zurück.

Tanja starrte ihm nach. Er ging tatsächlich, damit hatte sie nicht gerechnet. Er hätte wenigstens versuchen sollen, sie zu trösten. Ihr zu erklären, was sie vorhin gesehen hatte. Und ihr eine dumme Ausrede aufzutischen. Hauptsache irgendwas … Vielleicht hätte sie ihm verziehen – jetzt noch nicht, das war eindeutig zu früh –, aber später. Vielleicht wäre sie um Mitternacht, wenn die Raketen in den Himmel schossen und er ihr seine Liebe beteuerte, weich geworden. Und nun? Er hatte alles vermasselt. Nicht mal die Jacke hatte er ihr gegeben, denn die hätte sie jetzt liebend gern gehabt.

Mit zittrigen Händen schnappte sie sich die zerbeulte Packung. Tatsächlich, eine Kippe war noch drin, zwar mitten durchgebrochen, aber für sie war das wie ein Geschenk zu Weihnachten. Mit steifen Händen holte sie das Feuerzeug aus ihrer Hosentasche, das sie immer mit sich führte. Oft genug konnte sie Leuten, mit denen sie sich unterhielt, eine Zigarette abluchsen, und als Dank spendete sie die kleine Flamme. Es war Grund genug, immer eines bei sich zu haben.

Das Schnipsen des Zünders mit gefrorenen Fingern war nicht leicht, aber dann gelang es ihr, den Stummel anzuzünden. Was sollte sie jetzt tun? Nach Hause zu ihrer Mutter konnte sie nicht, sie ertrug die Verzweiflung nicht, die dort in der Luft hing. Zurück ins Haus … da würde sie sich die Blöße geben und Adrian musste denken, sie würde nachgeben. Wahrscheinlich rechnete er damit, wartete vielleicht schon an der Haustür mit einem Lachen, das sagte: *Wusste ich's doch …*

Tanja blickte kurz auf. Die seltsame Olle, die aussah, als hätte ihr Macker sie auf die Straße gesetzt, watschelte den Bürgersteig entlang wie eine Enten-Oma. Sie hatte ihre Jacke in der Hand, das sah sie gleich. Ob Adrian sie beauftragt hatte? Aber ausgerechnet so eine, der das Verlieren ins Gesicht geschrieben stand? Vielleicht glaubte er ja, zwei Verlierer würden sich gegenseitig stützen …

„Dein Freund meint, du solltest …“, begann die Frau, kaum dass sie einen Schritt vor ihr stand.

Tanja machte ein Geräusch, das sie selbst an einen bissigen Affen erinnerte. „Er ist nicht mein Freund“, keifte sie. „Ich hab keinen mehr.“

„Er macht sich aber Sorgen um dich.“ Die Enten-Oma prüfte die Mauer mit ihrer Hand, ob sie kalt oder feucht war. Schließlich schien es ihr egal zu sein und sie setzte sich. „Mein Mann und ich, wir waren mal auf einem Grillabend. Es war Sommer, aber am Abend zog kalter Wind auf. Ich fror erbärmlich, hielt mich nur noch am Grill auf und war später so verräuchert, dass ich den Gestank am nächsten Tag kaum aus der Wäsche bekam. Als wir nach Hause fuhren, sah ich, dass mein Mann eine Jacke anhatte. Ich hab gefragt, wo er die her hatte. Da hat er nur mit den Schultern gezuckt und gesagt: Mir war kalt, also hab ich sie zu Hause geholt. Als ich wissen wollte, warum er mir keine mitgebracht hätte, meinte er nur, dass ich ihm das hätte sagen müssen."

Die Frau schwieg. Tanja fragte sich, warum eine Wildfremde ihr eigentlich ihre Geschichte erzählte.

„Was ich damit meine", fuhr die Omi fort, „der junge Mann ist besorgt um dich. Was er auch angestellt hat, du bist ihm wichtig, denn sonst wäre es ihm egal, wenn du dich erkältest."

„Ach ja?", fauchte Tanja und sah der Frau direkt in die Augen. Sie waren ungeschminkt – was sonst? – und ringsum waren Falten. „Er wollte gerade meine beste Freundin ficken. Meinst du echt, das ist in Ordnung?"

„Oh."

Klar, darauf wusste die Omi neben ihr anscheinend auch keine Antwort. Tanja schnaubte trotzdem, nahm ihr die Jacke aus der Hand und zog sie sich über. „Eben. Adrian hätte am liebsten uns beide im Bett. Gleichzeitig. Ist ein perverses Arsch…"

„Bitte nicht solche Ausdrücke!", fuhr die Alte dazwischen und hielt sich die Ohren zu.

Tanja verstummte. Dass ihre Beziehung ausgerechnet heute ein Ende nahm, war echt zu viel. Damit hätte sie niemals gerechnet, es hatte sich nicht nach einem Ende angefühlt. Plötzlich rannen ihr Tränen aus den Augen, die Schultern bebten. Sie griff nach der Kette, die er ihr zum siebzehnten

Geburtstag geschenkt hatte. Ein kleines Herz mit drei winzigen Steinchen. Dass sie echt waren, glaubte sie nicht, doch das war egal. Sie erinnerte sich an den Augenblick, als er ihr die Kette um den Hals gelegt hatte. Ihr Herz hatte laut in ihrer Brust gepocht, im Bauch hatte es geflattert. „Ich liebe ihn trotzdem. Wenn diese blöde Fotze nicht wäre …"

„Deine beste Freundin ist eine Fotze?", fragte die Frau.

Tanjas Augen blitzten auf. Anscheinend wusste die Omi nicht einmal, was das Wort bedeutete. Von welchem Stern kam die denn? „Und ob", sagte Tanja pampig und starrte ihre Gesprächspartnerin feindselig an. „Dieses verlogene Miststück! Wenn ich die in die Finger krieg', werd' ich sie …"

„Solltest du erst mal mit ihr reden." Die Omi unterbrach sie erneut, während sie aufstand und sich die Arme um den Bauch schlang. „Geh besser zurück. Ich muss jetzt auch los, denn mir ist kalt. Ich hab mich aus meinem Haus ausgesperrt und muss schnell einen Ersatzschlüssel besorgen. Ich hab einen Braten in der Röhre, der vertrocknet sonst."

Da musste Tanja losprusten und auf den recht mächtigen Bauch der Frau schauen. „Du hast einen Braten in der Röhre?"

Sie zog die Augenbrauen hoch und starrte Tanja an. Auch hier wusste sie anscheinend nicht, dass es dafür noch eine andere Bedeutung gab. Aber es schien ihr egal zu sein.

„Ich muss weiter", murmelte die Omi.

Tanja schaute zu ihr auf. „Wohin musst du denn?"

„Bei meinem Vater müsste ein Ersatzschlüssel liegen. Den haben wir zwar vor mindestens zwanzig Jahren da deponiert, aber den hole ich mir jetzt. Bestimmt sitzt er allein in seiner Wohnung und schaut fern, wie er es Silvester immer macht. Er ist schon über neunzig und sein Gehör ist auch nicht das Beste, deshalb nützt auch kein Anruf. Wenn ich für ihn einkaufe, nehme ich immer das Fahrrad. Das jetzt in meiner abgeschlossenen Garage steht. Also muss ich zu Fuß zu ihm. Fünf Kilometer, da werde ich sicher mehr als eine Stunde unterwegs sein …"

Tanja schnaubte. „Dann kannst du deinen Braten sowieso vergessen."

Die Omi schaute sie an, dann zuckte sie mit den Schultern und schlurfte los in ihren rosa Plüschpantoffeln, den Mantel enger um sich gezogen. Sie holte etwas aus einer Tasche hervor. Das war eindeutig Schnaps oder Likör! Setzte die Flasche an den Mund und nahm einen großen Schluck.

Genau das konnte Tanja jetzt brauchen. Sie sprang auf und lief ihr nach. „Kann ich auch was haben?"

Die Omi schaute sie an. „Wie alt bist du denn? Bestimmt noch keine achtzehn …"

Als ob sie erst dann harte Sachen trinken durfte … Sie hatte die ersten gemixten Säfte mit zwölf getrunken. „Och bitte!", bettelte Tanja trotzdem. „In zwei Monaten werde ich volljährig."

„Okay", sagte sie. „*Dann* bekommst du was."

„Menno!"

Es war klar, die Omi war nicht auf dem neusten Stand. Vielleicht hatte sie nicht einmal Kinder, sonst hätte sie gewusst, dass die Jugend heute reifer war als früher. Und trotzdem war es gut, jetzt nicht allein zu sein. Jemanden an der Seite zu haben, der auch sein Päckchen zu tragen hatte. Der anders war als sie selbst. Alles war besser, als zu Adrian zurückzukehren. Jetzt jedenfalls noch.

„Kann ich mitkommen?" Tanja wartete keine Antwort ab, sondern lief neben ihr her.

Überrascht schaute die Frau sie an. „Du willst mit mir …?"
Dann zuckte sie mit den Schultern. „Klar, komm mit. Ist nur
ein langer Fußmarsch. Ich heiße übrigens Elisabeth."

Die beiden ungleichen Frauen überquerten eine größere
Straße, ohne nach rechts und links zu schauen. Dieser Vor-
ort von Düsseldorf war wie ausgestorben, kein Auto weit
und breit zu sehen. Alles feierte. Die meisten Häuser waren
von Weihnachten noch geschmückt. Nur noch wenige Stunden und es war Mitternacht.

Drei torkelnde Männer kamen ihnen entgegen. Der eine
groß und schlank, der zweite klein und glatzköpfig, dafür
hatte er einen dichten Vollbart, und der dritte sah in seiner
giftgrünen Jacke so kräftig aus, als würde er die Hälfte seiner
Zeit im Fitnessstudio verbringen. Dass die drei nicht wortlos
an ihnen vorbeigehen würden, war Tanja sofort klar. Aber es
war ihr egal, sie war jetzt nicht mehr allein. Mit dieser komischen Omi an ihrer Seite fiel sie längst nicht so auf.

„Komm, wir gehen auf die andere Seite", flüsterte Elisabeth.

Also hatte sie Angst. Dabei würden solche Typen wie die
drei vor ihnen sie nicht einmal anblicken. Es sei denn, sie
hatten *echt viel* Alkohol und Drogen intus, dann würde selbst
Elisabeth Probleme bekommen. Sollte sie doch schauen, wie
sie klarkam, Tanja würde jedenfalls das Weite suchen.

„Sie kommen ebenfalls rüber!"

Die Stimme der Omi klang panisch, das Lachen der drei
Männer siegessicher. Die Typen hatten tatsächlich etwas
vor, brauchten anscheinend ein kleines Abenteuer. Wie
Tanja solche Leute hasste! Von der Sorte kannte sie genug,
einzeln waren es arme Würstchen, aber zusammen fühlten sie sich stark. Bis auf den Bodybuilder, der konnte auch
allein seinen Mann stehen. Und sie wahrscheinlich schnell

und ausdauernd verfolgen, sollte sie versuchen, durch die Gärten der meist freistehenden Einfamilienhäuser zu entkommen.

Tanja schnaubte laut durch die Nase. „Kannst du rennen?"

Die Omi drehte sich entsetzt zu ihr um. „Mit diesen Latschen? Wohl kaum."

Ja, das hatte sie sich schon gedacht. „Aber zutreten kannst du. In die Eier, das ist immer wirkungsvoll."

„So was mache ich nicht!"

Ihre Stimme klang entsetzt. Wenn die Kerle sie erst festhielten, würde sie ihre Meinung sicher ändern. Nur noch wenige Schritte waren die Typen entfernt. Jetzt lösten sie sich voneinander, der Kleine kam von vorn auf sie zu, der Lange hielt sich seitlich und der Kraftprotz schien ihnen den Weg zurück abschneiden zu wollen.

„Aber die Flasche kannst du ihnen auf den Kopf schlagen", flüsterte Tanja. „Lass sie uns vorher leeren …"

„Bist du bescheuert?" Der Blick der Omi war wie ein Schlag ins Gesicht. „Ich verletze doch keine Menschen!"

Dann waren sie heran. Tanja studierte die grinsenden Gesichter des Großen und des Glatzkopfs, sah das gierige Flackern in ihren Augen. Sie wollten etwas, aber was? Ein kleines Abenteuer vielleicht, bei dem sie die Hauptrolle spielen sollte …? In solchen Situationen hatte sie sich früher immer zeitig versteckt, und genau das hätte sie längst tun sollen. Weglaufen, einen anderen Weg gab es nicht.

Elisabeth musste stehen bleiben, denn der Große versperrte ihr den Weg. „Gebt her, was ihr in den Taschen habt!", schnauzte er sie an.

Prompt zog die Omi die halbvolle Flasche aus ihrer Tasche und hielt sie ihm mit gestreckter Hand hin. „Prost!", sagte sie mit einem Knurren in der Stimme. „Lass mir auch noch was übrig.“

Der Kerl schlug ihre Hand beiseite und machte ein Geräusch, das an das Gurgeln eines verstopften Abflussrohres erinnerte. „Handy, Geld oder was auch immer ihr dabeihabt! Und dein Likör ist was für alte Tanten“, schnauzte er. Tastete dabei Elisabeths Taschen ab, die hörbar Luft einsog. „Scheiße – nichts! Nicht mal Kleingeld.“

Einen Moment lang glaubte Tanja, die Omi würde dem Kerl doch noch die Flasche auf den Schädel hauen, aber sie nahm nur einen kräftigen Schluck daraus und watschelte weiter, als wäre nichts gewesen.

Tanja war ebenfalls stehen geblieben, denn der Glatzkopf bedrohte sie von der Seite und der Bodybuilder kam von hinten, was ihre Chance auf eine Flucht verhinderte. Neben ihr war eine hohe Hecke, sie war also umzingelt.

„Hast *du* wenigstens ein paar Kröten?“, fragte der Bodybuilder hinter ihr. Er war bedrohlich nah herangekommen, sie spürte seinen Atem an ihren Haaren. „Uns ist der Stoff ausgegangen. So ’ne Silvesternacht überlebt man aber nicht ohne.“

„Von mir aus kann sie mit mir auch in die Büsche …“, begann der Kleine mit einem anzüglichen Grinsen.

„Vergiss es!“ Der Bodybuilder boxte ihm sacht gegen den Oberarm, sodass der Glatzkopf aufschrie. „So was wird sofort geahndet. Wir wollen aber nur deren Geld und Handy. Und dass das klar ist …“ Er tastete Tanjas Jacke und Jeans von hinten ab. „Solltet ihr uns wegen dieser Bagatelle verpfeifen, schicke ich meine *Hunde*, damit die euch zerfleischen können.“

„So, meine Herren, jetzt reicht’s …“, sagte die Omi plötzlich laut und deutlich. Sie war stehen geblieben und hatte sich zu ihnen umgedreht. „Lasst es bleiben. Denn sonst schicke *ich* meine Hunde, denn ich arbeite bei der Kripo. Und ich kann mir Gesichter gut merken …"

„Du?" Das Lachen des Kleinen war laut und gackernd. „Du siehst aus, als hätte man dich sitzengelassen …"

„Das ist doch nur ihr Kostüm, du Arsch!" In Tanja erwachte ein Funken Hoffnung. Ob es ihrer Begleiterin wirklich gelingen würde, die Männer einzuschüchtern? Nicht, dass sie doch noch auf die Idee kamen, sie in die Büsche zu zerren. Möglichst unauffällig drehte sie sich zu dem Mann hinter ihr um. Seine Augen waren erschrocken, zumindest er war also ein Schisser. Sie zeigte in die Richtung, aus der sie gekommen waren. „Da hinten findet eine Kostümparty statt. Wir haben uns verkleidet, um ein paar Typen bei einer Drogenübergabe abzupassen, aber offensichtlich haben sie die Gefahr gerochen." Sie zuckte mit den Schultern. „Wir gehen jetzt ganz gemütlich zu unserem zivilen Dienstwagen da vorne zurück, und ihr könnt gerne mitkommen und unsere beiden Kollegen kennenlernen, die da auf uns warten. Oder ihr zieht einfach Leine und wir drücken ausnahmsweise ein Auge zu."

Der Glatzkopf gackerte. „Erzählen kannste viel, wenn der Tag lang ist."

Das Lachen der Omi übertönte seine Worte. „Schön, das Resultat werdet ihr schon noch zu spüren bekommen. Meinst du wirklich, wir gehen ohne Absicherung in so einen Einsatz?" Elisabeth tippte auf den großen Knopf ihres Mantels, der sich von den anderen deutlich abhob. „Hier ist eine Kamera integriert, die nimmt alles auf, auch das, was ihr gerade sagt. Es darf vor Gericht verwendet werden, da wir undercover agieren."

Jetzt trägt sie zu dick auf, schoss es Tanja durch den Kopf. In den Gesichtern der Männer zuckten allerdings erste Zweifel auf, der Glatzkopf stolperte unbeholfen einen Schritt zurück, wobei er beinahe vom Bordstein abgerutscht wäre.

„Ihr wollt wirklich keine Kripobeamten beklauen", fuhr Elisabeth fort. „Ihr könnt euch sicher sein, dass man euch ziemlich schnell finden wird. Und dann …" Sie zuckte mit den Schultern, als wäre es ihr tatsächlich egal. „Ihr werdet schon sehen, wie es in einem Gefängnis so zugeht. Gerne kann ich euch einen Gratiseintritt verschaffen, dann habt ihr genug Zeit, eure Zukunftspläne zu überdenken."

Stille breitete sich um die kleine Gruppe aus. Hinter sich hörte Tanja Schritte. Sie schaute zurück, der Fitnesstyp trat als Erster den Rückzug an, die beiden anderen folgten. „Die beiden haben eh nichts dabei", murmelte der Große.

Sprachlos schaute Tanja ihnen nach. Hatte die Omi tatsächlich gerade drei Männer in die Flucht geredet?

Eine Hand stützte sich schwer an ihrer Schulter ab. Tanja drehte sich zu Eli um. Ihre Begleiterin sah bleich aus.

Tanja grinste über das ganze Gesicht. „Voll geil! Du hast das geschmissen wie ’n Profi."

Doch Elisabeth knickten die Beine weg, sodass Tanja sie stützen musste. „Ich hatte eine solche Scheißangst", hauchte sie. Mit zittrigen Fingern fischte sie die Flasche aus der Tasche. „Und *Scheiße* sage ich heute auch zum ersten Mal!"

Das Loser-Trio

Florian zitterte am ganzen Leib. Er saß auf der eisernen Bank einer Bushaltestelle, die Arme um sich geschlungen, den Kopf gesenkt. Irgendetwas musste er tun, irgendwo hingehen, wo es wärmer war. Die Gegend hier war nicht so toll, viel zu viele Einfamilienhäuser, die keine Möglichkeit boten, für eine Weile in ein Treppenhaus zu fliehen und sich dort aufzuwärmen. Oder sollte er irgendwo klingeln? Aber wer würde ihm schon helfen? Wahrscheinlich würde ihm nicht einmal geöffnet werden. Die Welt war heutzutage schlecht und wenig hilfsbereit, auch liefen hier sehr merkwürdige Menschen herum. Eine alte Schrulle mit grauenvoll gelocktem Haar in einem viel zu großen Mantel, darunter schien sie einen Hausanzug zu tragen und an den Füßen schlotterten … rosa Plüschpantoffeln? Die Begleiterin sah immerhin netter aus, hübsches Gesicht, jung, aber völlig schwarz gekleidet. Als wollte sie irgendwo einbrechen. Er beäugte seine Schuhe, bloß keinen Blickkontakt. Nicht, dass sie noch mit ihm sprachen und er wieder zu etwas gezwungen wurde, was er nicht wollte …

Endlich, sie waren vorbeigezogen. Jetzt wieder zurück zu seinem Problem. Sollte er nach Hause gehen und so tun, als wäre nichts gewesen? Solange seine Mutter den Abschiedsbrief noch nicht gefunden hatte, musste er ihr auch nichts beichten. Dann konnte er sich in seinem Zimmer aufwärmen und später noch mal rausgehen, um es zu beenden. Im Moment machte das Sterben jedenfalls keinen Spaß, er fror viel zu sehr.

„Es kommen keine Busse.“

Das schwarz gekleidete Mädchen von eben. Sie war zurückgekommen, um doch noch mit ihm zu reden. Die andere Frau stand da, abwartend.

Wieder das Mädchen. „Die Busfahrer hier in der Region streiken, weil sie keine Lust haben, Besoffene zu kutschieren. Da hat es schon öfter Schlägereien gegeben. Wenn du also auf einen Bus wartest, wirst du morgen immer noch hier sitzen und erfroren sein.“

Florian schaute nur kurz auf. „Ist doch egal“, murmelte er.

Er rückte seine Brille auf der Nase zurecht und senkte wieder den Kopf. Schielte aber dennoch zu den beiden, um zu erkennen, was sie vorhatten. Die seltsam gekleidete Alte trat unschlüssig von einem Bein aufs andere. Wahrscheinlich wollte sie möglichst schnell weg, aber ihre junge Begleiterin schien mit jedem am Straßenrand quatschen zu wollen. Oder die beiden hatten gesehen, dass Florian ziemlich betrübt war. Vielleicht erkannten sie, dass er gestrandet war. Seine Kleidung musste ihnen zeigen, dass er nicht zu einer Party unterwegs war, denn der Anzug und die Krawatte lugten unter seinem Mantel hervor. Vielleicht stand auf seiner Stirn auch groß und deutlich: *Verlierer.*

Die ältere Frau zog eine Flasche aus ihrem Hosenanzug und nahm einen Schluck daraus. Es schien Likör zu sein. „Du siehst durchgefroren aus. Möchtest du einen Schluck zum Aufwärmen?“ Mit gestreckter Hand hielt sie ihm die Flasche entgegen.

Florian schaute auf. Einen Moment lang war er unschlüssig, doch dann griff er danach. „Ist zwar nicht das, was ich sonst trinke, aber …“, begann er, dann gluckerte ihm die cremige Flüssigkeit die Kehle hinunter. „*Bäh*, ist das süß!“

„He, das ist für uns alle“, mahnte ihn das Mädchen. Riss ihm die Flasche aus der Hand und trank ebenfalls. Auch sie schüttelte sich, nachdem sie die Flüssigkeit hinuntergeschluckt hatte.

Die Frau runzelt die Stirn. Sie war gar nicht so alt und schrullig, wie sie auf den ersten Blick ausgesehen hatte, nur ziemlich ungewöhnlich angezogen. Jetzt versuchte sie, ihren Schatz zurückzubekommen. Als sie dem Mädchen die Flasche aus der Hand nahm, schwamm darin nur noch eine Pfütze.

„Tja, das war's dann wohl mit der Marschverpflegung“, murmelte sie. Setzte an und leerte die Flasche, die sie anschließend in einem fast vollen Mülleimer verschwinden ließ.

Florian überlegte, ob er sie etwas fragen sollte. Er rückte die Brille zurecht und fasste Mut. „Wohin seid ihr unterwegs?“

Gespannt beobachtete er sie. Vielleicht wäre es nicht verkehrt, sie zu begleiten. Auf jeden Fall besser, als allein herumzusitzen und zu erfrieren.

„Zum Haus ihres Vaters“, erklärte das Mädchen, während sie auf die Frau zeigte. „Um einen Schlüssel zu bekommen. Ich bin übrigens Tanja, und das ist Eli.“

Die Frau mit den grauen Haaren vergrub ihre Hände tief in die Taschen ihres viel zu großen Mantels. „Ich wurde heute von meinem Mann sitzengelassen, weil er sich mit einer jüngeren vergnügen will. Dann hab ich mich ausgesperrt. Und du?"

„Florian. Heute war mein letzter Tag bei der Bank, sie haben mich gefeuert." Einen Moment lang wunderte er sich, dass er so freimütig über seine beschissene Situation redete. Das musste wohl der Alkohol machen, so etwas tat er sonst nie. Er stand auf und schob sich die Brille auf der Nase höher.

„Oh!", sagten beide Frauen gleichzeitig. Und dann setzte Eli traurig hinterher: „Willkommen im Club der Loser."

Beinahe musste er lächeln. Sie waren wirklich betroffen, schwiegen sogar. Trauten sich vielleicht nicht, mehr zu sagen, um ihn nicht noch tiefer in seine Depression zu ziehen. Doch er saß ja bereits in seinem Loch, tiefer ging es nicht mehr. Schweigend gingen sie auf dem breiten Bürgersteig nebeneinander her.

„Und warum hat man dich rausgeworfen?", fragte Tanja schließlich doch.

Sie war direkt, das mochte er. Und duzte einen gleich, das machte ihr Gespräch einfacher. Bei der Arbeit musste er jeden siezen, selbst die Kollegen bestanden darauf. So war halt sein Beruf, distanziert.

Während sie weitergingen, erzählte Florian, dass er einer Familie einen Kredit für ein Start-up-Unternehmen gewährt hatte, obwohl sie keine Sicherheiten hatten bieten können. „Die Idee hatte mich aber überzeugt", erzählte er. „Heute kommen viele aus ihren Löchern gekrochen und vermarkten etwas ganz Neues. Wenn es erst mal auf dem Markt ist, nehmen sie meist genug Geld ein, dann ist auch der Kredit schnell abbezahlt. Aber mein Chef war da ganz anderer Meinung, wie so oft schon. Ich hatte bereits drei Verwarnungen bekommen, da ich mich doch an die Regeln der Bank halten sollte. Diesmal bekam ich also gleich die Kündigung."

„Ist echt Scheiße", merkte Tanja an.

„Was hatten die denn für eine Idee?", fragte Elisabeth.

„Lichtschalter mit Sensoroptik." Er rückte lächelnd die Brille hoch und schaute Eli begeistert an. „Ich weiß nicht, wie es euch geht, aber wenn ich ins Haus komme, die Hände mit dem Einkauf voll, dann wäre ich froh, wenn ich nicht genau auf die Taste drücken müsste, sondern nur in die Nähe kommen bräuchte, damit das Licht angeht. Außerdem sind Lichtschalter Virenschleudern, an denen man sich schnell anstecken kann, wenn verschiedene Leute sie betätigen. Und mir hat das Design echt gut gefallen. Nicht wie die heutigen Schalter eckig und langweilig, sondern geschwungen und mit farbigen Leuchtdioden versehen. Ein echtes Kunstwerk! Der alte Schalter wird abmontiert und der neue direkt darauf gesteckt. Der Bewegungssensor ist so klein wie eine Erbse."

Tanja verzog das Gesicht. „Ist doch klar, dass die Arschgesichter in der Bank den kleinen Leuten keine Chance geben", knurrte sie. Als er sie stirnrunzelnd anblickte und dabei die Brille hochrückte, fügte sie entschuldigend hinzu: „Du bist ja jetzt nicht mehr bei der Bande beschäftigt, sei froh, dass du da raus bist!"

Karaoke

Schweigsam trotteten die drei unterschiedlichen Personen den Gehweg entlang. Der Asphalt glitzerte vom Regen, die Pfützen waren tief. Elisabeth überlegte, ob sie nicht schneller vorankommen würde, wenn sie nicht in dieser Begleitung wäre. Tanja würde ja noch mit ihr mithalten können, doch ihr Wortschatz war nicht angemessen. Sie war so unreif und lebte in einer Welt, die so anders war als ihre. Natürlich stand Elisabeth ebenfalls vor einem Scherbenhaufen, trotzdem posaunte sie keine Worte heraus, die weit unter der Gürtellinie waren. Tanjas läppische Probleme hätte sie gern gehabt, damit wäre ihr Leben nicht ganz so dramatisch gewesen. Allein wie Tanja herumlief, diese schwarzen, rebellischen Klamotten und die schwarz umrandeten Lippen – schrecklich! Elisabeth war froh, dass ihre drei Kinder nicht so geworden waren. Als Mutter hatte sie sich rund um die Uhr um sie gekümmert und aufgepasst, dass sie nicht auf die schiefe Bahn gerieten. Rauchen? Wäre niemals infrage gekommen! Sie hätte sofort gerochen, wenn jemand mit verqualmten Klamotten nach Hause gekommen wäre … Ob sie dem Mädchen mal ihre Meinung sagen sollte? Wahrscheinlich würde sie doch nicht zuhören. Solche Leute hatten ihren eigenen Kopf und lebten nur für ihren Spaß.

Und dieser junge Mann – Florian … Das war eindeutig ein Langweiler. Die Schultern nach vorn gezogen, als erwartete er Schläge. Reden tat er praktisch kein Wort. Man musste ihm alles aus der Nase ziehen, als hätte er sich noch nie normal mit anderen Menschen unterhalten. Und dann das ständige Zurechtrücken der Brille – hatte der keinen vernünftigen Optiker? Immer blieb er ein paar Meter hinter ihnen. Wurden sie langsamer, wurde er es auch. Seine schlurfenden Schritte gingen mitten durch die Pfützen, aber vielleicht hatte er ja auch teure und wasserfeste Schuhe an. Sie hatte es jedenfalls nicht, daher lief sie ständig im Slalom.

Doch wie wirkte sie selbst auf die beiden anderen? Nicht unbedingt besser, denn Tanja hatte es bereits auf den Punkt gebracht, ohne sie überhaupt zu kennen: *Eine graue Maus, die sitzengelassen wurde.* Was war in ihrem Leben eigentlich schiefgelaufen? An welcher Stelle hätte sie etwas ändern können? Sie ließ eine Situation nach der anderen an sich vorbeiziehen. Ja, es war kompliziert. Sie hatte sich immer um die Kinder gekümmert und er hatte … gearbeitet. War er mal zu Hause gewesen, hatte er seine Ruhe haben wollen. Um ihm den Gefallen zu tun, war sie anfangs mit den Kindern zu ihren Eltern gegangen, später hatten sie sich freiwillig in ihre Zimmer verdrückt. Hätte sie das verhindern müssen?

Selbstvorwürfe brachten jetzt gar nichts, sagte sich Elisabeth. Trotz Mantel fror sie noch immer. Sie dachte an ihr Ziel, das gab ihr Hoffnung. Sie würde sich den Schlüssel nehmen, ein Taxi rufen und schnell nach Hause fahren. Von ihr aus konnten die beiden mitkommen, das war sicher besser, als sie auf der Straße zurückzulassen.

In der Ferne hörten sie Sirenen.

Elisabeth schreckte hoch. War das die Feuerwehr?

„Die sind zu deinem Haus unterwegs", sagte Tanja unbedarft. „Bestimmt ist der Herd in Flammen aufgegangen und fackelt jetzt die ganze Bude ab."

Der Schreck machte sich mit einem dicken Kloß im Hals bemerkbar. „Meinst du wirklich?", würgte Elisabeth heraus.

„Ach Quatsch, wollte dich nur foppen."

Da hörte sie Florian hinter sich, anfangs murmelnd, dann aber lauter. „Wenn du noch was auf dem Herd hattest und das Wasser irgendwann verdampft ist, kann es wirklich sein, dass eine Stichflamme entsteht und ein Feuer ausbricht. Ich hatte mal eine Kundin, die hatte ein paar Schnitzel in der Pfanne gebraten. Ist in den Garten gegangen und hat Unkraut gerupft. Ihre komplette Wohnung ist abgebrannt, und von der Versicherung hat sie keinen Cent bekommen. Und von uns auch nicht, da sie ja nun keine Sicherheit mehr vorweisen konnte."

Elisabeth blieb stehen. Sie atmete schwer und ihr Herz raste. Alles würde in Flammen aufgehen? Ihr ganzes Leben würde vom Feuer aufgefressen werden, außerdem das ihrer Kinder, die noch etliche Sachen bei ihr lagerten? Sie rang nach Luft. Der trübe Himmel schien sich auf sie herabzusenken, die Häuser sie zu erdrücken. Bernd würde sich ins Fäustchen lachen, denn er hatte ihr das Haus überlassen. Das gerade fröhlich abfackelte … Sie war … am Ende …

„Eli!" Die Stimme kam von weit weg. Und trotzdem hörte sie sie immer wieder. „Eli! Du musst atmen! Kipp uns hier nicht um!"

So langsam lichtete sich ihr Blick. Sie sah zuerst scheußliche schwarz umrandete Lippen, dann ein Brillengesicht mit recht hübschen Männeraugen. Alle beide redeten, mal durcheinander, mal nacheinander. Dass sie auf dem Boden saß … Wie war sie denn da hingekommen?

„Das war doch nicht ernst gemeint“, meinte Tanja in dem Versuch, sie zu beruhigen. „Florian ist ein Trottel, das hast du doch längst schon bemerkt, oder?“

„Na, herzlichen Dank“, brummte der Trottel und rückte sich die Brille hoch. „Aber Tanja hat recht, es *muss* ja nicht so sein, es *kann* bloß alles abgefackelt werden. Wir holen jetzt den Schlüssel und dann sehen wir nach.“

Elisabeth versuchte sich aufzurichten. Die beiden Begleiter halfen ihr dabei, die eine rechts, der andere links. Sie stöhnte und fühlte sich gleich zehn Jahre älter.

„Ich kann’s eh nicht mehr ändern“, murmelte sie mit gebrochener Stimme. „Vielleicht kommt die Feuerwehr ja noch rechtzeitig und rettet, was irgendwie möglich ist. Vielleicht ist dann nur die Küche beschädigt. Hoffen wir, dass es so ist. Ich muss jetzt jedenfalls mal auf Toilette.“

„Geh doch in die Büsche“, schlug Tanja vor. Sie zeigte auf eine Ansammlung von Rhododendren in einem der Vorgärten.

Strafend blickte Elisabeth sie an. „Das macht man doch nicht!“

Florian rückte die Brille hoch. „Ich bin vorhin an einer Kneipe vorbeigekommen, da könnten wir doch reingehen.“

Schlagartig erinnerte sich Elisabeth. In der Bar nur wenige Hundert Meter vor ihnen hatte Bernd früher viel Zeit mit seinen Kumpeln verbracht. Ob das noch immer so war? Sie wusste es nicht. Eigentlich wusste sie überhaupt sehr wenig von ihm. Er kam meist gegen zweiundzwanzig Uhr nach Hause und um sieben in der Frühe ging er wieder. Es hatte ihn sehr belastet, immer arbeiten zu müssen, und sie hatte ihm geglaubt, dass er nur an den Wochenenden in die Kneipe gegangen war. Doch bestimmt hatte er dort seine Zeit mit dieser Tussi verbracht. Vielleicht tat er das auch jetzt gerade. Dann konnte sie zu ihm gehen, ihn nach dem Schlüssel fragen und so schnell wie möglich nach Hause zurückkehren.

„Das trifft sich gut, ich muss auch pinkeln", sagte Tanja.

„Heißt das nicht pissen?", fragte Florian.

„Ist doch dasselbe", widersprach das Mädchen.

„Eben nicht." Florian rückte sich die Brille zurecht. „Jungs müssen pink…"

„Hört auf!", fuhr Elisabeth genervt dazwischen. „Sagt einfach, ihr müsst auf die Toilette, dann ist doch alles geregelt."

Die beiden verstummten. Ihre Schritte patschten auf dem nassen Boden. „Hört sich aber doof an", sagte Tanja.

„Außerdem darf man das trotzdem sagen", bestätigte Florian.

Elisabeth verdrehte genervt die Augen. Vor der Tür der Kneipe hielt sie inne und drehte sich zu Tanja um. „Du bist noch keine achtzehn, darfst du da überhaupt rein?"

Ihre schwarz umrandeten Lippen verzogen sich zu einem leicht schiefen Grinsen. „In Begleitung Erwachsener schon. Die meisten halten mich sowieso für einundzwanzig."

Elisabeth warf ihr einen prüfenden Blick zu. „Und wenn man dich nach deinem Ausweis fragt?" Als sie nicht sofort antwortete, schüttelte Elisabeth tadelnd den Kopf. „Wie kann man nur ohne Papiere aus dem Haus gehen."

„Wie kann man nur mit rosa Pantoffeln aus dem Haus gehen", konterte Tanja.

Elisabeth verzog den Mund. Sie hatte ja recht. Vielleicht hatte Tanja gedacht, sie würde die ganze Nacht auf der Party verbringen, da hätte sie ja gar keine Papiere gebraucht. „Hat denn einer von euch Geld dabei, falls wir bezahlen müssen?"

Tanja winkte gleich ab und Florian verzog den Mund. „Nur noch das Kleingeld aus der Hosentasche", gestand er. Er griff hinein und es klimperte. „Knapp fünf Euro."

„Du kriegst es wieder zurück." Elisabeth stieß die Tür auf und trat ein, gefolgt von den beiden anderen. Stimmengewirr hüllte sie ein, aber noch lauter war der Gesang einer Frau, die ein recht bekanntes Lied nachsang.

„Karaoke!", sagte Florian schwärmerisch. Beide Frauen schauten ihn überrascht an. Verlegen schob er die Brille hoch. „Ich singe schon mal gerne. Und spiele auch Gitarre."

Das hätte sie dem schlaksigen Mann nicht zugetraut, er sah aus wie ein langweiliger Mittdreißiger ohne jegliche Interessen. Aber man wusste ja nie, was hinter den Fassaden steckte.

Elisabeth eilte gleich zur Toilette, gefolgt von Tanja. Die warme Luft tat gut, sie konnte vielleicht sogar den Mantel ausziehen … Oder besser nicht, denn wenn man ihren Hausanzug sah, würde man gleich über sie lachen. Wie kam sie aus der Kategorie *Graue Maus* bloß wieder raus?

Als sie zurück in den Schankraum kam, blieb sie am Tresen stehen, um auf Tanja zu warten. Von Florian fehlte jede Spur. Ob er sich davongemacht hatte und nichts mehr von ihnen wissen wollte? Tanja schloss zu ihr auf, auch sie schien ihn zu suchen.

„Ich würde ja gerne was trinken", sagte sie.

Elisabeth nickte. „Ein Glühwein wäre toll."

„Und nun ein weiterer Freiwilliger", dröhnte die Stimme eines Mannes über das Mikrofon durch den Saal. „Begrüßen wir Florian! Er singt *Skandal im Sperrbezirk*."

„Ach!" Die beiden Frauen schauten einander grinsend an. „Dann hören wir mal, was der verwunschene Märchenprinz denn zu singen hat", setzte Tanja hinzu.

Florian war nervös. Er setzte sich auf den Hocker und hantierte so lange mit dem Mikrofon herum, bis der Sprecher zurückkam und ihm das Teil in die Hand drückte. Gefühlte hundert Mal schob er sich seine Brille auf der Nase zurecht, doch als die ersten Töne erklangen, vergaß er sie endlich. Er sang gut, fand Elisabeth, ausgesprochen gut. Wenn er dazu noch spielen konnte, hätte er damit sicher erfolgreich sein können. Als ein paar Anwesende mitklatschten, nahm er die Brille ab und legte sie zur Seite. Dann rockte er vermutlich halbblind auf der Bühne herum und stolperte über den Mikrofonständer. Geschickt fing er sich, verrenkte sich, als gehörte es zum Lied. Schließlich bekam er tosenden Applaus. Auch Elisabeth und Tanja klatschten, lachten und sangen mit den Anwesenden mit, obwohl das Lied längst verstummt war.

„Großartig gemacht", lobte Elisabeth, als Florian wieder zu ihnen gefunden hatte.

Vom Wirt bekam er ein großes Bier vorgesetzt, offensichtlich die Belohnung für die Einlage. Mit kräftigen Schlucken trank er den Krug halb leer. Reichte ihn an Elisabeth weiter, die zunächst skeptisch von der goldenen Flüssigkeit probierte. Bier war bisher nicht so sehr ihr Geschmack gewesen, doch jetzt hatte sie großen Durst.

„Für meine beiden Damen bitte auch einen Krug!", rief Florian erfolgstrunken zum Barkeeper herüber und schob die Brille natürlich wieder auf der Nase nach oben.

Tanja und Elisabeth lachten. Sie waren jetzt also seine Damen – dann konnte Elisabeth ihm auch mal deutlich ihre

Meinung sagen. „Wenn du noch ein einziges Mal deine dämliche Brille die Nase raufschiebst, dann war es das mit deinen Damen", rief sie.

Sie nahm ihm die Brille ab, hielt den Bügel über eine Kerze und bog ihn so zurecht, dass er enger saß. Dasselbe tat sie mit der anderen Seite und gab ihm dann die Brille zurück.

Florian – mit roten Flecken im Gesicht – sah sie verwundert an. Er nahm die Brille entgegen und setzte sie auf, wackelte mit dem Kopf und grinste, als sie ihm nicht herunterfiel. „So schlimm?", fragte er.

„Ja!", riefen beide Frauen wie aus einem Mund.

Sie tranken ihr Bier und Elisabeth musste noch einmal auf die Toilette. Der Alkohol hatte sie beschwingt gemacht. Auch wenn ihr die Gefahr, ihr komplettes Heim zu verlieren, noch im Nacken saß, wusste sie: Zusammen mit diesen beiden Menschen konnte sie die Situation ertragen. Sie war sich im Klaren, dass sie keine andere Wahl hatte, als weiterzulaufen. Den ganzen Saal hatte sie nach Bernd abgesucht, doch hier hielt er sich anscheinend nicht auf. Zum Schluss sprach sie den Wirt an, ob er Bernd gesehen hätte.

„Du bist doch Eli, nicht?", fragte er zurück, und als sie nickte, lächelte er. „Ja, der war vorhin noch hier, allerdings in Begleitung einer hübschen …"

Da er abrupt verstummte, winkte Elisabeth ab, als machte ihr das nichts aus. „Ich weiß, dass er mit Maja angebandelt hat, und mir ist egal, was sie alles zusammen machen. Aber jetzt muss ich ihn unbedingt sprechen."

Der Wirt zuckte dennoch mit den Schultern. „Ich weiß leider nicht, wohin sie sind. Tut mir wirklich leid, Eli."

Elisabeth verzog den Mund. Bernd war die letzten Jahre nie für sie dagewesen, und jetzt, wo sie ihn nur ein einziges

Mal wirklich brauchte, löste er sich in Luft auf. Aber gut, dass sie noch einen anderen Plan hatte.

„Kinders!", rief sie ihren beiden neuen Begleitern zu, während sie sich an dem Hocker vor der Theke festklammerte. „Ich muss weiter. Der Schlüssel wartet auf mich. Macht's gut, ihr Lieben, ich werde euch vermissen."

Dabei nuschelte sie wie eine Betrunkene. Nun, das war sie tatsächlich, der Saal schwankte um sie herum und sie fühlte sich ungewöhnlich beschwingt. Hätte sie doch früher mal Bier getrunken, dann wäre manche Situation bestimmt erträglicher geworden. Nun ja, das konnte sie vielleicht noch nachholen.

„Ich bin beschwipst." Sie lachte.

„Du verträgst auch echt nix." Tanja musterte sie streng. „Meinst du wirklich, ich lasse dich dann alleine da draußen herumwandeln? Ich komme natürlich mit."

„Und ich …" Florian hob die Hand, um die Brille zurechtzuschieben, doch sie saß noch genau dort, wo sie sitzen sollte. Als er das merkte, grinste er breit. „Und ich lasse zwei so hübsche Damen doch nicht allein durch die Nacht irren. Ich bin euer Beschützer – Prost!"

Und damit trank er den Rest des bereits zweiten Bierkrugs aus. Elisabeth kicherte. Sie war sich sicher, dass auch er einen in der Krone hatte. Auch Tanja giggelte noch immer und konnte kaum aufhören. „Florian – Flo – unser Beschützer!"

Gemeinsam verließen die drei die Kneipe. Als ihr der kalte Wind ins Gesicht blies, fühlte sich Elisabeth jedoch schlagartig wieder nüchtern.

„Scheiße, ist das kalt!", knurrten Tanja und Elisabeth wie aus einem Mund.

Neues Ziel

Die fröhliche und vor allem warme Stimmung verwandelte sich mit dem Verlassen der Kneipe jäh in eine miese. Tanja zog ihre Jacke fester um sich, auch ihre beiden Begleiter schienen nun doch nicht so begeistert zu sein, in den frühen Abend hinauszutreten.

„Wie weit ist es denn noch bis zu deinem Vater?", wollte Flo von Eli wissen.

Die seufzte einmal tief, ehe sie antwortete. „Bis zum Ende der Straße, dann rechts und dann noch etwa zwei Kilometer."

Tanja reckte sich, um angestrengt nach vorn zu schauen. „Wenn ich mich recht erinnere, sind es bis zum Ende der Straße auch schon ein paar Kilometer."

Elisabeth zuckte mit den Schultern. „Kann schon sein. Mit dem Rad bin ich immer flott durchgekommen."

Die Tür der Kneipe wurde hinter ihnen aufgerissen und das Lachen einer Frau und eines Mannes drang an die Nachtluft. Direkt darauf folgte ein raues „Brrrr, ist ja schweinekalt". Unsicher stakste die Frau in High Heels die Treppe hinunter, anscheinend traute sie den Pfennigabsätzen nicht. Sie war mindestens einen Kopf größer als Tanja, hatte mit farbigen

Strähnchen durchzogene lange schwarze Haare, ein kantiges Gesicht, jedoch waren die Augenlider geschminkt und die Wimpern betont. Der pralle Busen steckte in einer Rüschenbluse, über die eine pinke Softshelljacke geworfen war. Quer darüber hing eine rosa Handtasche, an der einige Bänder wie Lametta flatterten. Hinter ihr kam ein kleinerer Mann in Springerstiefeln, schwerer Lederjacke und mit etlichem Klimperkram am Gürtel seiner Jeans. Er hatte kurze blonde Haare, die ihm einen schelmischen Ausdruck verliehen.

Einen Moment lang stutzten die beiden, als sie Tanja und ihre Begleiter sahen. Wahrscheinlich glotzten Flo und Eli ziemlich dumm, weil sie noch nie solch ausgeflippte Leute gesehen hatten. Mit einem kurzen Nicken gingen die beiden an ihnen vorbei auf einen Bulli zu. Der Wagen hatte schon bessere Tage gesehen, es gab etliche rostige Stellen und er schien aus den Siebzigerjahren zu stammen. Aber deutlich erkennbar und so gut wie frisch war das Logo auf der breiten Tür: *Deathkiss* stand dort künstlerisch geschrieben, darunter waren als Schattenmotiv ein Gitarrist und eine Sängerin abgebildet,

Die Frau wollte gerade auf der Beifahrerseite einsteigen, da ging Tanja auf sie zu. „Hi, wollt ihr zufällig in diese Richtung? Wir suchen eine kurze Mitfahrgelegenheit." Sie zeigte die Straße entlang, in der Elis Vater wohnte.

Kurz sah die Frau ihren Partner an, der nickte. „Natürlich gerne, meine Liebe. Ich bin Chantal. Und das ist Boris. Wir sind von der Band *Deathkiss* – schon mal von uns gehört? Boris ist der Gitarrist und verkörpert den Tod, und ich singe und vergebe den Kuss."

Tanja lachte laut. „Leider nein! Aber du kannst uns die Musik ja vorspielen."

Chantals Stimme erklang glockenhell durch die kalte Luft. Sie würde sich beim Gesang sicher prächtig anhören. „Klar, wir haben in unserer Uraltkiste immerhin einen Kassettenrekorder!"

„Echt jetzt?" Tanja schüttelte ihr die Hand und nickte Boris zu. „Das muss ja grauenvoll sein." Jetzt erst nannte sie ihnen ihren Namen und stellte nacheinander Eli und Flo vor. Die beiden nickten verhalten, wahrscheinlich trauten sie grundsätzlich keinen Fremden über den Weg.

„Cooles Outfit." Boris lächelte Eli zu, dabei schaute er auf ihre vom Regen durchtränkten rosa Pantoffeln. Er stieg auf der Fahrerseite ein, wobei Tanja bemerkte, dass er leicht schwankte. „Die Richtung stimmt. Wir wollen zur Music-Parade, ein Stück können wir euch sicherlich mitnehmen."

Chantal schob die Tür des Bullis zur Seite und winkte, dass die drei einsteigen durften. „Hereinspaziert, meine Süßen", sagte sie lächelnd und versuchte damit wohl, die steife Haltung der beiden aufzulockern.

Eli packte es als Erste, sie kletterte ins Innere und Flo folgte ihr schweigend.

„Könnte ich bei euch vorne sitzen?", fragte Tanja. „Dann könnt ihr mir eure Stücke vorspielen. Am Ende der Straße müssen wir aber auch schon aussteigen."

„Natürlich, meine Kleine." Chantal schloss die Schiebetür und öffnete die des Beifahrers. „Husch, husch. Dann haben wir beide es bestimmt wärmer!"

Tanja mochte das ungleiche Paar auf Anhieb und machte es sich auf dem Platz neben Boris bequem. Als Chantal hinzustieg, wurde es doch enger, als sie gedacht hatte. Kichernd und glucksend schnallten sich die beiden an, während Boris anfuhr. Chantal drückte auf einen Knopf an der Konsole, schon schob sich eine Kassette in den Schlitz und die ersten Töne erklangen.

Der Beginn war nicht schlecht, fand Tanja, vielleicht steigerte es sich noch. „Was ist das denn für eine Parade, wo ihr beide hinwollt?“, fragte sie höchst interessiert. Vielleicht, so dachte sie, würde sie lieber mit denen weiterfahren, als sich Eli und Flo anzuschließen. Die beiden waren doch ein wenig zu verklemmt, und nach dem Desaster mit ihrem Freund wollte sie die Silvesternacht auf keinen Fall auf einem Sofa vor irgendeinem Fernseher verbringen.

„Kleines“, antwortete Boris. „Die Music-Parade findet immer zu Silvester statt. Alle möglichen Bands und Solomusiker versammeln sich an einem Parkplatz und marschieren durch die Stadt, und dann stimmen wir uns im Kulturhaus auf die Silvesternacht ein. Stell dir vor, jeder Teilnehmer bekommt am Eingang ein Los. Wenn es gezogen wird, darf derjenige auftreten, egal wie bekannt er ist. Auf diese Weise wurden schon einige Talente entdeckt.“

„Cool!“ Tanja grinste ihm zu. „Meint ihr, ich könnte bei euch mitmachen? Auch wenn ich musikalisch nicht so viel draufhabe?“

Da lachte Chantal hell und laut auf. „Na klar, du kannst doch bestimmt summen.“ Sie lächelten einander zu. „Dir wird es bei uns sicher gefallen. Aber was ist mit deinen beiden Freunden?“

Tanja zuckte mit den Schultern, nickte aber im Takt zur Musik. „Lass sie dort hinten an der Kreuzung raus. Ich habe sie auch erst vor Kurzem kennengelernt.“

Boris brummte tief. „Es täte ihnen vielleicht mal gut, was Neues zu erleben, nicht immer nur ihren alltäglichen Kram. Wie die uns schon angeguckt haben. Als Künstler müssen wir uns in irgendeiner Weise von den anderen abheben, deshalb kann es auch mal sein, dass der ein oder andere Musiker ein recht ausgefallenes Kostüm anhat.“

Tanja nickte. „Das glaube ich auch. Aber Eli fürchtet um ihr Haus. Sie glaubt, es würde abbrennen …“

Chantal winkte erheitert ab. „Vielleicht gehört sie zu den übervorsichtigen Leuten, die alles dreimal prüfen, ehe sie die Wohnung verlässt. Wir sollten ihr die Gelegenheit geben, unsere Musikerfreunde kennenzulernen. Auch dein Freund ist ein wenig schüchtern. Wo hast du die beiden denn nur aufgegabelt?“

Tanja begann, ihre Geschichte zu erzählen, aber als Boris an der besagten Kreuzung nach links fuhr, pochte es aus dem hinteren Teil des Wagens heftig gegen die Trennwand.

„Oh“, rief Chantal erschrocken. Sie schob den Schieber eines kleinen Fensters zurück. „Ich hab ganz vergessen, dass die beiden völlig im Dunkeln sitzen. Lassen wir ihnen ein wenig Licht herein.“

„Ich muss hier raus!“, donnerte Elis Stimme dumpf im Gleichklang mit ihren Schlägen gegen die Wand. Flo hielt sich ruhig, ihm war es anscheinend egal, wohin er fuhr.

„Keine Sorge, wir kümmern uns um euch“, säuselte Chantal. „Seid jetzt ruhig, sonst werden wir noch von irgendwelchen Polizisten angehalten.“

„Ich muss aber zu meinem Vater!“, brüllte Eli weiter. Auch das Pochen hörte nicht auf.

„Mann, Mann“, jammerte Boris. „Ist die hartnäckig! Höchste Zeit, ihr zu zeigen, dass das Leben mehr bereithält als nur Frust und Verpflichtungen!“

„Wenn du nicht sofort aufhörst“, schimpfte Chantal durch die Luke, „mache ich hier wieder zu. Dann sitzt ihr wieder im Dunkeln. Ihr könnt es sowieso nicht ändern, wir haben beschlossen, euch zu unserer Party mitzunehmen!"

„Wird es dort auch was Gutes zu trinken geben?", forschte Tanja nach.

Boris ließ ein erheitertes Brummen hören. „Solange die Bullen unseren Marsch beobachten, ist jeglicher Alkohol verboten. Daher haben wir auch vorgeglüht."

Tanja grinste. „Verstehe."

„Gleich genehmigen wir uns auch noch einen Joint." Chantal sah sie nun scharf an. „Wenn du uns verpfeifen willst …"

Tanja winkte lässig ab. „Niemals! Ich würde eher auch dran ziehen wollen."

Chantal beugte sich zu ihr herüber und drückte sie, was schwierig war, denn beide waren angeschnallt und Chantals Vorbau störte irgendwie. „Dann gehörst du zu uns!", sagte sie und kicherte.

Trost

*E*li ließ sich lange nicht beruhigen. Seit klar geworden war, dass die beiden Musiker sie entführten, hatte sie mit den Fäusten gegen die Trennwand geschlagen und gebrüllt. Da das erfolglos blieb, sackte sie irgendwann in die Ecke auf die harte Bank zurück und atmete schnappend. Sie war in Panik!

„Eli, du musst ruhig atmen!" Florian strich ihr sanft über den Arm. „Die Leute haben doch keine Ahnung, was dir passiert ist. Wenn wir halten, werden wir ihnen klarmachen, dass wir dringend zurückmüssen …"

„Aber Tanja", presste sie zwischen zwei tiefen Atemzügen hinaus. „Sie weiß es doch!"

Das stimmte. Warum sie nichts unternahm, konnte er auch nicht verstehen. „Bestimmt sagt sie uns, was los ist, wenn wir halten. Und wir nehmen uns dann ein Taxi."

„Hast du …Geld?"

Hatte er nicht. Den letzten Cent hatte er für den Krug Bier ausgegeben. Für eine Taxifahrt hätte es eh nicht gereicht. „Ich hab noch meine EC-Karte. Oder wir bezahlen, wenn du bei deinem Vater angekommen bist. Er hat doch bestimmt …"

Da schluchzte sie laut auf und warf sich an seine Schulter, sodass er beinahe von der schmalen Pritsche fiel. Überrascht erstarrte er, als sie zu stammeln begann.

„Alles ist heute schiefgelaufen", jammerte sie. Zwischen Schluchzern und Schnieflauten presste sie die Worte heraus. „Alles, wirklich alles hab ich für ihn getan. Und dann kommt er und lässt mich einfach mit dem Essen zu Hause sitzen. Er hat doch vorher gewusst, dass er bei dieser Tussi bleiben will. Und ich lege mich ins Zeug und koche ihm wieder diesen Braten … Dabei mag ich gar kein Fleisch mehr … Und was werden meine Kinder sagen, wenn sie davon hören, dass er mich abserviert hat …?"

Florian war anfangs zu überrascht, aber mehr und mehr spürte er, dass die Frau neben ihm einfach nur Trost brauchte. Trost von ihm! Dabei war er doch selbst in einer elenden Verfassung … Doch die rückte in den Hintergrund. Jetzt musste er Eli besänftigen, die es offenbar wirklich schwer hatte. Noch nie hatte er jemanden im Arm gehabt, schon gar nicht eine so alte Frau. Seine Mutter … hätte sich niemals so gegeben, selbst beim Tod des Vaters war sie stets gefasst gewesen. Großmutter hatte mal gesagt, sie solle nicht jedem immer eine heile Welt vorgaukeln. Das hieß doch eigentlich, dass sie nur schauspielerte. Vielleicht ging es ihr insgeheim auch nicht so gut?

„Deine Kinder werden es verstehen", sagte er, um sie zu beruhigen. „Dein Mann ist ein Arsch …"

„So was sagt man nicht", schniefte sie.

„Aber er ist es doch! Das muss man mal ganz deutlich sagen!" Florian ereiferte sich, er hatte das Gefühl, sie wieder aufbauen zu können. Schon war sie ruhiger, auch das heftige Zittern ihrer Hände hatte aufgehört. „Wenn er dich auf diese

Weise abserviert, ist er ein Arsch. Deine Kinder werden das bestätigen, da bin ich mir ganz sicher. So was macht man einfach nicht …“

Und wahrscheinlich schlich man sich auch nicht einfach fort und brachte sich um, dachte Florian. Verunsichert schüttelte er den Kopf. Seine Situation hatte mit der von Eli absolut nichts gemeinsam; er musste so handeln, da ihn alle, aber wirklich alle mies behandelten. Bis auf Sylvia, doch sie würde sich ihm niemals öffnen, sie ging ihren eigenen Weg. Und er blieb der Loser, wie manch einer ihm bereits an den Kopf geworfen hatte. Nein, das Leben machte keinen Spaß, er wollte es beenden, das hatte er sich reichlich überlegt. Aber vorher konnte er Eli etwas aufmuntern. Die Arme erzählte ihm inzwischen so viele Begebenheiten aus ihrem Eheleben, dass er ihren Gemütszustand wirklich gut nachvollziehen konnte. Wie viel sie für ihren Mann und die Kinder getan hatte! Wussten sie das denn nicht? Oder nahmen sie es einfach als selbstverständlich, weil sie es so gewohnt waren? Hatte seine Mutter vielleicht Ähnliches geleistet?

Er schüttelte noch einmal den Kopf, während er Eli beruhigend über den Rücken strich. Nein, bei ihm war alles anders, davon war er fest überzeugt.

Der Bulli hielt erst nach einer gefühlten Ewigkeit. In der Fahrerkabine hörte er die beiden Musiker mit Tanja lachen, sie hatten offenbar Spaß, während hier hinten Grabesstimmung herrschte. Immerhin hatte sich Eli wieder richtig aufgesetzt und atmete nun ruhig. Nicht auszudenken, wenn sie hier einen Herzinfarkt bekommen hätte! Aber jetzt war er froh, dass sie endlich aussteigen konnten. Die Fahrt war lang gewesen und inzwischen schwiegen beide. Ihm war außerdem übel, jede Unebenheit der Straße hatte er wegen der schlechten Federung gespürt. Eli ging es bestimmt nicht besser.

Endlich wurde die Tür geöffnet. Kälte strömte herein, der Wind war schneidend. Florian zog sich seine Jacke enger um den Körper. Diese aufgetakelte Frau mit dem Namen Chantal stand vor ihm und lächelte. „Kommt heraus, meine Lieben!“

„Das sind wir mit Sicherheit nicht“, antwortete Florian und legte absichtlich eine frostige Kälte in seine Stimme. „Ihr habt uns entführt! Darauf steht Gefängnis!“

Tanja winkte ab, sie sah belustigt aus. „Bleib mal auf dem Teppich und mach dich etwas lockerer. Das täte dir sicher ganz gut.“

Der kleine Mann kam auf ihn zu und hielt ihm eine selbstgedrehte Zigarette hin. „Hier, willste mal ziehen?“

„Natürlich nicht!“, brauste er auf. „Eli geht es wirklich sehr schlecht, vielleicht brennt ihr Haus gerade ab …“

„Habt ihr nicht Schnaps oder so was da?“, unterbrach ihn Eli.

Chantal grinste, griff unter den Beifahrersitz und ruckelte so lange herum, bis eine Kornflasche zum Vorschein kam.

„Genau das kann ich jetzt brauchen“, murmelte Eli. Sie öffnete den Verschluss und setzte an, als würde sie Wasser trinken.

Florian drückte die Flasche herunter, sodass sie gezwungen war, aufzuhören, und nahm ihr die Flasche ab. „Du kannst dich doch jetzt nicht komplett betrinken!“, schimpfte er.

„Warum denn nicht?“ Sie wischte sich über den Mund und versuchte umständlich, aus dem Bulli zu klettern. „Es ist doch eh alles schon zu spät. Meine Ehe ist in Trümmern, mein Haus wahrscheinlich ebenfalls, und welchen Sinn hat es, wenn ich auch noch Trübsal blase?“

„Pffffh!", machte Florian. Dann sah er zu, wie helfende Hände nach ihr griffen und sie stützten. Da hatte er sich so um sie bemüht, hatte sie getröstet, so gut er nur konnte, und dann diese Reaktion? Oder war das nicht sogar verständlich, schließlich hatte er auch bereits resigniert. Er drehte sich kurz um, nahm einen Schluck aus der Flasche und dann noch einen, ehe er sie Chantal zurückgab. Er spürte, wie es in seiner Speiseröhre angenehm brannte. Vielleicht war es tatsächlich gut, in den letzten Stunden auf Erden mal das zu tun, was er sonst nie tun würde.

Er kletterte hinaus und torkelte ins Freie. Der Alkohol wirkte schneller als gedacht, das musste an seinem leeren Magen liegen. Schwindelig war ihm auch, aber das lag an der Kippe, die Boris zwischen den Fingern hatte und deren Rauch er einatmete.

„Muss das wirklich sein?", knurrte er. „Da ist doch Marihuana drin, oder?"

Als Tanja und die Frau kicherten, hörte er Eli mahnen. „Tanja, du bist noch zu jung!"

„Ja, Mama", gluckste sie zurück.

Alle lachten, sogar Eli. Da begann auch Florian zu kichern. Heute war alles anders, das spürte er.

Chantal klopfte ihm auf den Rücken. „Na also", flötete sie. „Werd einfach mal etwas locker. Vergiss deine Sorgen, die sind morgen früh auch noch da!"

Da grölten alle um ihn herum, und er lachte einfach mit. So schwer war es wirklich nicht. Auch wenn er wusste, dass seine Sorgen morgen endgültig gelöscht sein würden.

Eine völlig andere Welt

Sie hatte einem Wildfremden ihr Herz ausgeschüttet! All ihre Sorgen hatte sie Florian erzählt, und es war aus ihr herausgeschossen wie vergorene Milch. Nur zögerlich hatte er sie gehalten, sich dann aber wirklich Mühe gegeben. Und sie war ruhiger geworden. Hatte mit klarem Verstand festgestellt, dass sie so eine Situation noch nie zuvor erlebt hatte. Immer war sie für andere dagewesen, doch niemals war es umgekehrt gewesen. Als ihre Tochter nach zwei Ehejahren heulend zu ihr gekommen war, hatte sie tröstende Worte gesprochen. Als ihr Sohn die Zulassungsprüfung für die Technische Hochschule versemmelt hatte – inzwischen war er an der Fachhochschule viel besser aufgehoben –, war sie auch für ihn dagewesen. Auch als Bernd ihr früher von seinem Alltag auf dem Bau erzählt hatte, war sie immer verständnisvolle Zuhörerin gewesen. Einmal war dort etwas schiefgelaufen – was, hatte sie nicht verstanden, aber darum ging es auch nicht. Sie hatte ihn aufgebaut, hatte ihn so bestärkt, dass er die nächsten Tage durchhielt, um alles wieder zu bereinigen. Schon damals in der Krabbelgruppe, als sich eine Mutter bei ihr ausgeheult hatte, während ihre Kleinen um sie herumtobten … Sogar da hatte sie tröstende Worte und Umarmungen parat gehabt. Nie war es andersherum gewesen.

Doch jetzt … Es war ihr peinlich. Florian vielleicht auch, zum Schluss hatte er nicht mehr viel gesagt. Da kam der Schnaps genau zur rechten Zeit. All die Sorgen sollten vergessen sein. Ihr Haus, das wahrscheinlich gerade bis auf die Grundmauern abbrannte, ihre Ehe, die sowieso nicht mehr zu retten war, und überhaupt alles, was sie betraf. Sie musste sich eigentlich gründlich ändern, denn bisher hatte sie nur versucht, es allen anderen recht zu machen. Nur sich selbst hatte sie einfach vergessen. Das musste ab sofort aufhören.

Chantal hakte sich bei ihr unter, und Boris bei Florian. Ihr Weg führte vom Parkplatz zu einer Wiese, die ringsum abgesperrt war. Der Eingang wurde von zwei Polizisten kontrolliert. Chantals Handtasche wurde inspiziert und alle anderen abgetastet. Ungehindert passierten sie den Bereich, um schließlich auf eine schnatternde Menge zuzugehen, die sich auf dem großen Platz verteilt hatte. In Grüppchen standen sie beisammen, und trotz der Kälte waren die Leute leicht bekleidet und in fröhlicher Stimmung. Überall gab es grell bemalte Gesichter, Perücken in allen Farben und freizügige Kostüme. Manche Leute hatten ihr Musikinstrument gleich mitgebracht, das ein oder andere Mal ertönten Trompetenklänge oder Gitarrenakkorde.

Elisabeths Beine zitterten, und das nicht, weil ihr die Kälte unter die Baumwollhose kroch, sondern weil ihr die Umgebung ein wenig Angst machte. Natürlich hatte sie schon von gewissen Umzügen Berichte im Fernsehen gesehen, doch nie hätte sie gedacht, dass sie sich mal mitten dazwischen befinden würde. Schon gar nicht in ihrem Aufzug … Wobei sie hier absolut nicht auffiel. Als Chantal mit ihren Pfennigabsätzen auf der Wiese einsank und eher schwankend als gradlinig ging, war Elisabeth froh, sie stützen zu können. Kichernd über sich selbst klammerte sie sich an ihren Arm und raunte: „Gut, dass ich dich habe, meine Liebe. Du bist der Fels in meiner Brandung!"

Elisabeth wusste nicht, was sie damit genau meinte, doch sie lachte, weil auch Boris und Tanja lachten. So langsam kam sie in Stimmung. Der Schnaps hatte ihr die letzten Hemmungen genommen, auch einmal ein Wagnis einzugehen und nicht gleich in Panik zu verfallen. Niemals wäre sie freiwillig mitgekommen, aber jetzt war sie hier. Und das war gut.

Chantal führte sie zu einer Gruppe von fünf Musikern. Sie wurden einander vorgestellt, doch in der Aufregung behielt Elisabeth deren Namen nicht. Jemand reichte ihr eine Dose Cola. Elisabeth wollte protestieren, da Cola derzeit nicht auf ihrem Diätplan stand, doch sie war froh, etwas in der Hand zu halten. Auch wenn das Eis gebrochen war, fragte sie sich langsam, was sie hier überhaupt wollte. Sie drehte sich nach Tanja und Florian um, doch die beiden waren in der Menge verschwunden. Nun ja, das durften sie selbstverständlich. Obwohl sie auf Tanja hätte aufpassen müssen, sie war ja noch minderjährig. Sobald es möglich war, würde sie ein Taxi suchen, um zu ihrem Vater und dann nach Hause zu fahren.

„Bleib locker, meine Süße", sagte Chantal neben ihr. Offensichtlich spürte sie ihre Unruhe. „Niemand will dir etwas tun. Wir sind ganz liiiiieb …"

Eine Lachsalve der Umstehenden folgte und Elisabeth wusste nicht, ob Chantal damit nun das Gegenteil meinte oder nicht. An den Gesprächen in der Runde konnte sie sich nicht beteiligen, da sie von den Themen absolut keine Ahnung hatte. Das war nicht ihre Welt, und zunehmend fühlte sie sich unwohler. Als sich zwei weitere in ihren Augen wenig vertrauenerweckend aussehende Typen in die Gruppe drängten und sich als Willi und Sammy vorstellten, wollte sie sich abwenden, doch Chantal ließ ihren Arm nicht los.

„Ich brauche dich doch, meine Liebe", säuselte sie. „Sonst versinke ich hier in dem Matsch."

„Und kennt ihr schon den?" Der Lockenkopf Willi wollte offensichtlich einen Witz reißen. „Geht eine Nacktschnecke baden …", begann er.

Die Anwesenden in der Runde grölten, bevor der Witz überhaupt zu Ende erzählt war, während Elisabeth den Kopf schüttelte. Diese Art von Humor verstand sie nicht, sie konnte darüber einfach nicht lachen. Doch sie sah etwas anderes. Während Willi mit Worten und Gesten die Aufmerksamkeit auf sich zog, starrte sie auf Sammys Finger. Er schien sich als Frau auszugeben, vor allem stachen seine langen Fingernägel mit farbigen Mustern ab. Mit solchen Krallen würde er definitiv keine Fenster putzen oder Wäsche in die Maschine stopfen, befand Elisabeth. Doch nun schwebten sie über Chantals Coladose und verharrten dort einen Moment. Dann zog er die Hand zurück, lachte mit den anderen und gab selbst noch etwas zum Besten, was für Elisabeth erneut keinen Sinn ergab. Sie sah nur schlechte Zähne in einem schiefen Mund, die nach zu vielen Zigaretten aussahen. Außerdem spürte sie, dass hier irgendetwas nicht richtig war. Klar, *sie* war hier fehl am Platz, denn musiziert hatte sie noch nie, doch irgendwie hatte sie noch ein anderes ungutes Gefühl.

Als Chantal die Coladose an die Lippen setzte und trank, wusste sie plötzlich, was ihr nicht behagte. Mit Wucht schlug sie der Sängerin das Getränk aus der Hand, sodass es über die Köpfe der Anwesenden flog und irgendwo im Dunkeln auf der feuchten Wiese landete.

„*Holla*, meine Liebe!" Chantal stemmt ihre Fäuste in die Seiten und drehte sich mit finsterem Gesicht zu ihr um. „Ist das der Dank, dass ich dich …"

„Sammy hat dir irgendwas in die Cola getan!" Elisabeth unterbrach sie einfach, obwohl das sonst nicht ihre Art war. „Ich glaube, das war irgendein fieses Zeug … K.-o.-Tropfen oder so was!"

Chantal blickte sich nach den beiden Neuankömmlingen um, doch die machten kehrt und flohen.

„Dann … dann … dann hast du mich vielleicht vor Schlimmerem bewahrt!" Sie fasste sich an den Kopf. „Oh, mir wird schwindelig. Es wirkt schon! Hätte ich doch nicht so einen großen Schluck getrunken."

„Du musst zur Polizei gehen", sagte jemand aus dem Kreis.

„Ja, das wird wohl das Beste sein."

Chantal wandte sich um. Sie schwankte und ruderte mit den Armen – ob ihre High Heels daran schuld waren oder das Mittel wirklich schon wirkte, wusste Elisabeth nicht. Sie griff nach Chantals Arm, die sich sofort schwer auf ihre Schulter stützte.

In dem Moment ertönten Trommeln. Schlagartig kam Bewegung in die Menge, das Schnattern wurde lauter und die Menschen drängten enger zusammen und auf den Ausgang zu. Eine große Traube bildete sich bereits, bunte Köpfe, lustige Kleidung, eng und enger beieinanderstehend – vorweg die Trommeln, immer im gleichen Rhythmus: *Tam, tam. Tam-tam-tam, ta-dam!*

„Wenn wir am Eingang sind, können wir uns Rat bei den beiden Polizisten suchen", rief Elisabeth Chantal zu, denn der Krach um sie herum schwoll an. Immerhin brauchte sie sich keine Sorgen darum zu machen, dass sie umfiel – in dem Gedränge war das nur schwer möglich.

Die dunkle Stimme des Lockenkopfs erklang plötzlich hinter ihnen. „Das würde ich an eurer Stelle sein lassen."

Elisabeth erschrak. Auch der Fingernageltyp war neben ihr, sein schiefes Grinsen war ihr vorhin schon aufgefallen, aber jetzt erfüllte es sie mit Unbehagen. Willi und Sammy! Was wahrscheinlich nicht ihre richtigen Namen waren. Die beiden Fieslinge waren zurückgekommen, um ihnen aufzulauern. Chantals Freunde waren inzwischen weit verstreut, sie konnten ihnen nicht zu Hilfe eilen. Elisabeths Herzschlag wurde schneller, schneller als die Trommeln. *Tam, tam. Tam-tam-tam, ta-dam!*

„Was wollt ihr von uns?", brüllte sie die beiden an. Und hoffte, dass ihr Ton sie zum Rückzug bewegte.

Als Antwort wurde sie einfach nach vorn geschoben, zusammen mit Chantal. Deren Kopf schon hin und her wackelte, als hätte sie ihn nicht gerade halten können.

„Macht keine Faxen!", drohte der Schiefgrinser. „Wenn wir durch den Eingang sind, lotsen wir euch zur Seite. Solltet ihr irgendjemanden warnen wollen, machen wir kurzen Prozess. In der Menge sind wir schnell fort, also überlegt es euch gut."

Elisabeth schaffte es, ein Würgen wegen der schlechten Zähne zu unterdrücken. Wo war sie denn jetzt schon wieder hineingeraten?

Bedrängnis

Na, hier war endlich mal was los! Nach der düsteren Stimmung mit Eli und Flo brauchte sie diese Abwechslung. Hier konnte sie einfach mal mitmachen, ohne dass es große Konsequenzen gab. Diesen Arsch Adrian musste sie endlich mal vergessen und vielleicht mit jemand anderem anbandeln. Was der konnte, konnte sie schon lange. Nicht, dass sie mit einem dieser Musiker hier gleich was anfangen wollte – nein, ihr Bedarf an einer Beziehung war erst mal gesunken. Aber die Leute hier waren lustig. Vor allem anders, nicht so eingefahren wie Eli und Flo. Die beiden waren echt anstrengend. Gut, dass sie sich von ihnen getrennt hatte. Sie sollte sich jetzt jemanden suchen, der ihr ein Getränk spendierte. Die meisten marschierten in Gruppen zu diesem Kulturhaus, wo sie dann singen und musizieren konnten. Dort kam Tanja sicher nicht rein, denn garantiert musste man Eintritt bezahlen. Vielleicht konnte sie jemanden kennenlernen, der ebenfalls hineinwollte und ihr irgendwo ein Fenster öffnete, wo sie dann einsteigen konnte. Der Typ da an der Seite zum Beispiel, sah der nicht sogar nett aus? Na ja, er hatte schon eine große Nase, auch noch mit einer Beule darauf. Ein ordentlicher Zinken, nicht schön anzusehen. Aber das war ja eigentlich egal. Sollte sie ihn ansprechen? Ja, warum nicht.

Sie stellte sich neben ihn. „Hey, hast du dich hier verirrt oder gehörst du zu denen?"

Überrascht blickte sich der Typ mit der großen Nase um, dann lächelte er breit. „Ich begleite nur jemanden. Also eigentlich nein, ich gehöre nicht dazu. Und du?"

Sie nickte. „Genau, bin zufällig hier reingerutscht."

„Ah ja."

Schweigen. Na, gesprächig war der Typ anscheinend nicht.

„Ich heiße übrigens Tanja", begann sie erneut.

Er legte den Kopf schief, sagte aber nichts.

„Weißt du, wo es hier was zu essen gibt? Ich verhungere bald."

Er nickte. „Da drüben gibt es einen Würstchenstand. Der verdient sich dusselig, denn jeder holt sich da was."

Hm. Okay. Er hatte nicht angebissen. Wäre auch zu schön gewesen, wenn er sie eingeladen hätte. Trommeln trommelten trommelstark. Und laut. Der Pulk setzte sich in Bewegung.

„Es geht los", sagte der Zinken überflüssigerweise.

Tanja schaffte es, ihn anzulächeln. Er watschelte voran und sie folgte ihm. Es ging durch einen Engpass, durch den er schneller hindurchkam als sie. Na gut, dann verlor sie den Typ eben aus den Augen, was machte das schon. Sie musste sich jemanden suchen, der mehr Begeisterung ausstrahlte, der sie mitriss und aus ihrem Frust herausholte. Die letzten Stunden vergessen, das war alles, was sie wollte.

„He, Kleine, bist du Sängerin?"

Ein großer Mann sprach sie an, seine Haare hatte er zu Igelstacheln geformt, eine wahre Pracht. Er lächelte ihr zu. Ein nettes Lächeln.

„Nee, leider nein", sagte sie. „Aber ich würde euch gerne musizieren hören. Hast du eine Idee, wie ich ins Kulturhaus komme?"

Einen Moment stutzte er, dann lachte er dunkel. „Ohne Eintrittskarte, meinst du? Da können wir bestimmt was tricksen. Komm doch einfach mit, wir haben immer Spaß."

Sie nickte, froh darüber, schon gleich jemand anderen gefunden zu haben. Der Große stellte sie fünf weiteren Musikern vor, die in einer Band spielten. Den Namen verstand sie leider nicht, denn die Trommeln waren zu laut. Was für eine Stimmung! Am Rand standen Zuschauer, die den Pulk wie zur Faschingszeit an sich vorbeiziehen ließen, auch etliche Ordner waren dabei. Der Große reichte ihr einen Becher mit Bier, wo auch immer er den herbekommen hatte.

„Danke!", rief sie und kippte die Hälfte davon in sich hinein.

„Na, du hast aber einen Zug!"

Sie zuckte mit den Schultern. „Haste 'ne Zigarette?"

„Selbstgedreht?" Er zeigte ihr eine Box, in der fünf Stück lagen.

Grinsend nahm sie sich eine heraus. Zu Geschenken sagte sie nie Nein, auch wenn diese Glimmstängel anders aussahen als gewohnt. Er gab ihr Feuer und sie zog daran. Der Qualm biss in der Lunge, das hatte sie nicht erwartet. Hustend hielt sie den Stängel von sich weg.

„Was ist denn das für ein Zeug?", würgte sie zwischen den Hustenattacken hervor.

Er zuckte nur mit den Schultern. „Kannste mir zurückgeben, wenn du sie nicht magst."

Das tat sie auch. Vergiften wollte sie sich jedenfalls nicht. Seine Kameraden lachten bereits, nicht sonderlich nett. Aber sie folgte ihnen trotzdem. Allein wollte sie um Mitternacht nicht sein, da würde ihr das Elend bestimmt wieder hochkommen, wo sie doch so große Hoffnung bei Adrian gehabt hatte.

„Ah, da bist du ja!"

Irritiert drehte sich Tanja zu dem Sprecher um. Das Zinkengesicht stand hinter ihr, und nun packte er sie am Oberarm. „Du wolltest doch mit mir kommen. Was hängst du denn mit diesen Typen rum?"

Entsetzt versuchte sich Tanja aus seinem Griff zu winden. „Hast du einen Knall?"

„Pass auf, was du sagst", knurrte der große Typ den Zinken an.

Auch seine Kameraden drehten sich nun zu ihm um, und ihre Gesichter verrieten nichts Gutes. Dankbar für die Unterstützung versuchte Tanja erneut, seine Hand abzuschütteln, aber es gelang ihr nicht.

„Kein Problem, Leute", entgegnete das Zinkengesicht mit einem Lächeln. „Die Braut hat sich vorhin an mich rangemacht, und jetzt seid ihr offensichtlich dran. Vielleicht will sie einen nach dem anderen ausnehmen, was weiß ich. Deshalb denke ich, dass ich sie mir mal vorknöpfen muss, um mit ihr zu *reden*."

„Was erzählst du da für einen Scheiß?" Tanja keuchte und wehrte sich, so gut sie konnte, aber er packte sie auch noch am anderen Arm. Nun stand er hinter ihr und sie spürte seinen Atem.

„Bist eine kleine Wildkatze, was? Die hab ich am liebsten", säuselte er ihr ins Ohr.

„Glaubt ihm nicht!", schrie sie. Die Trommeln dröhnten lauter, sie musste brüllen. „Helft mir, der Typ spinnt!"

Aber der Große zuckte mit den Schultern und drehte sich um. Anscheinend war ihm die Begegnung mit ihr nicht so wichtig. Was für ein Arsch! Alles nur Idioten, dachten nur an sich, und wenn wirklich Not war, guckten die weg! Wütend versuchte sie sich zu wehren, doch der Zinken schob sie von der Menge weg, hinein in den Eingang eines Geschäfts. Die Ein-Euro-Artikel in der Auslage wollte er sich bestimmt nicht ansehen. Und mit ihr reden?

Lachhaft!

Sie wehrte sich erneut – erfolglos. „Was willst du von mir? Lass mich los, oder ich schreie!"

„Versuch's doch." Selbstgefällig ließ er ein Grinsen aufblitzen. „Du hast dich doch an mich rangeworfen …"

„Was für'n Schwachsinn! Ja, ich hab dich angesprochen, da wusste ich aber nicht, was du für'n Idiot bist!"

„Na, na! Bist du nicht bloß hier, um jemanden anzumachen und mit ihm ins Bett zu gehen? Ich seh's dir an …"

„Nichts siehst du!" Die Panik, die sich in ihr ausbreitete, wurde greifbar. Warum waren jetzt keine Ordnungshüter da, wenn man sie brauchte? „Lass mich endlich los, du Versager! Ich geh nicht mit dir in die Kiste!"

„Das wollen wir doch mal sehen!"

Er bog ihren linken Arm so zurück, dass er nun ihre beiden Hände mit seiner Linken auf ihrem Rücken festhalten konnte. Dann drehte er sie herum, sodass sie fast frontal vor ihm stand und er sein Becken an ihres drücken konnte. Mit der anderen Hand grabschte er nach ihrer Brust. Als sie schreien wollte, presste er seinen Mund auf ihren. Der Schrei wurde gedämpft, aber sie riss den Kopf herum und versuchte zu beißen. Ein dreckiges Lachen zeigte ihr, dass er sich über ihre Gegenwehr freute. Wie kam sie bloß aus dieser Lage raus? Die Trommeln dröhnten noch immer, die Masse an Menschen zog vorbei, ohne sie zu beachten.

Mit aller Kraft presste er sie in die Ecke der Glasscheiben. „Sag schon: Du willst es doch auch, kleines Biest …“

Tanja schloss für einen Augenblick die Lider. Sie hatte verloren, das wusste sie bereits. Er war zu stark, gegen solche Leute kam sie nicht an. Niemand konnte ihr aus der Situation heraushelfen, sie würde hier auf der Stelle vergewaltigt werden …

Flucht Nummer eins

Unglaublich, was hier für Leute herumliefen. Mitten ins Chaos war Florian geraten, als wollte ihm sein erbärmliches Leben zeigen, dass es auch Menschen gab, die ihn nicht gleich als Langweiler abstempelten. Aber er hatte sich entschieden, nichts würde ihn von seinem Vorhaben abbringen. Außer natürlich, wenn er es nicht mehr rechtzeitig auf ein Hochhaus schaffte. Was wäre das denn für ein Feeling, wenn er erst im Morgengrauen nach Düsseldorf zurückkam und sich hinabstürzte, während alle selig in ihren Betten schliefen?

Nein, seine Vorstellung war eine andere. Er brauchte ein Ambiente um sich herum, das er hier zwischen den Musikern jedenfalls nicht fand. Sie waren zu skurril und anders, so weit ab von der Normalität. Von ihm aus konnten sie ihre Parade durchziehen und um die Wette musizieren, aber musste denn alles so grell und überkandidelt sein? Es schien, als wäre er der einzige normale Mensch weit und breit. Nein, er wollte so schnell wie möglich zurück in die Stadt, um seinen Plan auszuführen.

Als er sich an den grölenden Menschen vorbeidrängelte, sah er einen Augenblick lang Eli zusammen mit Chantal. Na, die beiden vertrugen sich anscheinend. Eli war nach dem Gespräch im Auto richtig aufgetaut und lachte inzwischen munter mit den anderen mit. Um sie brauchte er sich also keine Gedanken zu machen. Oder vielleicht doch? Hatte sie vergessen, dass ihr Haus womöglich abbrannte?

Nun, es war ihre Entscheidung. Viel wichtiger war Tanja, die daran schuld war, dass sie hier gelandet waren. Das Mädchen war zwar taff, doch minderjährig. Sie sollte hier nicht allein herumstromern. Wer wusste schon, an was für Typen sie geriet? Wo mochte sie sein? Schloss sie sich den Musikanten an, obwohl sie niemanden kannte? Zuzutrauen wäre ihr das, schließlich hatte sie die beiden von dieser komischen Band gleich angesprochen. Wie nannten die sich noch? Irgendwas mit Tod und küssen. Was für ein absurder Name … Ah, da vorn stand sie mitten in einer Gruppe von Männern. Sie zog an einer Zigarette … Jetzt verschluckte sie sich. Von solchen Glimmstängeln sollte sie wohl lieber die Finger lassen. Hoffentlich wurde ihr jetzt klar, wie gesundheitsschädlich die waren. Wusste jeder, und trotzdem taten es die Leute. Egal, was kümmerte es ihn. Aber da, ein schmieriger Typ mit großer Nase baggerte sie von hinten an. Was wollte der Kerl von ihr? Jetzt drängte er sie weg, in den dunklen Eingang eines Geschäfts, wo man sie kaum sehen konnte.

Florian sah sich um. Die anderen Männer hatten sich abgewendet, also war es für sie in Ordnung, dass Tanja mit diesem Typen abhing. Vielleicht kannte sie ihn ja sogar und wollte Zeit mit ihm verbringen. Er sollte nicht in allem Schwarz sehen. Vielleicht nur kurz überprüfen, ob sie freiwillig in die Ecke wollte. Vielleicht knutschte sie glückselig mit ihm herum … Wenn er sich davon überzeugt hatte, würde er zur Bushaltestelle gehen und nach Düsseldorf zurückfahren.

Vorsichtig näherte er sich den beiden, lugte durch die Glasscheibe hindurch, was sie trieben. Vielleicht würde man denken, er sei ein Spanner. Sollte er es besser sein lassen? Die Trommeln wurden geschlagen, es war laut und die Leute zogen an ihnen vorbei. Da, ein Schrei. War das Tanja?

Heftig atmete er ein und aus. Nein, er konnte nicht glauben, dass sie sich so einem schmierigen Typen in die Arme warf. Er würde sie retten. Aber wie? Konnte er gegen diesen Kerl boxen? Verdammt, es half nichts! Jetzt begrabschte der ihre Brust – das ging gar nicht! Er musste handeln, aber sofort!

Schnell trat er in den Eingang. Es war dunkel, vor allem in der Ecke, in der die beiden standen. Und doch sah er, dass Tanja versuchte, den Kerl zu beißen, auch ihr Knurren hörte er. Wehren konnte sie sich nicht, denn anscheinend hielt er ihre Hände mit nur einem Griff hinter ihrem Rücken fest.

„Georg!", rief Florian und trat mit ausgebreiteten Armen auf die beiden zu. „Dass ich dich hier treffe! Alter Kumpel, was treibst du denn hier?"

Überrascht ließ der schmierige Typ von Tanja ab, aber nicht ganz … Egal, Florian tat etwas, was er noch nie getan hatte: Er warf sich dem Mann in die Arme. Spürte den fremden Körper an sich und roch seinen unangenehmen Atem. Es widerte ihn an, doch er tat es aus einem einfachen Grund: So konnte der Typ ihn nicht gleich k. o. schlagen. Außerdem überkam ihn eine Scheißangst. Gerade deshalb presste er den Typ noch fester an sich, als wären sie die besten Freunde. Klopfte ihm auf den Rücken, stemmte sich gegen seinen Widerstand. Hoffentlich nutzte Tanja die Situation aus. Er spürte einen Ruck. Der schleimige Typ versuchte, sie festzuhalten, doch sie riss sich tatsächlich los …

Und jetzt?

„Geh von mir weg, du Arsch!", brüllte der Typ ihm ins Ohr. So schnell konnte Florian nicht reagieren, er wurde gegen die Scheibe geschleudert. Ein Faustschlag traf ihn in den Magen. „Ich heiße nicht Georg! Weiß nicht, was du hier abziehst, aber jetzt ist die Kleine weg. Und daran bist nur du schuld!"

Weitere Tritte folgten, Florian stöhnte und krümmte sich. Na toll! Gestorben in irgendeiner dreckigen Ecke an inneren Verletzungen ... Er sollte wohl ebenfalls verschwinden ... Wenn er das gekonnt hätte. Endlich ließ der Typ von ihm ab, vermutlich hatte er die Hoffnung, Tanja noch einzuholen. Schnell warf sich Florian nach vorn. Er umklammerte die linke Fußfessel des schmierigen Kerls mit beiden Händen. Wie in Zeitlupe sah er ihn der Länge nach hinfliegen, mit der großen Nase voran knallte er auf den Boden. Ein undefinierbarer Laut entfleuchte seiner Kehle, aber Florian wollte gar nicht wissen, was es hieß.

Er musste weg. Jetzt. Schnell.

Trotz der Schmerzen im Bauch und an den Seiten rappelte er sich auf. Schob sich an dem Gestürzten vorbei, der noch mit dem Schock zu kämpfen hatte. Drängte sich in die Menge der Vorbeiziehenden. Zog seinen Kopf ein, um nicht so schnell gesehen zu werden. Stolperte schließlich auf der anderen Seite des Bürgersteigs weiter und stob erneut in die Menge. Er brauchte ein Versteck, denn garantiert würde der Typ ihn verfolgen. Aber wo? Er kannte sich hier nicht aus.

Jemand zupfte an seinem Ärmel. Sein Herz blieb fast stehen. Wenn es der Typ war ... Voller Angst drehte er sich um. Blickte in Tanjas Gesicht, die ihn kurz anlächelte.

„Lass uns verschwinden", flüsterte sie.

Erleichtert nickte er und folgte ihr. Ob sie sich auskannte oder nicht, konnte er nicht sagen, doch sie fand einen Weg, der zu einer Hauptstraße führte. Es gab nur einen Bürgersteig, der zugleich auch der Radweg war. Noch so 'ne Sache, über die er sich aufregte. Wenn er hier entlangging, störten ihn die Radfahrer, die dauernd klingelten und von hinten und vorn kamen. Umgekehrt wäre er als Radfahrer genervt gewesen, wenn er ständig den Fußgängern hätte ausweichen müssen, die auch noch taub waren – oder sein Klingeln war zu leise. Konnte die Verkehrspolitik nicht mal was Vernünftiges bauen? Aber was interessierte es ihn noch, er würde nach Mitternacht nie mehr angeklingelt werden.

Gehetzt lief er neben Tanja her, die anscheinend die bessere Kondition hatte. Immer wieder drehte er sich um, voller Angst, dass hinter ihnen der fiese Typ auftauchte. Endlich erreichten sie eine Haltestelle. Als Tanja daran vorbeilief, war er irritiert.

„Meinst du nicht, wir sollten auf den Bus warten?", fragte er.

Sie wies den Weg entlang. „Hier wird uns der Knallkopf bestimmt einholen. An der nächsten Haltestelle sind wir vor ihm vielleicht sicher."

„Und wie weit ist die weg?"

Da zuckte sie mit den Schultern. Sie rannten noch eine Weile, bis er keuchend anhielt. „Sport ist nicht mein Ding. Ich schaue lieber zu."

Tanja blieb stehen, bis er sie eingeholt hatte. „Danke", sagte sie, während sie ihm ein Lächeln schenkte. „Der Typ hätte mich vergewaltigt, wenn du nicht gekommen wärst …"

Verlegen zuckte er mit den Schultern. „Hab zufällig gesehen, wie er sich an dich rangemacht hat. Ich wäre bestimmt nicht dazwischengegangen, wenn du das gewollt hättest."

„Gut erkannt." Sie schwieg eine Weile. „Verdammte Scheiße, dass ich mein Handy nicht dabeihabe. Mir ist die Lust auf Feiern vergangen. Ich will einfach nur noch nach Hause."

„Und ich will auch nur nach Düsseldorf zurück. Mehr nicht." Er drehte sich zu ihr. „Hoffentlich kommt hier überhaupt ein Bus und fährt nicht gleich an uns vorbei. Wie können wir mitfahren ohne Geld? Oder kann ich da mit Karte bezahlen?"

Sie hob die Augenbrauen. „Keine Ahnung, ich hab noch nie bezahlt. Heute kontrollieren sie bestimmt nicht. Verhalte dich einfach so, als hättest du ein Ticket."

Na ja, selbst wenn er erwischt wurde – was störte es ihn? Würde seine Mutter die Strafe bezahlen müssen oder legte man das Vergehen ad acta, wenn er morgen tot war? Eigentlich hätte er vorher mal so richtig auf den Putz hauen sollen, wenn er die Konsequenzen nicht tragen musste. Ob er sein Anliegen vielleicht um ein Jahr verschieben sollte? Ach Quatsch, dann hätte das keine Wirkung mehr auf seine ehemaligen Kollegen. Die sollten sich ruhig mal schuldig fühlen, denn schließlich hatten sie ihn jahrelang gemobbt. Außerdem hatte er keine Arbeit – und wozu hätte er sich eine neue Stelle suchen sollen, wenn er doch bald sterben würde?

Flucht Nummer zwei

*T*am, *tam. Tam-tam-tam, ta-dam!*, machten die Trommeln. Genauso schnell klopfte Elisabeths Herz. In was für eine Sache war sie da nur hineingeraten! Ihre Masche als Undercover-Polizistin konnte sie hier sicher nicht noch einmal ausspielen. Wenn wenigstens Florian oder Tanja dagewesen wären, bestimmt hätte einer von den beiden gewusst, was zu tun war. Doch sie … war einfach nur unfähig. Überfordert mit der Situation. Noch nie hatte sie mit Verbrechern zu tun gehabt, die irgendwas von ihr wollten. Aber was eigentlich?

Tam, tam. Tam-tam-tam, ta-dam!

Mit dem Strom der Menschen wurde sie durch die schmale Öffnung am Eingang des Parkplatzes gedrückt. Wenn jetzt jemand in Panik geriet, würde sie wahrscheinlich ihr Leben verlieren, da sie von den Massen schlichtweg platt getrampelt werden würde. Die Nähe der anderen raubte ihr die Luft, und das hatte nichts mit dem Parfum zu tun, das sich mancher übermäßig auf Haut und Haar geschüttet hatte. Von den beiden Polizisten am Ausgang war nichts zu sehen, ihre letzte Hoffnung schwand.

Tam, tam. Tam-tam-tam, ta-dam!

Die beiden Verbrecher hielten sich trotz Enge und Hin-und-Her-Gestoße der Musiker noch dicht hinter ihnen.

„Macht keine Faxen", knurrte der Schiefgrinser direkt an Elisabeths Ohr. „Wenn ihr durch seid, haltet euch links."

Elisabeth seufzte als Antwort, doch Chantal beugte sich zu ihr herab. „Wasch'n will der Typ von unsch?"

Erschrocken sah Elisabeth zu ihr hoch. Sie sah blass aus, sofern sie das bei der schwachen Funzel von Lampe in ihrer Nähe beurteilen konnte. Aber ihr Lallen machte deutlich, dass die K.-o.-Tropfen zu wirken begannen. Als sich eine Lücke auftat, begann Chantal zu schwanken, riss den linken Arm hoch und stieß ein „O-ha!" aus.

Tam, tam. Tam-tam-tam, ta-dam!

Beherzt umfasste Elisabeth Chantal, damit sie nicht zu Boden stürzte und sich wehtat. Gerade rechtzeitig, denn als sie die Enge passiert hatten, schwankten die beiden so stark, dass Elisabeth Mühe hatte, sie in der Spur zu halten. Die beiden Männer griffen nicht ein, sondern lenkten sie weiter nach links. Vorsichtig versuchte sich Elisabeth noch einmal umzuschauen, ob sie nicht vielleicht ein bekanntes Gesicht sehen würde, doch die bunt gekleideten und lachenden Menschen wandelten achtlos in eine andere Richtung.

Tam, tam. Tam-tam-tam, ta-dam!

Über einen Trampelpfad ging es fort von der feiernden Menge. So gesehen war Elisabeth froh darüber, denn sie mochte die vielen lauten Stimmen nicht um sich herum, war sie doch jahrzehntelange Ruhe gewöhnt. Doch die beiden unerfreulich drängenden Typen hinter ihr ließen auch keine Hoffnung aufkommen, dass der Abend besser wurde. Die Gauner stießen die beiden vor sich her, bis sie auf einen Feldweg trafen. Wo eigentlich kein Auto hätte parken dürfen, stand ein alter PKW. An etlichen Stellen war er rostig und die rote Farbe war bereits stumpf.

„Los, Hände auf die Kühlerhaube", befahl der Lockenkopf.

Elisabeth ließ Chantal los, um die Anweisung zu befolgen, doch da schwankte die Sängerin so stark, dass sie auf die Haube kippte.

„Na also, geht doch", murmelte der Schiefgrinser.

Er tastete Elisabeth ab, während sich der Lockenkopf um Chantal kümmerte.

„Ich hab nichts bei mir." Elisabeth versuchte, den unangenehmen Händen zu entkommen. „Ich hatte mich zu Hause ausgesperrt und …"

„Du wirst doch irgendwas bei dir haben", schnauzte der Mann. „Niemand geht ohne Geld und Handy raus."

„Ist ja aus Versehen passiert", verteidigte sich Elisabeth.

„Und du", knurrte der Lockenkopf, der Chantal ihre Handtasche entreißen wollte, „gib das her!"

„Dasch ischt meinsch", wehrte sie sich.

Es nützte nichts, sie wurde von dem Mann zurück auf das Autoblech gedrückt, während er ihr die Tasche entriss. Den Inhalt streute er vor ihren Augen auf die Kühlerhaube, griff zwischen Lippenstift und handgroßen Make-up-Döschen nach einem pinkfarbenen Portemonnaie und öffnete es.

„Ah – hier ist eine Goldgrube. EC-Karte, goldene Kreditkarte und einiges an Bargeld. Lass uns mal den nächsten Geldautomaten suchen, bevor die zusammenklappt!"

Der Mann verfrachtete Chantal auf den Beifahrersitz, während Elisabeths Widersacher sie auf die Rückbank zerrte. Das Auto war eine einzige Müllhalde, es stank nicht nur widerlich, sondern überall lagen Verpackungen von Fast Food herum, an manchen klebten noch eingetrocknete Soße oder die nicht gegessenen Reste. Elisabeth rümpfte die Nase. Da fiel ihr Blick auf ein Lederetui im Fußraum, das kleiner war als ihre Fernsehfernbedienung. Ob dort etwas drin war, das sie für eine Flucht gebrauchen konnte? Müll schien es nicht zu sein, eher Werkzeug oder Ähnliches.

Der Schiefgrinser ließ sich auf den Fahrersitz vor ihr fallen und sein Kumpel setzte sich hinten neben sie. Sein Grinsen war breit, sodass sie eingeschüchtert in sich zusammensackte. Bevor der Fahrer den Feldweg entlangruckelte, betätigte er die Zentralverriegelung. Sie waren gefangen!

Elisabeth hatte keine Ahnung, was sie hätte tun können. Niemals hätte sie damit gerechnet, in eine solche Situation zu geraten. Hätte sie sich auf so etwas vorbereiten können? Sicher nicht, sie konnte in ihren Socken wohl kaum ein Messer oder eine andere Waffe mit sich führen, nur weil sie den Verdacht hatte, irgendwann von zwei fiesen Betrügern überfallen zu werden. Die bohrende Frage war eher: Wenn sie Chantal alles Geld abgenommen hatten, was würde anschließend mit ihnen geschehen? Vermutlich würden die Kerle sie kaum am Leben lassen, denn dann würde sie zur Polizei laufen und sie anzeigen. Die Gesichter waren vielleicht schon in der Verbrecherkartei zu finden …

Sie fuhren auf eine vierspurige Straße, die trotz der heutigen Silvesternacht gut befahren war. Elisabeths Hoffnung, sich mit einem überholenden Auto zu verständigen, dass sie in Gefahr schwebten, wurde von ihrem Banknachbarn zunichtegemacht.

„Denk nicht mal daran“, knurrte Sammy und holte ein Klappmesser aus der Innentasche seiner Jacke. „Du bleibst schön brav sitzen mit dem Gesicht nach vorne. Ansonsten hast du das Messer in deinem Schwabbelbauch.“

Elisabeth schluckte und starrte auf die Kopfstütze vor ihr. Mutig war sie noch nie gewesen, und sich gegen ihn aufzulehnen, schien dumm zu sein. Er war viel stärker als sie und wahrscheinlich auch bereit, zuzustechen. So beobachtete sie, dass der Schiefgrinser den Wagen auf den Parkplatz eines Einkaufszentrums lenkte, das um diese Zeit natürlich geschlossen war. Dementsprechend gab es keinerlei anderen Autofahrer oder Fußgänger, die sie um Hilfe bitten konnte. Vor einem Geldautomaten hielt der Wagen. Willi und Sammy stiegen aus. Elisabeth nutzte die Gelegenheit und griff nach dem Ledermäppchen im Fußraum. Schnell ließ sie es in ihre große Tasche der Hausanzugshose gleiten. Erleichtert stellte sie fest, dass die beiden sich um Chantal kümmerten und nicht auf sie achteten. Ob sie jetzt schon hineinblicken sollte?

„So", rief der Lockenkopf. Er öffnete Chantals Tür und reichte ihr die beiden Karten aus ihrer Handtasche, die sie mit zittriger Hand entgegennahm. „Du steigst jetzt aus, gehst da rüber und hebst jeweils zweitausend Euro ab. Dann kommst du zurück in den Wagen. Klar?"

Chantal nicke und quälte sich aus dem Sitz. Die K.-o.- Tropfen wirkten inzwischen stärker, sie kämpfte dagegen an, um nicht umzufallen. Elisabeth sah sofort, dass sie es kaum bis zum Automaten schaffen würde.

„Warte, ich helfe dir", ereiferte sie sich.

Da ihre Tür nun nicht mehr verschlossen war, riss sie sie auf, aber sie knallte gegen den Rücken des Fahrers, der aufschrie und in die Knie ging. Durch den Umstand abgelenkt schaute Lockenkopf zu ihnen herüber. Das nutzte Chantal aus, sie entriss ihm die Handtasche und hämmerte mit brachialer Gewalt damit auf ihn ein.

„Scho behandelt man keine Dame, du Sch-schuft! Nimm dasch … und dasch …“, rief sie.

Dabei schlug sie ihm immer wieder die Tasche auf den Kopf. Der Gepeinigte hob seine Hände schützend über den Kopf, anscheinend hatte er nicht mit einem solchen Angriff gerechnet. Das beflügelte Elisabeth. Warum sollte sie sich nicht auch wehren? Sie ließ die Tür zuknallen und trat dem Schiefgrinser in die Seite.

„Und mich behandelt man auch nicht so“, schimpfte sie.

Sie packte ihn an den Haaren und stieß ihn vom Wagen fort. Er knallte auf den Boden und erhob sich flink, doch da war Elisabeth bereits auf den Fahrersitz geklettert, hatte die Tür zugedonnert und die Zentralverriegelung eingeschaltet. Gut, dass sie gesehen hatte, wo sich der Knopf befand. Nun schaute sie durch die noch offene Beifahrertür zu Chantal hinüber, die noch immer vehement auf den anderen Mann eindrosch.

„Steig ein!“, rief sie und setzte ein „Schnell!“ hinterher.

Als die Sängerin sah, dass Elisabeth bereits im Wagen saß, reagierte sie prompt. Mit einem Satz flog sie auf den Beifahrersitz und knallte hinter sich die Tür zu. Der Gepeinigte war aber bereits aufgesprungen und ihr hinterhergewetzt. Als er am Griff zog, ruckelte es nur. Auch auf der anderen Seite versuchte der Schiefgrinser, die Tür zu öffnen.

Elisabeth und Chantal sahen einander an. Zuerst waren ihre Gesichter erschrocken, doch dann lachten sie.

„Die ham wir veddischjemascht“, lallte Chantal.

Elisabeth nickte. „Aber was machen wir jetzt?“

„Fahr losch!“ Grinsend sah sie auf die beiden Männer draußen, die mit ihren Fäusten wütend auf die Kühlerhaube hieben. „Masch schnell. Sch-schonscht hauen schie nosch die Sch-scheiben ein.“

Auf genau diese Idee kam der Lockenkopf. Er holte mit dem Knauf seines Taschenmessers aus und hieb auf das Glas auf Chantals Seite ein. Es gab ein unangenehmes Geräusch. Beide Frauen schrien auf.

Stirnrunzelnd starrte Elisabeth auf das Lenkrad. Sie wusste nicht, was sie tun sollte. „Chantal, ich habe keinen Führerschein.“

Die Sängerin wackelte mit dem Kopf, als suchte sie eine Position, um ihn zu fixieren. „Abber warumm denn nischt?“

Ja, warum nicht? Weil Bernd gesagt hatte, dass sie das nicht brauche. Weil sie alles in dem Ort bekamen, in dem sie wohnten. Es gab genug Einkaufsmöglichkeiten, zu denen sie mit dem Fahrrad fuhr, eine Schwimmhalle und mehrere Sportstätten sowie etliche Schulen, in die auch ihre Kinder gegangen waren. Es war einfach nicht nötig gewesen, und außerdem hatte Bernd gemeint, sie würden dann einen schönen Batzen Geld loswerden. Vielleicht, weil er es ihr nicht zugetraut hatte, vielleicht war er aber auch nur geizig gewesen.

Dass ihr Fluchtplan jetzt wegen so einer Kleinigkeit scheitern musste! Chantal konnte sich in ihrem Zustand auf keinen Fall ans Steuer setzen.

„Dann lernscht du esch eben“, sagte sie gerade. Sie zeigte auf den Autoschlüssel, der an der Seite baumelte. „Dasch dumme Ding muscht du drehen!“, lallte sie. „Allesch schwankt, allesch so sch-schöön. Isch kann jetzt nischt fahren, dasch muscht du maschen, meine Allerallerliebschte.“

Es war deutlich zu erkennen, dass sie recht hatte.

„Masch dir keine Sorschen, meine Liebschte, dasch schaffschst du schon. Isch sach dir einfach, wasch du maschen muschst.“

Elisabeth seufzte. Die Zeit drängte, die beiden Männer hieben immer noch auf das Auto ein und bald würde es ihnen gelingen, die Scheiben einzuschlagen.

Chantal tippte mit ihrem Zeigefinger auf Elisabeths linkes Bein. „Zuerscht drückscht du deinen linken Fusch auf die Pedale – meine Liebschte, wasch hascht du für hübsche Puschen! Sie sind wunderschöööön …"

Leise schnaufend trat Elisabeth auf die Pedale und drehte den Schlüssel. Als der Motor ansprang, zuckte sie zurück.

„Und jetzscht legen wir mal den rischtischen Gang ein. Warte, isch helfe dir … upps, abjeruscht. Mascht nischts, dasch kriegschen wir sch-schon irjendwie hin!"

Elisabeth holte tief Luft. Chantals Erklärungen waren nicht unbedingt hilfreich, daher versuchte sie sich zu erinnern. Als ihr Sohn Daniel zuletzt den Führerschein hatte machen wollen, hatten sie auf einem abgelegenen Parkplatz geübt, und einmal war Elisabeth auch dabei gewesen. Er hatte sich mit Bernd unterhalten, wie man den Punkt in der Kupplung spürte, damit das Auto beim Anfahren nicht ruckelte. So musste sie es auch machen. Vorsichtig ließ sie die Kupplung kommen, während der Motor aufheulte. Weniger Gas! Das hatte Bernd damals auch immer gesagt, sie nahm es zurück.

Der Wagen schoss nach vorn, die beiden Männer wurden zur Seite geschleudert. Ruckelnd fuhr das Auto den Weg entlang. Elisabeth sah im Rückspiegel, wie der Lockenkopf sich am Heck festkrallte. Das durfte er nicht! Sie gab mehr Gas, der Motor wurde laut. Ihr lief der Schweiß den Rücken hinunter und sie klammerte sich am Lenkrad fest. Wenn sie es so weit geschafft hatte, würde sie auch das Nächste packen. Aber verdammt, war das schwer!

Hoppelnd erreichten sie die Straße, von der sie vorhin erst abgebogen waren. Elisabeth lenkte nach links, zurück nach Düsseldorf. Nichts sehnlicher wünschte sie sich, als zu Hause vor dem Fernseher zu sitzen, ein Glas Sekt in der Hand, um auf den Zeitpunkt zu warten, an dem man sich zuprostete. Dass sie dann alleine wäre … egal. Vielleicht würde Chantal ja mit ihr kommen.

Ein Auto hupte, wahrscheinlich hatte sie jemandem die Vorfahrt genommen. Aber es war noch mal gut gegangen, daher drückte Elisabeth vorsichtig das Gaspedal durch. Schlitternd und mit dem Lenkrad wackelnd fuhr sie auf die andere Straßenseite. So weit, so gut!

„Meine Liebschte!" Chantal zeigte auf den Knüppel, mit dem man die Gänge einlegte. „Wir müschen den näschten Gang eileschen. Drück doch mal dasch linke Bein dursch …"

Auch das schaffte Elisabeth, während weitere Autos böse hupend an ihr vorbeirasten. Sie hielt sich weit rechts, fuhr fast schon auf dem Grünstreifen. Schließlich legte sie sogar den nächsten Gang ein und die Tachonadel zeigte fünfzig. Der Motor klang laut und röhrte gequält, aber vielleicht war das ja bei diesem Wagen normal.

„Tritt mal ordentlisch auf die Bremsche", empfahl Chantal, nachdem sie sich umgeschaut hatte. Noch immer hing Willi an der Heckklappe fest. „Und dann jibschte noch mal rischtisch Jas! Woll'n dosch mal schehen, ob wir den Kerl nischt wegbekommen!"

Elisabeth befolgte ihren Rat. Tatsächlich konnte sich der Mann nicht mehr halten, als sie abbremste und direkt darauf mit Vollgas losfuhr. Lachend sah sie im Rückspiegel, wie der Lockenkopf sich vom Boden aufrappelte und drohend den Arm hob. Sollte er doch! Sie würden bald weit genug fort sein.

Das erste Mal im Leben fuhr sie tatsächlich Auto, wer hätte das gedacht? Was würden ihre Kinder staunen, was Bernd sagen … Nein, dem würde sie das nicht erzählen, er würde sich wahrscheinlich an den Kopf fassen und behaupten, sie wäre verrückt. Ja, vielleicht war sie das, doch im Moment sah sie keine andere Möglichkeit. Und sie fühlte sich gut. Nie hätte sie sich so etwas zugetraut …

„Pasch auf!", schrie Chantal.

Elisabeth schreckte aus ihren Gedanken hoch. Grelles Licht kam ihr entgegen – sie musste wohl auf die Gegenfahrbahn geraten sein. Schnell das Lenkrad herumgerissen … Hinter ihr hielten die Wagen immerhin Abstand. Es waren viele Lichter, die ganze Straße entlang. Vor ihr und hinter ihr – wie konnte man da nur auf der Straße bleiben?

„Wenn doch nur Florian hier wäre", murmelte Elisabeth. Er konnte bestimmt Autofahren und würde sich nicht so dumm anstellen.

Chantal zeigte zur Seite. „Du meinscht den da …?"

Nur kurz sah sie zwei Menschen am Straßenrand stehen – Tanja erkannte sie sofort! Und daneben … das konnte Florian sein. Ihr Stoßgebet war erhört worden! Erneut riss Elisabeth das Lenkrad herum. Beinahe wäre sie an ihnen vorbeigefahren! Sie trat die Bremse durch, beide Frauen wurden noch vorn geschleudert. Auch der Wagen schlingerte, jemand hupte, dann rauschten sie über die Böschung. Sie zog den Kopf ein, als hätte sie damit verhindern können, dass das Hupgewitter um sie herum bis zu ihr vordrang. Doch das tat es, erbarmungslos. Und noch etwas war nicht richtig. Sie fuhr noch immer. Jemand schrie. Ein Pfosten raste auf sie zu, nein, umgekehrt. Sie musste bremsen. Aber wie? Wo hatte dieses verdammte Auto …

Es krachte. Der Motor knisterte, er hatte sich endlich selbst ausgeschaltet. Elisabeth glaubte, zu sterben, aber auf jeden Fall wusste sie, dass das nicht die beste Art war, irgendwo anzuhalten.

„Pschh!", machte Chantal, sank tiefer in ihren Sitz und schloss die Augen.

Wollte sie etwa einschlafen? „He, wach bleiben, wir müssen die beiden aufgabeln und dann weiter."

Chantal ruckte hoch. „Glaubscht du wirklisch, in deiner Nähe kann isch einschlafen?"

Eine absurde Autofahrt

Mit einem Fahrzeug zu fliehen, das kaum schneller war, als wenn man zu Fuß nebenhergehen würde, ergab in Florians Augen absolut keinen Sinn. Aber er brauchte nur Eli anzusehen, um zu wissen, dass sie in ihren fürchterlichen Plüschpantoffeln nicht weit kommen würde. Dass sie es überhaupt aus den Fängen dieser Verbrecher geschafft hatte, war wirklich bemerkenswert. In Eile hatten sie sich ausgetauscht und dann beschlossen, mit dem demolierten Fahrzeug zu fliehen. Sowohl diese Zinkennase als auch Willi und Sammy konnten hinter ihnen her sein. Am besten wäre es – wie Elisabeth meinte –, direkt eine Polizeiwache aufzusuchen. Tanja war davon nicht begeistert, doch sie gab schließlich nach.

„Geht's nicht was schneller?"

Typisch Tanja, immer musste sie nörgeln. Große Klappe und nichts dahinter. Florian presste kurz die Lippen aufeinander. „Rechts vorne stimmt etwas nicht mit dem Reifen. Er scheint platt zu sein, da kann ich doch keine hundert fahren!"

„Aber du kannst vielleicht doch ein bisschen mehr Gas geben", meinte nun auch Eli.

Gut, wenn sie es so wollten … Der Wagen ruckelte stärker, das Geräusch des Reifens hörte sich schrecklich an. Sogleich jammerte Chantal: „Das schöne Auto!“ Und sie hatte damit recht, so würden sie die Radachse beschädigen.

„Wenn ihr euch alle in die linke hintere Ecke setzt, würde der defekte Reifen entlastet werden“, sagte er mit Blick in den Rückspiegel.

Chantals Gesicht verzog sich sofort, denn sie saß hinter ihm. Eli musterte ihn von der Seite und er verkniff sich ein Grinsen. Er glaubte nicht wirklich, dass es Zweck hatte, doch bevor seine drei Begleiter nur noch herumnörgelten, sollten sie etwas tun. Trotz ihrer Fülle schnallte sich Eli ab und kletterte ungeschickt nach hinten. Er hörte Chantal quietschen und die andern beiden stöhnen.

„Ich hab meine Hausschuhe verloren.“

„Ist doch egal, rück mal rüber!“

„So hab isch mir die Sch-sch-schilveschternascht nischt vorjeschtellt.“

„Glaubst du, wir wollten hier in so einer Scheißkarre sitzen?“

„Wir können froh sein, dass wir sie haben!“

„Ich würde jetzt auch lieber bei meinem Freund sitzen, als hier neben einem solchen Haufen … Wer hat hier gefurzt?“

„Isch hab nischt jepubscht!“

„Ich glaub aber wohl!“

„Tanja, jetzt bleib mal auf den Teppich!“

„Hier gibt's nur diese schmutzige Fußmatte …“

„Das ist eine Metapher! Egal ob Teppich oder Fußmatte, du kannst doch nicht …“

Jetzt konnte sich Florian das Lachen nicht mehr verkneifen. Sie stöhnten, ächzten und redeten durcheinander.

Zusammengepfercht auf dem Sitz hinter ihm – er bekam zwar den ein oder anderen Ellbogen an den Kopf und Tritte in die Rückenlehne, aber er hatte seinen Spaß. Dass der vordere Reifen nun weniger belastet wurde, konnte er nicht behaupten, aber darum ging es ja nicht. Dennoch sollten sie möglichst schnell eine Polizeistation finden, um den Sachverhalt aufzuklären. Die Beamten sollten die Typen aufgreifen und ins Gefängnis stecken. Vielleicht sorgten sie auch dafür, dass er und seine Begleiter sicher nach Hause kamen. Nur leider schien der nächste Ort noch meilenweit entfernt zu sein.

Zwischen den Büschen sah er einen großen Parkplatz, dann ein Schild. „Da drüben ist ein Park and Ride", rief er nach hinten und übertönte damit das Gezanke. „Wie es scheint, treffen sich da gerade ein paar Leute. Vielleicht hat jemand ein Handy dabei und wir können die Polizei anrufen."

Die hinter ihm Sitzenden hörten schlagartig auf zu reden. Schade eigentlich, doch er war froh, endlich von der Straße herunterzukommen. Zu viele hupende Autos rauschten an ihm vorbei, die ihren Wagen zu spät gesehen hatten, weil auch noch das Licht ausgefallen war. Nicht, dass sie in einen weiteren Unfall verwickelt wurden.

Er bog in den schmalen und abschüssigen Weg ab und fuhr ein paar Kurven, ehe er unten auf den Parkplatz kam. Fast am hintersten Ende parkten zwei Autos, davor standen Menschen, die miteinander zu debattieren schienen. Auf die hielt er zu, nicht unbedingt gradlinig, denn mit dem Platten vorn ging das kaum. Schon von oben hatte er die Gruppe gesehen, doch nun, da sie merkten, dass sie Besuch bekamen, machte sich Hektik breit. Was waren das für Leute?

Nur wenige Meter von ihnen entfernt stoppte Florian den Wagen. Er zog die Stirn kraus und seine Augen verengten sich. Irgendetwas da vor ihm war nicht so, wie er es sich vorgestellt hatte. Auf der rechten Seite stand ein Mann im Anzug, gegenüber zählte er vier düstere Gestalten. Sie waren dunkel gekleidet und hatten etwas in den Händen … waren das Pistolen? Verdammt, hier liefen irgendwelche finsteren Machenschaften von Gangstern ab, sie kamen vom Regen in die Traufe!

„Wartet!", rief Florian, doch da wurden schon die Autotüren geöffnet. Eli und Chantal flogen zur Linken heraus, stöhnend und schimpfend, Tanja schälte sich auf der anderen Seite heraus, ebenfalls fluchend.

„Wurd' ja auch endlich Zeit."

„Meine Schuhe … Ah, ist das kalt … Wo sind meine Pantoffeln?"

„Isch hab schie nischt, meine Liebschte."

„Wo wohl, auf dem Vordersitz."

„Verdammte Scheiße!" Das war Tanja, wer sonst. „Hey, was steht ihr hier so rum? Läuft hier 'n krummes Ding?"

Florian zog den Kopf ein. Direkt zu sein, war nicht immer gut. Er legte den Rückwärtsgang ein. Das Getriebe knirschte.

Chantal torkelte auf die vier düsteren Gestalten zu. „Liebe Leutsche", lallte sie, „wir brauschen eure Hilfe!"

Nun preschte Eli vor. „Habt ihr ein Handy?" Sie keuchte, obwohl sie nur wenige Schritte gelaufen war. „Wir müssen die Polizei benachrichtigen …"

Das war wohl das Stichwort – die vier Männer sahen sich nicht einmal an, sondern stürmten ins Auto, schlugen die Türen krachend zu und rasten mit quietschenden Reifen fort. Recht verdattert glotzten die drei dem Wagen nach.

„Hab isch wasch Falsches jesascht?“, murmelte Chantal besorgt.

„Ach, i wo.“ Eli strich ihr über den Arm. „Bestimmt ist ihnen eingefallen, dass der Braten zu Hause im Ofen ist und trocken wird …“

„Deiner ist wahrscheinlich schon verbrannt“, knurrte Tanja. „Niemand hat zu Silvester einen Braten im Ofen, man lässt sich entweder was kommen oder geht zu Freunden essen.“

Eli stemmte die Fäuste in die Seiten, was tatsächlich recht bedrohlich wirkte. „Ach, und du weißt das?“

Sie kam nicht weit, denn der verbliebene Mann zur Rechten räusperte sich. Überrascht schauten die drei ihn an. Florian hatte ihn bereits beobachtet. Nach der Flucht des anderen Wagens wirkte er wesentlich entspannter und lächelte sogar.

„Ihr seid genau richtig gekommen! Diese Leute haben mich überfallen und wollten mich ausrauben.“

Florian schnaubte durch die Nase. Er umklammerte weiterhin das Lenkrad, noch immer bereit zur Flucht. Was laberte der Kerl da? Es hatte zwar ausgesehen, als wäre er bedroht worden, doch sicher nicht, weil die Typen ihn hier zufällig überfallen hatten. Sie hatten sich hier verabredet, was sonst. Damit sie ihre krummen Geschäfte abwickeln konnten, weitab der Zivilisation.

„Darf ich euch zu mir ins Büro einladen? Da können wir uns besser austauschen … Ihr könnt euch dort frisch machen, eine Kleinigkeit essen und natürlich anrufen, wen auch immer ihr wollt.“

„Das hört sich gut an“, sagte Tanja erfreut.

Eli nickte heftig mit dem Kopf. „Danach will ich einfach nur nach Hause und sehen, was ich noch retten kann.“

„Na klar, ich kann euch dann ein Taxi rufen", sagte der Fremde.

Er trat nun vor ins Licht der Scheinwerfer seines Wagens. Sein Grinsen war nicht echt, fand Florian, auch seine Augen hatten einen harten Glanz. Sie durften ihm auf keinen Fall vertrauen!

„Da schert ein Bulli auf den Parkplatz ein." Eli zeigte mit einem Mal auf den Verkehr auf der Straße, der von hier aus gut zu beobachten war. „Ist das nicht euer Fahrzeug, Chantal? Vielleicht ist das Boris, der uns sucht!" Hoffnungsfroh blickte sie dem Wagen entgegen, bis sie scharf die Luft einsog. „Das sind die beiden Kerle, die uns verfolgt haben! Wir müssen weg!"

„Unscher sch-schöner Bulli! Diesche Sch-schweine!", versuchte Chantal zu fluchen, aber es klang eher danach, als wollte sie etwas singen.

„Dann steigt ein." Der Mann zeigte auf seinen Wagen. Ein Mercedes der Extraklasse, das bemerkte Florian sofort. Seine Begleiter zögerten keine Sekunde, er jedoch schon. Sahen sie denn nicht die neue Gefahr auf sie zukommen? Sie kannten den Mann nicht, vertrauten ihm aber blind. Florian glaubte, dass er ordentlich Dreck am Stecken hatte. Oder warum lungerte ein piekfeiner Herr mitten in der Nacht an einem so einsamen Ort herum und traf sich mit zwielichtigen Gestalten?

Er sah in den Rückspiegel und beobachtete das Fahrzeug, das auf den Parkplatz abgebogen war. Es hielt tatsächlich auf sie zu. Waren das wirklich die zwei Typen, von denen Eli und Tanja gesprochen hatten? Aber woher wussten die, welche Richtung sie genommen hatten? Seine drei Begleiterinnen stiegen bereits in das Auto des feinen Herrn. Wenn er hier sitzen blieb, würde er ihnen allein gegenüberstehen. Da wählte er doch lieber das kleinere Übel …

Entschlossen sprang Florian aus der zerbeulten Kiste und rannte hinüber zum Mercedes. Der Mann fuhr bereits an, da öffnete er die hintere Tür und warf sich hinein. Chantal kreischte und Tanja fluchte, aber das war ja nichts Neues. Da seine neuen Freunde dem Kerl vertrauten, kam er auch mit, um sie zu beschützen.

Chantal neben ihm machte Platz, wenn auch unbeholfen. Er lächelte ihr zögerlich zu. Noch nie hatte er mit einer derart aufgetakelten Frau zu tun gehabt und wusste nicht, wie er sich verhalten sollte. Außerdem saßen sie auch noch so nah beisammen. Zum Glück war Eli gleich vorn eingestiegen.

Der Fremde fuhr mit quietschenden Reifen los. Das Licht schaltete er aus und Florian erkannte erst spät, dass sie einen Feldweg entlanghoppelten. Den der Fahrer aber gut zu kennen schien, denn an einer bestimmten Stelle ging er in eine Kurve, ohne dass die vorhersehbar gewesen war. Chantal kreischte, da Florian plötzlich gegen sie gedrückt wurde.

„Tschuldigung", murmelte er.

„Ischt dosch nischt deine Schuld." Sie versuchte, aus dem Fenster zu schauen, doch sein Kopf war im Weg. „Verfolschen sie unsch?"

Zuerst wusste Florian nicht, was sie meinte, dann schaute er hinaus. Ja, da war ein Wagen. Er raste direkt auf sie zu. Und nun schalteten sich die Scheinwerfer aus. Die Dunkelheit war gespenstisch, so unwirklich. Fast wie in einem Gruselfilm, nur dass er diesmal nicht auf der Couch davor saß, sondern mittendrin steckte.

„Wenn sie glauben, uns einholen zu können, indem sie quer über den Acker fahren", frohlockte der Fahrer, „dann werden sie gleich ihr blaues Wunder erleben. Der Boden ist viel zu weich, es hat die letzten Tage kaum gefroren."

„Da sagen meine Füße aber etwas anderes", murmelte Eli.

Der Mann lachte. „Hübsche Puschen! Ich heiße übrigens Robert."

Sie stellten sich der Reihe nach vor, wobei Chantal anscheinend eingeschlafen war, denn ihr Kopf lehnte an Florians Schulter. Kurz bevor sie mit Schwung vom Feldweg auf eine mäßig beleuchtete Straße regelrecht flogen, war deutlich zu sehen, wie der Bulli nur wenige Meter von ihnen entfernt steckenblieb. Die Tür wurde geöffnet und drei dunkle Gestalten stiegen aus. Sie fluchten so laut, dass sie das Geschrei im Innern des Mercedes hörten.

Robert schüttelte den Kopf. „Was habt ihr euch denn da für Freunde angelacht?"

„Freunde?" Eli schnaubte wenig damenhaft. „Die beiden Männer auf der Beifahrerseite haben sich vorhin als Willi und Sammy vorgestellt, aber bestimmt heißen sie anders. Den Fahrer kenne ich nicht …"

„Das ist die Zinkennase!" Tanjas Atem ging keuchend, während sie zurückschaute, bis der Wagen um eine Ecke fuhr und sie nichts mehr sehen konnte. „Der Typ wollte mich vergewaltigen! Was hat denn der mit den beiden anderen zu tun?"

Florian schnaufte auch nicht gerade fröhlich. „Na klasse! Dann haben wir ja unsere Kontrahenten hübsch beisammen. Besser kann es gar nicht kommen." Er hoffte, dass seine Kameraden den Sarkasmus deutlich heraushörten.

„Die Typen wollten uns ausrauben. Chantal sollte Geld vom Automaten abheben", erklärte Eli wieder. „Aber mit unserer Gegenwehr haben sie offensichtlich nicht gerechnet."

Florian sah im Spiegel, wie Roberts falsches Lächeln erstarb. „Dann habt ihr es denen also gezeigt?"

„Na ja …" Florian kam Eli zuvor. „Wir sind ihnen nur entwischt. Sie einlochen müsste die Polizei."

Robert schwieg einen Moment. „Gut, dass ihr bei mir sicher seid", sagte er schließlich.

Wohin sie fuhren, wusste Florian nicht, auch nicht, welcher Stadtteil von Düsseldorf es war. So gut kannte er sich nicht aus, auch wenn er schon seit dreißig Jahren hier lebte. Eigentlich ging er immer dieselben Wege, damit nichts Unvorhergesehenes passierte. Nur heute war er davon abgewichen, und schon war er ganz woanders, als wo er eigentlich hingewollt hatte. Sein Ziel war das Wohnhochhaus am Wiener Platz mit neunzehn Stockwerken. Ob er das noch rechtzeitig vor Mitternacht erreichte? Er musste doch seinen Plan ausführen, sonst würde sein Abschiedsbrief bei den Kollegen recht lächerlich klingen. Na ja, seine Mutter würde sicher auch dumm schauen, wenn sie den Brief las und er anschließend vor ihr stand. Das konnte er ja wohl kaum machen!

Sie erreichten einen frisch errichteten Wohnblock, der aussah, als wäre er mit allem Schnickschnack wie Klimaanlage und Rundum-Service und WLAN-5G-Netz ausgestattet, wie es erst kürzlich in der Zeitung gestanden hatte. Die Eingangshalle war riesig und ging über zwei Stockwerke. Hier waren ringsum Geschäfte angesiedelt, in die wahrscheinlich nur Reiche hineingingen, wie Florian an den Preisen der Uhren im ersten Juweliergeschäft erkennen konnte. Mit offenem Mund liefen sie an Sitzgruppen mit Tischen und hübsch arrangierten Blumen vorbei bis zu einem Empfang, an dem eine ebenso hübsch arrangierte blondgelockte Frau saß und die Gruppe höflich begrüßte.

„Vanessa." Robert grinste bei ihrem Anblick bis über beide Ohren. „Halte weiterhin die Äugelchen auf und lass niemand Fremdes rein, der nicht eine Karte für die Feier hat."

„Selbstverständlich, Herr Lingermann. Ich tue mein Bestes!", säuselte sie zurück und klimperte mit den Lidern. Womöglich hatte sie genau deshalb diesen Job bekommen.

Sie trappelten bis zum Aufzug hinter Robert Lingermann her und fuhren mehrere Stockwerke bis in einen mit hellroten Samtstoffen ausgekleideten Flur hinauf. Von dort gingen mehrere Türen ab, die rechte führte direkt in sein Apartment. Die Wohnung war stilvoll eingerichtet, und vor allem war sie groß. Durch die hohen Fenster konnten sie auf die darunterliegende Parkanlage schauen, nur die grauen Wohnblöcke weiter hinten trübten die Sicht. Eine helle Sitzgarnitur nahm einen Teil der Räumlichkeit ein, davor stand ein Tisch mit frischem Obst, daneben Hocker und bequeme Sessel. Die offene Küche war ebenfalls hochwertig ausgestattet, die Bilder an den Wänden zeigten womöglich wertvolle Kunst, von der Florian allerdings keinen Hauch verstand. Tatsache war, Robert schien ordentlich Geld zu verdienen, vielleicht durch die krummen Geschäfte, die er recht offensichtlich betrieb. Denn wer konnte sich an Silvester eine Empfangsdame leisten, wenn eigentlich alle schon zu Hause waren, um ins nächste Jahr zu feiern?

Nein, Florian war sich sicher, dass hier etwas nicht stimmte.

„Setzt euch", rief ihr Gastgeber mit einer Geste, die den ganzen Raum umfasste. „Und fühlt euch wie zu Hause. Ich lasse euch Getränke bringen. Habt ihr Hunger?"

Tanja ließ sich gleich in den Sessel fallen. „Und wie!"

„Ähm … ich würde gerne telefonieren", meldete Eli.

Robert winkte ab. „Dazu ist gleich noch immer Zeit. Ihr müsst eine Menge durchgemacht haben. Ruht euch erst einmal aus.“

Und schon war er durch eine Tür zwischen zwei Regalen mit Kunstgegenständen verschwunden.

Eli ließ sich seufzend auf der Couch nieder. „Wow, was ist das für eine feudale Hütte!“

„Ich hoffe, er bringt uns entsprechend leckere Sachen.“ Tanja legte ihre Füße auf das Tischchen, aber Eli stieß sie gleich wieder herunter. „Was denn? Robert hat gesagt, wir sollen uns wie zu Hause fühlen“, empörte sich Tanja.

„Du sollst dich aber nicht wie ein Flegel benehmen“, konterte Eli.

„Aber zu Hause mach ich das immer!“

„Dann musst du lernen …“

Florian unterbrach sie. „Hört mal, habt ihr nicht das Gefühl, dass hier irgendetwas nicht stimmt?“ Die drei sahen ihn an und schüttelten die Köpfe, daher fuhr er fort: „Ich meine, die Leute, die Robert bedroht haben …“

In dem Moment flog die Tür auf und zwei Männer traten ein. Sie sahen etwas grimmig aus, als hätte man sie mitten aus einer Tätigkeit herausgeholt, bei der sie ungern gestört werden wollten. Oder es passte ihnen nicht, dass sie Getränke und Essen servieren mussten wie Bedienstete. Die Küche war anscheinend nur eine Attrappe, denn jetzt sah Florian, dass nirgendwo ein Krümel lag oder ein Kaffeefleck die Arbeitsplatte zierte. Sie sah aus wie eine Küche in den Möbelhäusern, die nicht benutzt wurde.

Hintendrein kam Robert, anscheinend gut gelaunt. „Greift zu!“, rief er und zeigte auf die Platte mit geschmierten Brötchenhälften, die teils mit Käse oder Wurst, aber auch mit

Lachs und Mett belegt waren. Ob sie von der Feier entwendet worden waren, von der er vorhin gesprochen hatte?

Da sich der Hunger schon lange in ihm bemerkbar machte, rückte Florian nun auch näher an den Tisch heran, um sich an den Köstlichkeiten zu bedienen. Er nahm sich eine Flasche Bier und trank, ohne das Glas daneben zu benutzen. Während die beiden düsteren Kerle sich wie leblose Statuen an der Tür postierten, aßen sich die vier Gäste satt.

Chantal rutschte auf ihrem Polster schon die ganze Zeit hin und her. „Ähm … isch musch mal … für kleine Mädschen“, sagte sie.

Robert lächelte und zeigte auf die Tür, neben der seine Angestellten standen. „Meine Leute zeigen dir den Weg.“

Kaum hatte die Tür leise hinter Chantal geklackt, seufzte Robert laut. „Ihr habt mich vorhin aus einer brisanten Situation herausgeholt. Ihr müsst wissen, dass ich mir mühsam ein Geschäft aufgebaut habe und erst seit zwei Jahren aus den roten Zahlen herausgekommen bin. Ich habe mit eigenen Händen geschuftet und selbst die Wochenenden durchgearbeitet. Doch es gibt immer Neider unter den Leuten, und die gönnen einem nichts. Und so hatten die mich auf den Parkplatz gelockt, um mir all das abzunehmen.“ Er machte wieder diese Handbewegung, die sein Mobiliar umfasste.

„Du musst die Polizei verständigen“, ereiferte sich Eli. „Und die müssen wir auch sprechen. Zwei echt fiese Typen wollten uns schamlos …“

„Ja, da hast du sicherlich recht.“ Robert unterbrach sie und schmunzelte dann, aber es sah in Florians Augen nicht wirklich nett aus. „Es gibt da nur leider ein Problem. Die Polizei sollte nicht unbedingt hierherkommen oder etwas über mich erfahren.“

„Was soll das heißen?“ Tanja ruckte kerzengerade hoch und schien jetzt auch endlich zu begreifen, dass etwas nicht stimmte.

„Das heißt“, fuhr Robert ungerührt fort, „dass ich meine Angelegenheit lieber selber kläre. Und dazu brauche ich euch.“

Nun rutschte Eli unruhig hin und her. Die drei warfen einander fragende Blicke zu, in denen eindeutig auch Angst lag. Florian fragte sich, in welchem Schlamassel er jetzt wieder gelandet war.

„Wir haben unsere eigenen Angelegenheiten zu klären.“ Eli fuhr etwas mühsam aus den weichen Polstern hoch und stemmte die Fäuste in die Seiten. „Glaubst du, ich bin freiwillig so auf die Straße gegangen? Nein, mein Haus ist vielleicht abgebrannt, und ich muss endlich nachsehen, was damit ist!“

„Und ich habe absolut keine Lust, mich um deinen Scheiß zu kümmern“, setzte Tanja nach. „Es ist Silvester! Da geht man raus und feiert! Ich werde hier jedenfalls nichts für dich machen.“

Sie stand ebenfalls auf, die Arme entschlossen vor der Brust verschränkt. Beide Frauen schauten nun Florian an. Erwarteten sie etwa, dass er ihre Haltung verteidigte? Er hatte doch schon auf dem Parkplatz gesehen, dass mit diesem Robert etwas nicht stimmte!

„Was genau willst du überhaupt von uns?“, fragte er.

Robert nickte ihm anerkennend zu, denn anscheinend hatte er erwartet, dass auch er sich auflehnte. „Nun, diese Männer, die mich bedroht haben, besitzen etwas, das ich unbedingt zurückhaben möchte. Und dazu brauche ich euch.“

„Du hast doch deine … Laufburschen!“ Eli verzog den Mund. „Und die haben auch genug Muckis, wir dagegen …“

Sie stockte, sah zuerst auf Tanja, dann auf Florian. Dann entschied sie, dass es keiner weiteren Worte bedurfte.

Robert nickte, was Eli zunächst ein erleichtertes Lächeln ins Gesicht zauberte. „Ich habe nur leider schon zu viele Männer verloren …"

Das war zu viel, Eli schnappte nach Luft und ließ sich rücklings in die Polster fallen. Auch dann hechelte sie noch, als würde sie kurz vor einem Herzinfarkt stehen.

„He – du wirst mir doch jetzt nicht wegsterben?" Robert stand auf, um ihr Sektglas mit Schampus nachzufüllen und es ihr zu reichen. „Trink das. Hilft garantiert gegen Schwächeanfälle." Er wartete, bis sie es in einem Zug geleert hatte. „Ich brauche genau drei Leute."

„Drei?" Verstohlen sah Eli zu Tanja und dann zu Florian. Chantal war noch auf der Toilette, doch sie würde sicher gleich zurückkommen. „Dann kann ich vielleicht …?"

Bevor Florian und Tanja protestieren konnten, schüttelte Robert den Kopf. „Nein, ihr drei seid auserwählt. Eure Freundin habe ich an einen sicheren Ort bringen lassen. Wenn ihr erfolgreich seid, lasse ich sie frei. Ansonsten …"

Als er eine bedeutungsvolle Pause machte, fuhr Tanja auf. „Ansonsten was? Bringst du sie um? Das tust du doch sowieso! Und uns entsorgst du ebenfalls, denn schließlich kennen wir ja dein Geheimnis."

Der Mann grinste, schüttelte dann aber den Kopf. „Na ja, so viel wisst ihr jetzt auch wieder nicht. Und ein Mörder will ich nicht sein. Solltet ihr erfolgreich sein, dürft ihr gehen. Ihr bekommt sogar eine Abfindung von mir, sagen wir mal … vierstellig? Ja, das dürfte gehen. Wenn ich aber mitbekomme, dass einer von euch irgendetwas der Polizei flüstert, dann kenne ich keine Gnade. Das müsst ihr bitte verstehen."

Florian hatte schweigend zugehört. Er sah, wie sehr seine beiden Begleiterinnen bei der Vorstellung litten, zu Roberts Feinden zu gehen und denen irgendetwas wegzunehmen. Sicherlich war diese andere Bande auch bestens geschützt, denn sonst hätte Robert nicht seine Leute verloren. In Florians Augen sah es aus wie ein Selbstmordkommando, was auch ihm den Angstschweiß auf die Stirn trieb. Aber andererseits … Wollte er sich nicht sowieso umbringen? War es nicht egal, wie er starb?

Nein! Eindeutig nein! Er wollte selbst bestimmen, wie er sein Ende fand, vor allem sollte es möglichst schmerzfrei sein. Oder schnell zu Ende gehen. Das konnte Robert ihm sicher nicht garantieren, denn wenn er angeschossen wurde, konnte er stundenlang elendig dahinsiechen …

Andererseits würde er als Held sterben.

„Ich mach's." Florian sprang auf, um seine Entschlossenheit zu zeigen. „Aber allein."

Robert schüttelte den Kopf. „Das ist ein Job für mehrere Personen. Eli, du lenkst sie am Tor ab, während die anderen …"

„Ich?" Elis Stimme wurde schrill. „Warum ich?"

Robert lächelte schief, nickte mit dem Kopf aber in Richtung ihrer inzwischen recht schmutzigen Hausschuhe. Der große Zeh am rechten Fuß drückte sich bereits durch ein Loch heraus, sodass der rosa lackierte Fußnagel zu sehen war. „Weil du aussiehst wie eine schräge Tussi, die aus der Klapse entfleucht ist. Wenn sie dich erwischen, werden sie dir wahrscheinlich nichts tun. Außerdem bist du zu fett, um zu klettern. Und wahrscheinlich ungeschickt. Die beiden anderen können währenddessen an anderer Stelle einbrechen, das besagte Teil stehlen und wieder zurückkommen."

„Ach“, schnaubte Eli. „So einfach also?“

Ihr Gesicht war knallrot, offensichtlich war sie eingeschnappt. Aber das wäre Florian an ihrer Stelle auch gewesen. Was für eine Unverschämtheit, ihr die Wahrheit so offen ins Gesicht zu sagen!

Robert füllte ihr Sektglas erneut bis fast zum Rand. „Am besten kippst du das in dich rein und machst auf stockbetrunken. Je glaubhafter du das Spiel spielst, desto eher lassen dich meine Feinde wieder laufen.“

Die Tür öffnete sich und einer der Bodyguards kam mit einem Wäschekorb voller Kleidung herein. Er stellte die Wanne auf den Tisch, indem er den leeren Teller mit den Brötchenkrumen einfach zur Seite schob. Eli rettete ihn vorm Herunterfallen und sah den Mann vorwurfsvoll an.

„Ah, eure Berufsbekleidung!“ Robert stand grinsend auf. „Ihr solltet euch natürlich umziehen, denn so könnt ihr wohl kaum meinen Auftrag durchführen. Du, Tanja“ – er sah die junge Frau an –, „kannst von mir aus in deinen Klamotten bleiben, nur solltest du dein helles Gesicht mit einer Sturmhaube verdecken. Und du, Florian … Bist du Banker? So wie du laufen ja nur hölzerne Leute rum. Such dir was Bequemes raus, dann lernst du vielleicht mal, deinen Stock im Arsch zu ignorieren.“

Und so verließ er den Raum und ließ drei verdattert schauende Menschen zurück.

Eine unerwartete Wendung

Wo waren sie da nur hineingeraten! Elisabeth hätte sich die Haare raufen können, doch ihre Frisur war nach all dem Trubel längst völlig außer Kontrolle geraten. Dieser Affe von Robert hatte sie außerdem tödlich beleidigt! Na ja, ein bisschen hatte er recht, in ihrem schludrigen Hausanzug und den Plüschlatschen sah sie wirklich nicht aus wie sonst, aber konnte sie was dafür, dass sie sich ausgesperrt hatte? Ja, das konnte sie schon, doch eigentlich war das nur passiert, weil Bernd kein Geld hatte ausgeben wollen, um in diese dämliche Tür ein vernünftiges Schloss einzubauen. Er sparte es lieber, um mit seiner neuen Tussi durchzubrennen. Wahrscheinlich saßen sie jetzt gemütlich vor einem Kaminfeuer, prosteten sich glückselig zu und warteten auf den Jahreswechsel, bei dem sie sich in den Armen lagen, küssten und … Nein, mehr wollte sie sich nicht vorstellen. Sie musste jetzt an ihre eigene Situation denken, wo sie um Mitternacht sein würde. Vermutlich war sie dann mit Leuten zusammen, die sie nicht einmal kannte, wahrscheinlich würde sie gefangen gehalten und im schlimmsten Fall erschossen werden. Oder, wenn sie Glück hatte, würde sie ins

Gefängnis gesteckt werden, weil sie irgendwo eingebrochen war und was Blödes geklaut hatte, wovon sie nicht einmal wusste, was es war.

Robert stiefelte pfeifend in den Raum zurück. Er ignorierte Elisabeths finstere Blicke, auch die Gemüter ihrer Begleiter waren deutlich verstimmt. Dass Florian sich für sie aufopfern wollte, fand sie mehr als beeindruckend. War er lebensmüde oder so gewieft, dass er glaubte, den Einbruch allein zu schaffen? Wenn überhaupt war es Tanja, der sie eine solche Aufgabe zutrauen würde, und das lag nicht einmal an ihrer äußeren Erscheinung.

„Ihr geht in den besagten Raum und schaut euch nach dem Gegenstück hierzu um." Robert zeigte ihnen eine handgroße Statue von zwei Tischtennisspielern, von denen der untere Teil ab der Hüfte fehlte. Offensichtlich war sie einst zerbrochen, und nun trachtete er nach dem Sockel, um sie schön präsentieren zu können. „Ohne das braucht ihr nicht zurückkommen, denn sonst … Ihr wisst schon. Eure arme Freundin."

Die Blicke, die sich die drei Unfreiwilligen nun zuwarfen, waren mehr als verwundert, doch Robert ließ keine weitere Diskussion zu. Elisabeth vermutete, dass das Gegenstück der Trophäe für Robert eher einen ideellen Wert hatte. Aber wo versteckte sein Kontrahent den Sockel? Auch für ihn ergab es keinen Sinn, sie in einem Regal zu präsentieren, vielleicht hatte er sie sogar in einem Safe verschlossen. Sofern derjenige, von dem sie das Ding stehlen sollten, es ebenso verehrte wie Robert. Aber selbst wenn sie es schafften, es dem anderen zu entwenden, würde Robert sie wohl kaum am Leben lassen. Er hatte sie entführt und genötigt, nach seinem Willen zu handeln. Darauf stand sicher Gefängnis, was er wissen musste. Insofern waren sie nach ihrer Mission so oder so dem Tode geweiht.

Von vier düsteren Kerlen aus dem Apartment und dem Gebäude begleitet stiegen Elisabeth, Tanja und Florian in einen Transporter ein. Die bequemen Sitzpolster schmiegten sich an ihren Po, nur die drei Wachleute mit ihren Pistolen passten nicht in das luxuriöse Bild. Ihre Gesichter sahen aus wie die von Gangstern, die schlecht geschlafen und vor allem noch nicht gefrühstückt hatten. Solche Blicke kannte sie nur zu gut von Bernd, wenn er sich morgens an den Frühstückstisch setzte.

Tanja war ungewöhnlich still. Kein Wunder, dachte Elisabeth, sie ahnte sicherlich auch, wohin die Reise letztendlich ging. Florian hingegen war aus seinem *Mir-ist-alles-egal*-Modus geschlüpft und hatte die Rolle eines *Mal-sehen-was-da-kommt*-Optimisten eingenommen. Er saß aufrecht und blickte interessiert um sich, sie entdeckte sogar ein kleines Lächeln.

Was war denn mit dem los?

Der Transporter hielt und das dumpfe Drücken im Bauch nahm zu. Hätte sie doch nur nicht den Sekt auf ex heruntergekippt, dachte Elisabeth, jetzt war ihr auch noch schlecht. Sie stiegen aus und sie konnte Tanjas blasses Gesicht sehen, das sie sogleich hinter der Sturmmaske verbarg. Auch Florian war entsprechend gekleidet. Die dunklen Sachen standen ihm sogar gut, seine große und schlanke Figur kam zur Geltung. Sportlich schien er allerdings nicht zu sein, eher ein bisschen unbeholfen, so wie er aus dem Innern des Wagens stolperte. Sie standen auf einem verlassenen Parkplatz in einer verlassenen Gegend, wo in der Silvesternacht jede Seele verlassen sein würde. Und genauso fühlte sich

Elisabeth: verlassen. Von ihrem Ehemann, von ihrem Mut und überhaupt von allem. Wie sollte sie nur heil aus dieser Sache herauskommen?

„Das Gebäude dahinten", wies einer der Bodybuilder-Kerle sie an. Er zeigte auf eine Fabrikhalle, die sie von ihrem Standort aus nur schlecht sehen konnten, aber das war sicherlich gut, um nicht gleich entdeckt zu werden. „Ihr geht diese Straße runter, biegt in die Industriestraße ein und geht dann zu einem Tor mit der Nummer 3. Das ist das Nachbargrundstück von Nummer 5, wo ihr einbrechen sollt. Ihr müsst also über die Mauer von der 3 klettern und zum Zaun von Nummer 5 gehen." Er zog aus seiner Jackentasche einen Seitenschneider hervor und reichte ihn Florian. „Schneidet ein Loch hinein. Haltet euch dann rechts, bis ihr zu den Anlieferungszellen kommt. Dort gibt es eine Feuerleiter, da müsst ihr hoch. Macht möglichst keinen Krach, wenn ihr irgendein Fenster einschlagt. Ansonsten … viel Glück."

Elisabeth bezweifelte, dass er ihnen wirklich gute Wünsche mit auf den Weg geben wollte, denn ihm war es wahrscheinlich egal, ob sie es schafften oder nicht.

Langsam gingen sie auf das Gebäude zu, da rief ihnen der Mann noch nach: „Und beeilt euch, in zwei Stunden ist Mitternacht. Bis dahin will der Boss das fehlende Teil haben."

Nur noch so wenig Zeit? Die drei Unfreiwilligen sahen einander erschrocken an. Elisabeth konnte die Gefühle der anderen hinter den Masken nicht erkennen, doch sie sah in den aufgerissenen Augen, dass sie überrascht waren. Und sicherlich erinnerten sie sich auch daran, wo sie im Normalfall gewesen wären, wenn dieser Abend mit all seinen abstrusen Umständen bisher anders verlaufen wäre.

Tanjas Stimme klang rau, als sie weit genug vom Transporter entfernt waren. „Wenn wir da vorne um die Ecke sind, hauen wir ab.“

„Das können wir nicht machen“, zischte Elisabeth. „Dann lassen wir Chantal im Stich.“

„Wieso soll ich mich für die in Gefahr bringen?“ Tanja blieb nun stehen und sah Elisabeth an. „Wir werden sowieso sterben, denn Robert wird keine Zeugen haben wollen. Oder bist du so naiv und glaubst, er würde uns später einfach gehen lassen?“

Elisabeth schnaubte hörbar durch die Nase. „Natürlich nicht. Aber jetzt zu verschwinden, ist für mich falsch. Die Kerle dahinten werden uns beobachten und abfangen. Ich bezweifle, dass wir heil aus diesem Gebiet rauskommen würden.“

„Ich breche da ein.“ Florian sagte das mit fester Stimme. „Dann versuche ich, im Gebäude ein Telefon zu finden und die Polizei zu rufen. Ihr könnt versuchen, von hier zu verschwinden. Vielleicht gelingt euch das, wenn ihr über den Zaun oder die Mauer auf eines der anderen Grundstücke klettert.“

Beide Frauen schauten an dem Zaun zu ihrer Rechten hoch. Er war etwa drei Meter hoch, oben abgeknickt und mit Stacheldraht versehen.

Florian zuckte mit den Schultern. „Es gibt sicher auch noch andere Stellen, wo es einfacher ist, auf das Grundstück zu gelangen.“

„Hm“, brummte Elisabeth. „Und du willst das wirklich allein durchziehen?“

Er zuckte erneut mit den Schultern. „Ich hab nichts zu

verlieren. Und wenn ich euch und Chantal damit retten kann …“

„Was heißt das denn?“ Tanja riss sich ihre Haube vom Kopf, sodass sie die Zornesfalten in ihrem Gesicht preisgab. Auch wenn die Laternen hier nicht viel Licht hergaben, sah Elisabeth trotzdem, wie sich Florians Wangen röteten. „Ist dein Leben denn nichts wert? Du hast gerade keinen Beruf, bei dem du ’ne Menge Kohle verdienst? Klar, du bist von deiner Arbeitsstelle gefeuert worden, aber es gibt doch sicher noch genug andere Banken, die dich nehmen! Du gibst auf, wo du doch alles hast? Bitte schön, dann mach das. Dann bist du ein größerer Trottel, als ich am Anfang befürchtet hatte!“

Überrascht sah Elisabeth sie an. „Das hört sich fast an, als würdest du ihn beneiden. Hast du denn keine Ausbildung?“

Nun verzog sie ihr Gesicht zu einer Grimasse. „Das geht dich überhaupt nichts an!“, fauchte sie.

Doch Elisabeth strich ihr über den Ärmel. „Du bist doch noch jung! Du kannst noch so viel machen, hast alle Wege offen! Ich dagegen bin ’ne olle Schrulle, bin von meinem Mann betrogen und sitzengelassen worden. Wenn ich mir jetzt einen Job suchen würde … Mir wird man vielleicht das Einräumen im Supermarkt zutrauen oder das Reinigen der Toiletten in einer Raststätte, aber mehr auch nicht. Also beschwere dich nicht.“

Tanja schüttelte den Kopf. „Du hast ja keine Ahnung!“, stieß sie zwischen zusammengebissenen Zähnen hervor. „Ich musste schon früh lernen, allein klarzukommen. Leider hat man mich auch mal bei einem Einbruch geschnappt. Mit so einem Eintrag kann ich mich nirgendwo bewerben.“

Elisabeth seufzte und wandte sich Florian zu. „Trotzdem stimme ich Tanja zu. Du hast außerdem eine Begabung, mit der du vielleicht was anfangen kannst. Deine Stimme ist toll, du musst sie nur irgendwie schulen. Den Kopf in den Sand stecken solltest du jetzt jedenfalls nicht." Sie fasste Florian am Ärmel seiner Jacke und zog ihn mit sich. „Komm, wir brechen ein und suchen ein Telefon. Dann lassen wir die Bande samt Robert hochgehen …"

Sie gingen nur drei Schritte, da hörten sie ein Schnauben hinter sich. „Ihr wollt mich allein zurücklassen?" Tanja holte zu ihnen auf. „Kommt gar nicht infrage. Gegen Roberts Muskelberge habe ich doch kaum eine Chance. Sie werden die Gegend außerdem besser kennen als ich und mich erwischen. Und bestimmt hat Robert ihnen gesagt, dass sie dann kurzen Prozess machen können."

Elisabeth nickte und hakte sich bei den beiden unter. „Wir bleiben zusammen. Und zusammen erledigen wir unseren Job. Das heißt, Florians Idee ist echt gut. Ein Telefon suchen und die Polizei den Rest machen lassen. Das ist unser Plan!"

Sie nickten und gingen weiter bis zu einem Tor, an dem die Zahl 3 sowie ein Schild angebracht waren, das sie im Dunkeln nicht lesen konnten. Die hinter dem Zaun liegende Fabrikhalle war verwahrlost, während das angrenzende Gebäude von Nummer 5 tatsächlich wie eine Festung aussah. Hier jedoch bröckelte die Mauer an etlichen Stellen, und weiter hinten fanden sie einen Baum, der so gewachsen war, dass Tanja ohne Mühe hinaufkraxeln konnte. Florian machte es ihr nach, nur Elisabeth stand unten, nicht wissend, ob sie den beiden folgen sollte.

„Du gehst weiter bis zur Grenze von Nummer 5", sagte Tanja. „Wir suchen uns eine Stelle, wo wir das Loch in den Zaun schneiden können. Wenn wir es geschafft haben, kraxeln wir die Feuerleiter hoch, wie Robert das gesagt hat.

Oben suchen wir ein Fenster, das wir einschlagen können. Sobald wir eins gefunden haben, winke ich dir zu und lasse das Feuerzeug aufblinken. Dann gehst du rüber zu Nummer 5 und startest das Ablenkungsmanöver."

Florian stimmte nickend zu. „Mach dann am Tor Krach, aber sobald irgendwelche Typen rauskommen, verschwindest du. Lass dich nicht von denen fangen, denn ich wüsste nicht, wie wir dich befreien könnten."

Elisabeth nickte. Ihr wurde wieder mulmig im Bauch. Worauf hatte sie sich da eingelassen? Aber jetzt gab es kein Zurück mehr, sie konnte ihre neuen Freunde nicht im Stich lassen. Langsam schlenderte sie weiter, bis sie sich im Schatten eines Holunderstrauchs verstecken konnte. Vorsichtig linste sie durch den Zaun von Nummer 5. Die Arme um den Körper geschlungen trat sie von einem Bein aufs andere. Die Kälte machte ihr ziemlich zu schaffen, ihre Füße fühlten sich wie Eisklötze an. Erneut schweiften ihre Gedanken zurück zu dem gemütlichen Wohnzimmer, in dem sie sonst die Silvesternacht verbrachte hatte. Nur gab es diesmal etwas Störendes, was nicht ins Bild passte. Aber eines wusste sie genau: Dies war ihr erstes Silvester, das anders lief als alle anderen.

Erinnerungen

Die Stelle im Zaun war schnell gefunden, es gab genug Büsche, hinter denen sie sich verstecken konnten, um das Drahtgeflecht in Ruhe durchzuschneiden. Während Flo mit dem Seitenschneider zugange war, zog sich Tanja ihre Lederhandschuhe über und beobachtete dabei das Gebäude auf der anderen Seite. Es war ein viereckiges Monster mit dunklen Fensteraugen, nichts war beleuchtet, es schien, als ob niemand auf diesem Gelände wäre. Was umso besser war, denn sollte die Bande ausgeflogen sein, hätten sie leichtes Spiel.

Als der Bereich groß genug war, hielt Flo die aufgeschnittene Zaunseite hoch und Tanja schlüpfte hindurch. Schließlich drehte sie sich um und hielt für ihn den Draht so, dass er ihr folgen konnte.

„Lass es uns schnell hinter uns bringen", flüsterte sie bibbernd.

Er nickte und folgte ihr etwas unbeholfener, und die scharfen Enden des aufgeschnittenen Drahtes verfingen sich in seiner Kleidung. Sie seufzte innerlich. Manchmal hatte Flo ja richtig gute Einfälle, vor allem hatte er sie vorhin bei der Music-Parade beschützt. Wie er auf die Zinkennase losgegangen war, war grandios gewesen, denn anders hätte er sich gegen ihn nie behaupten können. Anderseits stellte er sich oft dämlich an, als wäre er zu eingefahren in seinem bisherigen Leben. Auch jetzt dackelte er ihr nach wie ein Trampeltier, während sie flink und geschmeidig über die Wiese lief. Sie konnte nur hoffen, dass wirklich niemand gerade jetzt die Fläche beobachtete.

Als sie im Schatten des Gebäudes an der Mauer lehnte, suchte sie die Stelle, an der sie hinaufsteigen konnten. Tanja erinnerte sich an die vielen Male, die sie in Häuser eingestiegen war. Es war nicht immer leicht gewesen, gerade am Anfang war sie beim Stehlen oft erwischt worden. Wichtig war die Lösung gewesen, wie sie aus dem Problem herauskam. Als ihre Pflegeeltern, bei denen sie zwischen den Aufenthalten im Heim untergebracht worden war, sie dann und wann zur Strafe in den Besenschrank gesperrt hatten, hatte es nur zwei Optionen gegeben: Entweder sie ließ sich all das gefallen und zerbrach daran, oder sie nutzte die Zeit und ersann Rachepläne. Letzteres war viel einfacher gewesen, denn irgendwie hatte sie die Zeit totschlagen müssen.

Nun, sie hatte ihre Rache bekommen. Es hatte lange gedauert, bis der Zeitpunkt gekommen war, doch während jeder Sekunde, die sie in dem dunklen und engen Schrank verbracht hatte, war ihr Plan herangereift …

Als ihre Pflegeeltern fort waren, entstaubte sie die Kammer und säuberte jeden Winkel, damit sich keine Spinnen mehr darin befanden. Außerdem versteckte sie eine kleine Taschenlampe und ein Buch, das sie lesen konnte. Was sie allerdings nicht oft tat, denn es war zu gefährlich, damit erwischt zu werden. Welche Strafen ihr dann blühten, das wusste sie nicht. Aber zum Glück kam es nie so weit.

Mit sieben Jahren hatte sie begonnen zu stehlen. Ja, etwa zu dem Zeitpunkt begann ihre Karriere als Diebin. Eigentlich war es einfach: Sie ging in einen dieser vielen Läden hinein, sah sich gut um und versteckte etwas unter ihrer Jacke oder in der Hosentasche. Es durfte nicht zu groß sein und vor allem nicht knistern. Da blieb nicht viel übrig, daher stahl sie oft Bananen, einzelne Obststücke oder auch Dosenfrüchte. Als die Gier an einem Tag einmal so groß war, dass sie eine Packung Kuchenriegel aus dem Kühlregal mitnahm, packte sie plötzlich eine Hand am Arm, mit dem sie das Fünferpack in ihre Jacke stecken wollte.

„Na, na, du wirst das doch wohl nicht stehlen wollen?", fragte eine grauhaarige Frau, die hinter ihr stand. „Halt mal deine Hände schön an dem Einkaufswagen. Wir gehen zusammen zur Kasse und bezahlen das. Sonst bekommst du noch richtig fiesen Ärger."

Tanja hatte sie ängstlich angesehen. Das Gefühl, ertappt worden zu sein, war schlimmer, als sie gedacht hatte. Das sanfte Lächeln der Frau gab ihr jedoch wieder Mut.

„Hast du das verstanden?", fragte die Frau sicherheitshalber nach.

Tanja nickte und hielt sich an dem Wagen der Grauhaarigen fest. Die Frau machte ihren Einkauf, dann standen sie an der Kasse. Die Kassiererin lächelte den beiden zu. „Ihre Enkelin?", fragte sie.

Die Frau neben Tanja schüttelte den Kopf. „Eine kleine Freundin."

Die Kassiererin blickte nun Tanja an. „Und diesmal hast du gefunden, was du brauchst?"

Tanja bekam einen Schreck. Offensichtlich hatte die Frau gemerkt, dass sie die anderen Male in den Laden gekommen und mit nichts wieder hinausgegangen war. Sie nickte nur schwach und zeigte auf die Kuchenriegel. Der Scanner piepste und die Kassiererin schob die Ware auf die andere Seite, dort schnappte Tanja sich die Packung und rannte fort. Vielleicht hätte sie sich bei der grauhaarigen Frau bedankt, doch dazu hatte sie keinen Mut gehabt.

Diese Situation zeigte Tanja, dass sie schlauer sein musste. Sie durfte nicht im selben Laden mehrere Male hintereinander stehlen, am besten war es sogar, wenn sie eine Kleinigkeit kaufte und erzählte, dass die Mama stolz sei, wenn sie das schon allein schaffte. Meist bekam sie ein warmes Lächeln geschenkt, und einmal sogar eine aufgerissene Tüte Bonbons. „Die wird sowieso weggeschmissen", sagte die Kassiererin, und Tanja bedankte sich mit einem strahlenden Lächeln.

Ja, Lügen wurde ihre zweite ausgeprägte Disziplin. Die half ihr auch, ihre Pflegeeltern loszuwerden. Sie wusste, dass alle paar Monate jemand vom Jugendamt vorbeikam und ihre Ersatzeltern überprüfte. Schon am Morgen wurde sie geduscht und in ein sauberes Kleid gesteckt. Und es wurde ihr mehrfach eingebläut, wie sie sich verhalten sollte. Natürlich war sie anfangs viel zu verschüchtert, um etwas Gegenteiliges zu tun, doch nach zwei Jahren Besenschrank fand Tanja, dass es Zeit für ihren Plan war. Sie wartete ab, bis es wieder so weit war.

„Du kommst nach der Schule ohne Umweg hierher", forderte ihre Pflegemutter an dem Tag. „Und wasch dir die Hände. Mach deinen Schulranzen sauber. Zeig der Frau vom Jugendamt dein schönstes Heft. Und wehe, wenn …"

So ging das weiter, bis Tanja nickend aus dem Haus verschwand. Diesmal würde sie sich nicht an die Regeln halten, das hatte sie sich vorgenommen. Diesmal musste sie Beweise vorlegen, die ihre inzwischen verhassten Pflegeeltern belasteten. Sie kannte eine Clique aus einer der höheren Klassen. Die suchte sie auf, beleidigte sie und ließ sich verprügeln. Es tat stärker weh, als sie gedacht hatte, aber sie steckte es weg. An ihrem gesamten Körper bildeten sich blaue Flecken, die sie der Frau vom Jugendamt zeigte. Die Wirkung kam prompt, die Frau vom Jugendamt war entsetzt.

„Nach der Schule sollte ich im Geschäft etwas stehlen", erzählt Tanja. „Wenn ich nur eine Banane mitbrachte, wurde ich in den Besenschrank gesperrt. Davor hab ich Angst gehabt."

„Bist du denn nie erwischt worden?", fragte die Frau vom Jugendamt alarmiert.

Da nickte sie und berichtet von der grauhaarigen Frau im Laden. Die man tatsächlich aufspürte und von der man erfuhr, wie angsterfüllt Tanja gewesen war. Die vermeintlich fürsorglichen Pflegeeltern wurden so sehr belastet, dass Tanja sofort aus der Familie herausgenommen wurde. Ob sie dafür büßen mussten, wusste Tanja nicht, doch es war ihr egal.

Dass es für sie danach noch schlimmer kommen würde, hatte sie nicht geahnt. Vielleicht wäre sie dann bei ihnen geblieben und hätte ihr Spielchen mitgemacht, bis sie alt genug gewesen wäre und eigene Wege hätte gehen können. Doch zu dem Zeitpunkt schien das der beste Weg zu sein.

* * *

Angst hatte sie beim Stehlen immer weniger empfunden, es war eher das Gefühl gewesen, etwas Wichtiges zu tun. Sie wusste genau, dass sie nur denjenigen schadete, die auf die *Anderen* herabsahen und es verdient hatten. Aber heute hatte sie ein anderes Ziel, und diesmal war sie nicht allein.

Diesmal musste sie auch noch auf Flo achtgeben, was deutlich schwieriger war.

Gewandt hielt sie auf eine Feuerleiter zu, die jedoch in einem wenig vertrauenswürdigen Zustand war. Sie zögerte trotzdem nicht, hangelte sich geschickt herauf. Erst als sie die erste größere Plattform erreichte, tat Flo es ihr nach. So stiegen sie hinauf bis in den obersten Stock. Kaum hatte Flo aufgeholt, schwankte er. Ausgerechnet jetzt stellte er sich so ungeschickt an? Oder war er etwa nicht schwindelfrei? Sollte er jetzt in die Tiefe stürzen, konnte er sich das Genick brechen oder für immer im Rollstuhl landen. Wie sie dann reagieren würde, wusste sie nicht.

Offensichtlich gab es über der Fabrikhalle noch Büroräume oder Ähnliches, denn eine Fensterfront im oberen Bereich zog sich über die gesamte Seite. Die Scheiben waren abgedeckt, daher konnte sie nicht hineinsehen. Für sie war es deutlich, dass hier krumme Geschäfte durchgeführt wurden. Sie entdeckte eine an der Mauer befestigte Leiter, die aufs Dach führte. Tanja winkte Flo, ihr zu folgen. Seine Maske sah verschwitzt aus, anscheinend war es für ihn recht anstrengend. Geschwind erreichte sie das Flachdach und wartete, bis ihr Begleiter zu ihr aufschloss.

Hier oben ragten mehrere Kamine und Luftschächte hervor, in einen schaute sie hinein. Nach einem Meter machte er einen Knick. Hier hätte sie hinuntersteigen können, aber wie tief er war und ob sie den Aufprall überleben würde, war schwer abzuschätzen. Sie schüttelte den Kopf und wandte sich lieber dem Boden zu. Dort waren in großen Abständen Glasplatten angebracht, die in Alurahmen steckten.

„Hast du etwas Festes bei dir? Einen Schlüssel oder so?", fragte sie Flo. Er zog seine Hausschlüssel aus der Jackentasche, die sie entgegennahm. Auf dem Boden hockend versuchte sie, mit einem der Schlüssel eine der Schrauben zu lösen. „Große Firmen haben oft Zimmer mitten im Gebäude, die sie als Abstellräume oder Toiletten nutzen", erklärte sie. „Meistens sind die Schrauben an den Oberlichtern alt und verrostet, dann lassen sie sich schwer öffnen. Mist, diese hier zum Beispiel. Ein Schraubendreher wäre echt besser ..."

Sie eilte zur nächsten Glasplatte und nach etlichen Versuchen zur danebenliegenden. Flo folgte ihr, irgendwann blieb er stehen und schaute nur zu. Bis sie endlich fündig wurde und alle acht Schrauben an einem der Oberlichter lösen konnte. Gemeinsam hoben sie die Glasplatte an, doch schon bei den ersten Zentimetern knarzte es gewaltig.

„Das wird zu laut sein", murmelte er.

Sie nickte. „Jetzt wird es Zeit, dass Eli loslegt."

Sie traten an den Rand des Dachs und schauten hinab. Da, an der Grenze zu Nummer 5 stand sie, vermutlich durchgefroren und völlig entmutigt. Ob ihre Aufgabe besser war als ihre? Sie wusste es nicht. Flo warf beide Arme in die Luft und winkte. Tanja zückte ihr Feuerzeug und ließ die Flamme aufblitzen. Groß war sie nicht, der Tank fast leer. Aber da, eine breite Gestalt bewegte sich am Zaun entlang. Eli hatte ihr Zeichen gesehen und marschierte los. Sobald sie Krach machte, würden sie die Platte anheben. Falls innen jemand in der Nähe war, wäre derjenige durch Eli hoffentlich genug abgelenkt. Robert hätte sie wohl kaum zu diesem Plan gedrängt, wenn er nicht genügend Informationen über seinen Widersacher gehabt hätte – schließlich wollte er das Gegenstück der Skulptur haben.

Seufzend warteten die beiden, bis ihre Freundin das Tor erreichte.

Die Ablenkung

Wie ein Häufchen Elend hockte Elisabeth nah an einem Busch. Sie fror erbärmlich, aber sie wusste, dass ihr Ablenkungsmanöver wichtig war für das Gelingen des Einbruchs, doch das hieß noch lange nicht, dass sie es gern tat. Mit klopfendem Herzen beobachtete sie, wie ihre beiden neuen Freunde die Feuerleiter hinaufstiegen und bis oben aufs Dach kletterten. Sie sah nur Schemen, denn es war viel zu dunkel. Wie immer war die Silvesternacht bewölkt und ein wenig verregnet. Andererseits war sie froh, dass sie nicht so klettern musste. Hier auf dem Boden fühlte sie sich sicherer.

Als ihr jemand von ganz oben zuwinkte, war das ihr Startzeichen. Elisabeth seufzte. Sie hob eine leere Schnapsflasche auf, die mit anderem Unrat im Gebüsch lag. Dann torkelte sie den Bürgersteig entlang in Richtung Eingang. Sie musste singen. Alle Betrunkenen benahmen sich so, nur welche Lieder kannte sie? Das waren sehr wenige. Also begann sie, zunächst krächzend und leise, *Hoch auf dem gelben Wa-ha-gen* zu singen. Es war doch egal, was sie von sich gab, Hauptsache, es war laut und schräg. Sie steigerte ihre Lautstärke. Torkelte noch mehr. Das jetzt mehr aus Frust als aus Lust.

Wut stieg in ihr auf. Wieso war sie gezwungen, solch einen Unsinn zu tun? Wie gerne hätte sie jetzt zu Hause gesessen, eingehüllt in eine weiche Wolldecke, die Beine auf dem Hocker, den Bauch voll leckerem Essen und einen Rosé im Glas. Der Fernseher gab sicher nicht das beste Programm her, doch es war auf jeden Fall besser als dieser Schmarrn. Sie war völlig durchgefroren, ihre nassen Puschen waren einfach nur widerlich, aber sie schützten sie immerhin vor den Steinen und Scherben. Sie hörte zu singen auf, begann wortreich zu fluchen. Der Frust saß einfach zu tief und dies war effektiver, um auf sich aufmerksam zu machen. Schließlich erreichte sie das Tor von Nummer 5 und schaute daran hoch. Verdammt, wo war hier die Klingel?

Sie entschied sich, gegen das Blech zu pochen. „He – lasst mich rein!", brüllte sie. Was man nicht alles tat, um einen Menschen zu retten. Da, es gab ein Bedienfeld, das sah aus, als würde man dort hineinsprechen müssen. Mit Knöpfen an der Seite. Sie drückte auf allen herum, mehrfach. Darüber war eine Kamera angebracht, bestimmt wurde hier alles überwacht. Sie hob den Kopf, grinste breit und winkte mit der leeren Flasche. Sang wieder, bis eine Stimme aus dem Lautsprecher erklang.

„Was willst du?", fragte die Stimme. Männlich, böse. Was sonst.

„Isch … isch musch hier rein!", lallte sie. Gut, dass sie gehört hatte, wie Chantal genuschelt hatte, das half ihr jetzt. „Hier soll eine mega-tolle-geile-uh…wow!-Party schtattfinden … und isch will da jetscht rein."

Die Stimme wieder. „Hier findet gar nichts statt. Hau ab!"

„Äh … das kann nischt sein." Elisabeth tat so, als nähme sie einen Schluck aus der Flasche. Dann sah sie die eiserne

Platte, aus der die Stimme kam, mit wackelndem Kopf an. „Mischt. Leer." Sie schlug mit der Flasche gegen die Stahltür. Immer und immer wieder, brüllte dabei laut: „Lascht misch rein!", bis das Glas zerbarst. „Oh!"

„Jetzt hau endlich ab!" Der Mann aus der Sprechanlage klang nun richtig genervt. „Man hat dich reingelegt. Hier gibt es keine mega-tolle-geile-irgendwas-Party. Oder hörst du irgendwo Musik?"

„Ihr habscht die Türen zujemascht", widersprach Elisabeth. „Beschtimmt habscht ihr die Party am Laufen, im Geheimen …"

„Wer hat das gesagt?"

„Ooooch … alle." Elisabeth grinste breit. „Dasch war der Robert …"

Oh, verdammt! Sie spürte, wie ihr das Blut in den Kopf schoss. Sie konnte denen doch nicht die Wahrheit erzählen! Schnell, andere Namen mussten her, doch welche? Warum war ihr Kopf nur wie leer gefegt? Die Namen ihrer Kinder vielleicht. „U-und Fenscha, der Chrischtian, und die … die Sch-schantal …"

„Robert?", kam es aus dem Gerät zurück. „Welcher Robert? Wie heißt der mit Nachnamen? Wo wohnt der, wie sieht der aus?"

Mist! „Ooooch, keine Ahnung." Sie musste die Leute ablenken, irgendwas tun. „Wenn ihr mich nischt reinlascht, dann komme isch eben sch-schelbscht."

Sie ging an den angrenzenden Zaun und begann, an den Drähten hinaufzuklettern. Natürlich klappte das nicht, ihre Schlappen ließen so eine Kletterpartie nicht zu. Aber darum ging es auch nicht. Zufrieden hörte sie, wie die Stimme brüllte: „Wir rufen die Polizei, wenn du nicht sofort aufhörst!"

Natürlich sie wusste, dass sie das nicht tun würden. Eine Tür, die hinten am Gebäude im Dunkeln lag, wurde aufgestoßen. Zwei große, dunkle Gestalten traten heraus und hielten direkt auf sie zu. Als die graue Wolkendecke für einen Augenblick schwaches Mondlicht zu den beiden durchsickern ließ, musste sie schlucken. Das waren extrem breitschultrige Kerle, sicherlich im Nahkampf hervorragend ausgebildet und als Wächter eingesetzt. Höchste Zeit, von hier zu verschwinden. Ihr Ablenkungsmanöver hatte jetzt lange genug gedauert, Krach hatte sie gemacht und es war Zeit, eine andere Richtung einzuschlagen.

Sie drehte sich um, wollte gerade noch „Hab's mir anders überlegt" brüllen, doch die Worte blieben ihr im Hals stecken. Ein Wagen kam die Straße entlang, langsam noch, doch schon bald würde er an ihr vorbeifahren. Sie erkannte ihn sofort: Chantals und Boris' Bulli, der Roberts Mercedes verfolgt hatte!

Sofort fühlte Elisabeth ihr Herz lautstark klopfen, Panik erfasste sie und sie schnappte wieder einmal nach Luft. Stolpernd wich sie zurück zum Tor, das ein wenig vom Gehweg zurückgesetzt war, sodass sie von der Straße aus zunächst nicht zu sehen war. Doch auch wenn sie sich an das Tor presste, würden die Insassen des Bullis sie sehen können, sobald sie an dem Eingang vorbeifuhren.

„Lasst mich rein!", brüllte sie jetzt noch lauter. „Da sind Leute, die mich kidnappen wollen! Und bestimmt bringen die mich um."

„Was du nicht sagst." Die Stimme aus der Sprechanlage klang bereits sehr nah. Ach nein, einer der beiden Wachleute hatte ihr geantwortet. Und der war nur wenige Schritte von ihr entfernt.

„Es geht wirklich um mein Leben!" Ihre Stimme klang hysterisch, ihr Herz hämmerte in ihrer Brust. Warum hatte sie nur diese dämliche Aufgabe bekommen? Wie hatten die beiden Typen aus dem Bulli sie überhaupt finden können? Es half nichts, die Gefahr im Rücken war größer als die vor ihr. Sie musste hinter den Zaun kommen, um vor den Gaunern in Sicherheit zu sein. „Lasst mich rein, und ich sag euch auch, wer dieser Robert ist!"

Eine Tür seitlich des Tores öffnete sich knarzend. Ein dunkel gekleideter Mann mit einer Baseballkappe und einem Schlagstock in der Hand trat hervor und fixierte Elisabeth, als wäre sie eine Schlange, der er den Kopf abreißen wollte. Ein zweiter Mann, ebenfalls mit mindestens Kleidergröße 5XL trat neben ihn. Er hielt ein handspannenlanges Messer auf sie gerichtet. Hinter sich hörte sie die Reifengeräusche des Bullis. Viel zu nah. Reflexartig eilte sie auf die beiden stämmigen Männer zu und versuchte, sich an ihnen vorbeizudrücken. Was nicht gelang, also klammerte sie sich an einem fest.

„He – was soll das?", rief der Baseballkappenträger.

„Ich … muss mich verstecken", jammerte Elisabeth.

Da war der Bulli schon heran. Elisabeth konnte im Gerangel mit den beiden Wachleuten sehen, dass Willi hinter dem Fenster saß und den Kopf gegen die Scheibe presste. Neben ihm glotzte Sammy einfach nur böse, und noch ein anderer Kerl beugte sich am Steuer vor. Letzteren kannte sie nicht, doch seine auffällig große Nase brachte Elisabeth auf die Idee, dass er die Zinkennase sein konnte, die Tanja zuvor so bedrängt hatte. Die drei gehörten womöglich zusammen! Ihr blieb nichts anderes übrig, sie musste die Kerle im Bulli auf eine andere Fährte bringen.

„Verschwindet lieber", rief sie Willi zu, der die Scheibe herunterkurbelte. „Hier ist eine geheime Drogenfabrik. Viel zu groß für euch!"

Willi erstarrte. „Was sagst du da?", fragte er dann mit einem fiesen Grinsen.

„Bleibt zurück!", warnte Elisabeth noch einmal. Sie meinte es doch nur gut!

Der Lockenkopf sprang aus dem Wagen und zog eine Waffe. Elisabeth schluckte schwer, fühlte erneut Panik in sich aufsteigen. Die beiden Wachleute hatten jetzt auch endlich kapiert, dass nicht *sie,* die komische Schrulle mit den matschrosa Schlappen, die Bedrohung darstellte, sondern die drei Gauner aus dem Bulli. Deshalb konnte sie sich endlich an ihnen vorbeidrücken und durch die Tür aufs Grundstück schlüpfen. In eine Schießerei wollte sie nicht geraten, dazu war ihr das Leben zu kostbar. Sie suchte sich eine Stelle neben dem Tor, an der sie durch den Maschendrahtzaun beobachten konnte, was passierte.

Die beiden Wächter gingen in Kampfstellung und hielten ihre Schlagstöcke auf die neuen Störenfriede gerichtet. „Verschwindet", forderte der Baseballkappenträger sie auf. „Ansonsten garantieren wir für nichts!"

„Ach ja?" Willi fuchtelte übermütig mit der Pistole herum. „Ich sag mal so: Ich habe die Knarre und ihr nur Knüppel. Was macht ihr jetzt?"

Die Ernüchterung traf die beiden Kerle wie der Schlag. Unauffällig zogen sie sich zurück, doch der Lockenkopf trat näher heran. Inzwischen stürzte Sammy aus dem Bulli und zückte dabei sein Klappmesser. Anscheinend gefiel ihm nicht, dass sich die beiden Wächter weiter zurückzogen, er holte aus und schleuderte seine Waffe. Mit einem *Plong!*

blieb das Messer knapp neben dem Ohr des Baseballkappenträgers im eisernen Tor stecken.

Willi sah ihn entgeistert an. „Was sollte denn das jetzt? Ich hatte sie voll im Blick!" Etwas wohlwollender nickte er mit dem Kopf zum Gebäude hin. „Scheint so, als würden wir hier etwas absahnen können."

„Das ist zu riskant." Nun war auch Zinkennase ausgestiegen und stellte sich neben Willi.

„Zu Silvester wird hier niemand arbeiten", meinte der selbstgefällig grinsend.

„Das stimmt."

Während Willi die beiden Kerle am Tor weiterhin mit der Waffe bedrohte, trat Sammy vor und zog sein Klappmesser aus dem Metall. Er legte lachend den Kopf schief, dadurch war sein grauenvolles Grinsen überraschend gerade.

Nun waren also alle drei Ganoven davon überzeugt, hier einen guten Fang zu machen. Elisabeth wurde es übel angesichts Sammys schlechter Zähne. Oder weil sich die gesamte Mannschaft jetzt auf den Weg machte, die beiden Wachleute durch die Tür und vor sich her zu treiben, zielstrebig auf das Gebäude zu. Offensichtlich wollten sie in das Versteck einer Drogenbande hineinmarschieren und denen ihr Zeug wegnehmen. Falls es sich überhaupt um Drogen handelte. Vielleicht wurde hier auch nur Spielzeug hergestellt.

„Da ist ja dieses Miststück!"

Willi hatte sich umgedreht und zielte nun mit der Waffe auf Elisabeth, die sich bleich an den Rand der Mauer gedrückt hatte. *Mist!* Sie hatte versucht, sich unsichtbar zu machen. Vielleicht wäre es ihr gelungen, wenn sie nicht so dick … Aber nein, die drei Gauner hätten sie auch gesehen, wenn sie spindeldürr gewesen wäre.

Sammy reagierte sofort. Er packte Elisabeth am Arm und zerrte sie mit sich. Natürlich wehrte sie sich, doch davon wurde sein Griff nur schmerzhafter.

„Lasst mich los, ich geh ja freiwillig mit!", schrie sie schließlich.

„Ach ja?" Er klang nicht überzeugt. „Glaubst du, wir trauen dir noch, nachdem du uns so gelinkt hast?" Darauf sagte Elisabeth nichts. Er packte trotzdem noch fester zu. „Wo ist deine schrullige Freundin? Und die anderen, mit denen du in unserem Wagen gesessen hast? Was heckt ihr für ein Spielchen aus?"

Zu dumm, dass er ausgerechnet jetzt nach Florian, Tanja und Chantal fragte! Die beiden Wächterkerle schauten überrascht. Jetzt mussten sie wissen, dass sie nicht allein in diese Fabrik eindringen wollte. Aber eigentlich war es auch egal. Wenn diese Kleinganoven die Wächter ausschalteten, würde sie so oder so später von ihnen entsorgt werden. Das lag klar auf der Hand, bei keinem Verbrechen durfte es Zeugen geben.

„Die haben sich von mir abgesetzt", antwortete sie gleichmütig. „Feiglinge eben."

Sie hörte Sammy ungläubig schnauben, während Willi und Zinkennase die beiden Wachleute vor sich hertrieben. Sie war froh, dass er sie nicht bedrohte. Vielleicht war es sogar besser, wenn sie sich von nun an wie ein stilles Mäuschen benahm. „Wie habt ihr mich überhaupt gefunden?", wollte sie dann doch wissen.

„Du selbst hast uns geführt." Sammy griff in ihre linke Manteltasche, dann in die andere und schließlich in die tiefe Hosentasche ihres Hausanzugs. Grinsend zog er das lederne Etui hervor und hielt es ihr vor die Augen. „Hier ist ein

Peilsender drin. Dass du so dumm warst und so was einsteckst … Als wir unseren Wagen durchsucht haben – den ihr ja echt zu Schrott gefahren habt …“

„Der war vorher schon ziemlich …“, begann Elisabeth.

Seine scharfe Stimme unterbrach sie, noch schlimmer war aber sein fauliger Atem. „… da haben wir erkannt, dass du das Etui mitgenommen hast. Per Funk konnten wir den Sender einschalten und du hast uns hübsch verraten, wo du warst.“

Elisabeth wurde flau im Magen. Sie hatte sich das Ding ansehen wollen, es dann jedoch glatt vergessen. Zu viel anderes war geschehen, was sie abgelenkt hatte. Zinkennase lachte gehässig und sah sie an wie jemanden, der das hätte wissen müssen. Doch sie hätte an so etwas nie im Leben gedacht. Sie wusste ja nicht einmal, wo man so etwas herbekam. Auf eBay vielleicht?

Willi drehte sich jetzt sogar grinsend zu ihr um, die Waffe auf sie gerichtet. „Hast uns unterschätzt, Alte, was?“, sagte er, wie immer in einem selbstgefälligen Ton. „Wir hätten dich sofort …“

Weiter kam er nicht, denn in dem Moment sprangen die beiden Wächter vor und stürzten sich auf ihn und die danebenstehende Zinkennase. Ein Handgemenge entstand. Alles, was Elisabeth in dem Moment wahrnahm, war ein ohrenbetäubender Knall.

Einbruch

Ein Schuss durchbrach die Stille, dann hörte er jemanden schreien. Eli! Florian, der zusammen mit Tanja an der offenen Luke hockte, war sich sicher, dass sie geschrien hatte. Erschrocken schaute er über das Flachdach. Um zu begreifen, was am Tor vorgefallen war, musste er aufstehen und an den Rand des Gebäudes gehen. War Eli in Schwierigkeiten? Vielleicht sogar getroffen worden? Noch einmal wurde ihm bewusst, dass das hier kein Spiel war und man am Ende nicht einfach so nach Hause gehen konnte.

„Schnell!" Tanjas Stimme klang leise neben ihm, aber im Befehlston, als hätte sie das Kommando. „Eli können wir jetzt nicht helfen. Wir müssen da runter. Sei leise."

Florian linste in die Dunkelheit hinunter. Alles, was er erkennen konnte, war ein länglicher Lichtschein direkt am Boden, der von einer Tür herrühren konnte. „Und wenn der Raum verschlossen ist?"

„Türen krieg ich auf."

Geschmeidig wie eine schwarze Katze ließ sie sich herunter. Es machte nur leise *Plopp*, als sie mit den Füßen auf dem Boden aufkam. Nun, er hatte längere Beine. War deutlich schwerer. Und längst nicht so gelenkig. Die Luke war schmal, daher ächzte er einige Male.

„Links von dir ist ein Regal." Ihre Stimme war so leise, dass er sie kaum verstand. „Wenn du es schaffst, die Luke wieder zu schließen, wäre das großartig."

Vorsichtig tastete er mit den Füßen an die Seite. Als er tatsächlich etwas Halt fand, konnte er das Fenster über sich greifen, während er sich in dem Schacht mit dem Oberkörper gegen die Wand drückte. Immerhin quietschte es diesmal nicht so sehr wie beim Öffnen, dafür ließ er es nicht einrasten. Die letzten beiden Meter sprang er hinab, wo er mit einem lauten Poltern ankam.

„Noch lauter ging's nicht, was?" Ihre Stimme klang genervt.

Florian zuckte mit den Schultern. Wenn er von Beruf Einbrecher hätte werden wollen, dann hätte er das mit der Zeit gelernt und dann bestimmt auch richtig gemacht. Aber im Moment war er nicht freiwillig hier. Im Gegenteil. Er hatte vorgehabt, sich irgendwo zu betrinken und dann auf das Dach des Hochhauses zu steigen. Auch wenn er sich jetzt auf einem hohen Gebäude befand, war er meilenweit davon entfernt, sich herunterzustürzen.

Sie warteten eine Weile fast atemlos, um auszuschließen, dass jemand sie gehört hatte. Nichts auf der anderen Seite der Tür rührte sich. Doch da – durch den schmalen Schlitz darunter sahen sie Schatten, jemand kam näher. Es waren keine Tritte von festem Schuhwerk, eher von jemandem, der auf Socken lief. Und nun blieb derjenige direkt vor der Tür stehen.

„Scheiße!", stieß Tanja erstickt aus.

Sie stolperte rückwärts direkt gegen Florian. Nur mit Mühe konnte er das Gleichgewicht halten, selbst einen

Ausruf unterdrückte er erfolgreich. Er hatte Tanja aufgefangen und für ein paar Sekunden lag sie in seinen Armen.

Was für eine absurde Situation, schoss es ihm durch den Kopf, *aber sie ist schön …*

Die Tür wurde geöffnet, der Lichtstrahl wurde größer. Panisch sah sich Florian um. Er erblickte Regale und Kartons – jede Menge, aufeinandergestapelt, hoch bis zur Decke. Wahrscheinlich entdeckte man sie sofort. Der Mensch an der Tür hielt inne, öffnete sie nicht ganz. Er murmelte etwas, anscheinend zu einer weiteren Person.

„Da rüber!", flüsterte Tanja.

Sie schob Florian regelrecht hinter eine vollbepackte Palette, selbst floh sie zur anderen Seite. Der Lichtschein wurde größer, nackte Füße patschten auf den Betonboden. Eine Frau und ein Mann sprachen leise miteinander, Florian konnte sie an den Stimmen unterscheiden. Aber sie redeten in einer fremden Sprache. Und sie kamen näher. Schnell drückte er sich fester gegen die Kartons und zog den Bauch ein. Zum Glück hatten die beiden kein Licht gemacht und in seiner Ecke war es dunkel. Zuerst sah er die Füße einer Frau und dann … nackte Beine! Was war denn das? Sie kam in seinen Gang und war vollständig entkleidet – er glaubte es kaum! Jetzt bückte sie sich, streckte ihm ihren nackten Hintern entgegen. Ein schöner, kräftiger Po, stellte Florian nüchtern fest, auch wenn alles in ihm in Panik war. Fassungslos beobachtete er, wie sie drei aufeinandergestapelte Kartons anhob und sie sich vor den Bauch hielt. Ihre rechte Brust quoll an der Seite heraus, schamlos und unbeholfen. Florian sah es genau. Die Spucke blieb ihm weg. Er atmete nicht.

Der Mann trat zu ihr. Auch er war nackt. Alles schrie in Florian, am liebsten wäre er in sich zusammengesackt und schluchzend zu Boden gesunken. Stattdessen hatte er seine Augen entsetzt aufgerissen, um die beiden anzustarren. War hier eine Nacktparty zugange und man holte diverses Zubehör, um irgendwelche Schweinereien bei einer Sexorgie zu veranstalten?

Der Nackte lud der Frau einen vierten Karton auf, sodass der genau vor ihrem Gesicht lag. Doch das schien so gewollt, denn er selbst griff sich ebenfalls vier Kartons und balancierte damit zur Tür. Er ließ die Frau vorangehen, dann schloss er die Tür hinter sich.

Stille. Noch immer hielt Florian den Atem an, dabei waren die nackten Füße längst fort. Sein Kopf glühte, da merkte er erst, dass er wohl mal atmen sollte. Tanja hatte etwas gesagt, aber er hatte es nicht verstanden. Der Anblick der Frau stand ihm deutlich vor Augen. Ihre Brust. Wie die Warze ihn angestarrt hatte.

Die Tür öffnete sich erneut, doch diesmal war es Tanja, die hinausschlüpfte und ihn allein ließ. Florian wollte etwas rufen, doch er besann sich rechtzeitig. Mit zittrigen Beinen folgte er ihr, lugte hinaus in einen Gang und sah Tanja bis zu dessen Ende zu einer weiteren Tür huschen. Durch die musste das Pärchen mit den Kartons verschwunden sein, denn sie schloss sich gerade automatisch. Tanja sorgte dafür, dass sie nicht ins Schloss schnappte, sondern kurz davor stehen blieb. Gerade weit genug offen blieb, um etwas zu sehen. Schnell holte er zu Tanja auf. Wagte einen Blick hindurch – und taumelte erschrocken zurück. Sein Atem ging heftig, Tanja schaute ihn strafend an. Sie zeigte auf etwas. Also war er gezwungen, noch einmal hineinzusehen.

Erneut traute er seinen Augen nicht: Überall, wo er hinblickte, sah er nackte Leute. Sie standen an acht quer stehenden

Tischen und hantierten mit irgendwelchen Sachen. Was sie genau taten, konnte er nicht erkennen, und genau genommen wollte er es auch nicht wissen. Es ging niemanden etwas an, was nackte Leute gemeinsam taten – da wollte er sich unbedingt raushalten.

Doch er sah auch das Pärchen, das die Kartons aus dem Lager geholt hatte. Die Frau war an die rechte Tischseite gegangen, der Mann zur anderen. Am Tischrand hielten sie und stellten einen der Kartons ab. Einer der Nackten dort öffnete ihn und holte einen Stapel Beutel oder Ähnliches hervor, während die beiden Kartonträger zum nächsten Tisch gingen. So luden sie einen Karton nach dem andern ab. Sie brachten also Material, um das, mit dem die Leute hantierten, einzutüten.

Eine dunkle Gestalt versperrte ihm plötzlich die Sicht – jemand war sehr nah an der Tür vorbeigegangen. Tanja reagierte sofort, sie lehnte die Tür an, sodass derjenige die beiden nicht sehen konnte. Dann aber packte sie Florian wortlos am Kragen und zog ihn mit sich. Sie ließ erst los, als sie versuchte, die erste Tür auf der linken Seite zu öffnen. Das spärliche Licht zeigte eine Besenkammer, und es sah nicht so aus, als würde hier ein Telefon herumliegen, also schloss sie die Tür wieder. Im Gang gab es neben dem Raum mit den Kartons noch weitere Zimmer, eines war abgeschlossen, ein anderes offenbarte Regale mit allerlei ausrangierten Möbeln und weiteren Kartons. Tanja schob ihn dort hinein. Er war viel zu sprachlos, um sich gegen sie zu wehren. Vor allem wusste er noch immer nicht, was die nackten Menschen in dem Raum taten.

„Also doch eine Drogenbande“, flüsterte Tanja ihm zu, als sie die Tür leise hinter sich geschlossen hatte.

Florian versuchte, ihr Gesicht in dem schwachen Licht zu erkennen, aber sie trug genau wie er noch immer die Maske. Wie gut, dass sie nicht sehen konnte, wie sein Kopf glühte. „Und warum sind diese Leute alle … nackt?"

Sie lachte leise. „Damit niemand heimlich etwas von dem Zeug stiehlt. Außerdem können die beiden Wächter sie so besser überwachen."

„Beiden Wächter?"

Florian merkte, wie dumm seine Fragen waren, aber er hatte außer den Nackten niemand anderen gesehen. Und das war schon schlimm genug gewesen.

Seine Begleitung schüttelte den Kopf. „Einer ging am Ende des Saals, der andere war bei uns. Sie kreisen um die Leute. Damit haben sie alle auf einmal im Blick. Das macht unsere Aufgabe natürlich schwerer. Dieser Gang hier ist eine Sackgasse. Wenn wir irgendwo ein Telefon finden wollen, müssen wir durch den bewachten Raum. Der muss noch einen anderen Ausgang haben, durch den man zum Beispiel ins Treppenhaus oder zu den eigentlichen Büros kommt."

Sie blieb eine Weile still. Vielleicht brütete sie einen Plan aus, doch für Florian lag die Sache klar auf der Hand: Lieber zurück durch die Luke aufs Dach – wie auch immer sie das anstellen würden – und dann ein neues Fenster suchen, wo Büroräume waren. Sie brauchten nur *ein* dämliches Telefon, und irgendwo musste eins sein. Durch den Saal mit den Nackten und den Wächtern wollte er auf keinen Fall.

Sofort erklärte er ihr den Plan, doch sie seufzte. „Ich habe oben fast alle Dachluken getestet, die meisten waren fest verschlossen. Wir können von Glück reden, dass wir bei der einen reingekommen sind."

Er schluckte kräftig. „Und was sollen wir jetzt machen?"

„Wir müssen da rein und von da aus woanders raus. Am besten ahmen wir die beiden nach, die diese Kartons reingebracht haben. Bestimmt kommen sie bald wieder.“

„Aber …“ Seine Stimme klang viel zu schrill, während ihre eher gelassen war. „Das werden die merken!“

„Nicht unbedingt.“ Sie machte eine bedeutungsvolle Pause. „Wir müssen natürlich auch nackt sein.“

Florian zitterte am ganzen Körper, doch Tanja schien ihren Plan wirklich ernst zu meinen. „Die Leute in dem Saal sind es gewohnt, zwei Nackte zu sehen, die vier Kartons hereinbringen und sie an den Tischen verteilen“, erklärte sie, während sie sich ihre schmalen Lederhandschuhe von den Fingern zupfte. „Vom Mittelgang aus gehen vier lange Tische nach rechts ab und vier nach links. Die beiden Träger sind außen herumgegangen, genau das müssen wir auch tun.“

Die Knöpfe ihrer Jacke öffnete sie mit der einen Hand, mit der anderen löste sie die Schnürsenkel ihrer Sneakers. Nicht zum ersten Mal staunte er über die vielen Dinge, die sie gleichzeitig und vor allem selbstverständlich tat. Und dabei noch redete.

„Die meisten sind mit ihrer Arbeit so beschäftigt, dass sie nicht mal aufblicken. Aber wenn sie es doch tun …“ Sie streifte sich beide Schuhe ab und ließ im gleichen Zug ihre Jacke zu Boden fallen.

Florian schluckte. Sie wollte es tatsächlich tun …

„Entweder sind die Leute freiwillig hier und bekommen Geld für ihre Arbeit“, fuhr sie fort, während sie sich die Hose aufknöpfte. „Dann haben wir echt schlechte Karten und werden wahrscheinlich sofort verpfiffen. Aber sei mal ehrlich:

Glaubst du echt, die Typen beschäftigen hier Menschen zum Einpacken von Heroin oder Marihuana und lassen sie frei in der Welt draußen herumlaufen? Da braucht doch nur einer zu quasseln oder sie zu verpfeifen …“

Jetzt hatte sie ihre Hose abgestreift. Dünne und lange Beine kamen zum Vorschein, ein Slip, natürlich schwarz, der ihren Po kaum bedeckte. Jetzt drehte sie sich etwas. Florian konnte sehen, dass es ein Tanga war. Aufreizend und schön kamen ihre Pobacken zur Geltung.

„Nein …“, antwortete er wie gelähmt. Dabei wusste er nicht mal mehr, wie die Frage gelautet hatte. Zu sehr war er damit beschäftigt, sich zum Atmen zu zwingen. Und er durfte sie nicht anstarren, so etwas gehörte sich nicht. Doch gerade zog sie sich ihre schwarze Bluse über den Kopf. Da konnte er doch schnell mal schauen, schließlich sah sie es nicht. Sie trug einen BH mit Spitzen, ihre wohlgeformten Brüste waren dort eingebettet. Schnell wandte er den Blick ab.

Sie streifte ihre Socken ab. „Deshalb nehme ich an, dass die Leute nicht freiwillig hier sind, vielleicht sind sie aus dem Ausland eingeschleust worden. Die werden uns nicht verpfeifen, da bin ich mir sicher. Nur die Wachen machen mir Sorgen.“

„Mir auch“, sagte Florian heiser. Und nicht nur das. Die junge Frau vor ihm sah umwerfend aus, das hätte er nicht gedacht. Auch wenn er im diffusen Licht nicht alles sah, es war trotzdem genug. Eigentlich schon zu viel. Er spürte, wie es sich bei ihm regte. Nein, das durfte nicht sein! Das musste er mit aller Kraft verhindern!

Sie hatte aufgehört zu reden. Sah ihn an, ihr Gesicht lag allerdings im Schatten. Dann holte sie einen Karton hervor, warf den Inhalt in eine der hintersten Ecken und packte ihre Klamotten hinein, die Schuhe folgten. „Wir nehmen die Sachen mit“, erklärte sie weiter. „Aber du musst dich auch ausziehen, sonst funktioniert mein Plan nicht.“

Schnell streifte er seine Schuhe ab. Immerhin, der Anfang war getan.

„Was ist?“, fragte sie schließlich. Sie wollte sich ihren Slip mit einer Hand herunterziehen, doch sie verharrte in der Position. Es vergingen Sekunden, in denen Florian nach Luft schnappen wollte, es aber nicht konnte.

„Ich … ich kann nicht“, brabbelte er schließlich. Wandte den Blick von ihr ab, als suchte er etwas Wichtiges in diesem Raum. Aber was gab es hier schon? Er würde sich vor ihr blamieren, wenn sich jetzt schon da unten etwas bei ihm regte. Eine Menge sogar, mehr als er jemals …

Tanja legte den Kopf schief. „Lass mich raten: Du warst noch nie in einer Sauna?“

Er nickte nur, brachte kein Wort heraus.

Und natürlich ließ sie nicht locker. „Und du hattest noch nie eine Freundin?“

Volltreffer! „Also, ja, doch … schon … nur haben wir nicht …“ Er brach ab. Von seiner Kollegin, die er mal auf einen Kaffee eingeladen hatte, brauchte er wohl nicht zu erzählen. Das war wohl eher eine gute Bekannte gewesen, oder war sie nur mitgekommen, weil sie die Zeit bis zu ihrem Yogakurs hatte überbrücken müssen?

„Oh.“ Tanja ließ den Slip auf ihre Sachen fallen und hielt kurz inne. „Pass auf, du hast mir vorhin mit dieser ekligen Zinkennase geholfen, und jetzt helfe ich dir. Aber keinen Mucks machen, Und nicht böse sein, es geht nicht anders.“

Damit ging sie einen Schritt auf ihn zu und trat ihm mit der Hacke gewaltig auf den Fuß. Einen Schrei konnte

er erfolgreich unterdrücken, aber er krümmte sich vor
Schmerz und hüpfte kurz auf seinem anderen Fuß herum.
Leise fluchte er vor sich hin. Aber tatsächlich: Jedes Gefühl
der Erregung war verschwunden. Er war erleichtert und
wütend zugleich.

„Tut mir leid. Und jetzt musst du dich ausziehen. Es geht
nicht anders, aber ich gucke nicht, versprochen." Sie drehte
ihm den Rücken zu, und er akzeptierte nach einem Moment
des Zögerns, dass er keine Wahl hatte. Er wandte sich ebenfalls ab und zog sich hastig aus, dann räumte auch er einen
Karton leer und legte seine Sachen hinein.

„Such dir deine vier Kisten zusammen, damit wir die
parat haben. Wenn die beiden Nackten wieder zurückkommen, müssen wir sie in den anderen Raum mit den Kartons
einsperren."

Hammerschläge

Elisabeths Schrei wurde von den Mauern verschluckt, kaum dass der Schuss verklungen war. Entsetzt riss sie die Augen auf. Willi hatte auf sie gezielt, doch im letzten Moment war der Baseballkappenträger auf ihn losgegangen, hatte ihn umgerissen und dabei war der Schuss losgegangen. War jemand getroffen worden? Verblutete jemand gerade vor ihren Augen? Sie sah nur entsetzte Gesichter, die sich suchend umblickten. Offensichtlich war die Kugel in die Luft gegangen.

Was für ein Glück!

Sie hörte Sammy, Zinkennase und Willi fluchen. Dann die Stimmen der beiden Wächter. Das Gerangel der fünf war schnell beendet, noch bevor jemand *Scheiße!* rufen konnte, denn dafür sorgten die 5XL-Muskeln der Wachposten.

„Ich will eure Hände sehen", fauchte der Baseballkappenträger. Er hatte Willi die Waffe abgenommen und hielt sie auf die Kerle gerichtet. „Oder eine Kugel zerschmettert euer Hirn. Ich treffe jedenfalls nicht daneben."

Die drei Gauner erhoben zitternd ihre Hände. An den resignierten Gesichtern erkannte Elisabeth gleich, dass sie sich vor Angst in die Hose machten. Nun hatte sich das Blatt also gewendet, doch für Elisabeth blieb es gleich: Gefangene einer Bande, von der sie eigentlich nichts wollte. Sie saß in der Falle, so viel stand fest. Aus dem Ablenkungsmanöver – von dem sie sich eigentlich sofort hätte entfernen sollen – war ein Desaster geworden. Jetzt war sie auch noch schuld daran, dass die Leute aus der Fabrik sie allesamt festgenommen hatten. Inzwischen strömten weitere muskulöse Männer aus der Tür des Gebäudes, der Krach hatte sie längst herbeigelockt. Umgeben von einem halben Dutzend mit Schlagstöcken bewaffneter und finster dreinblickender Kerle wurden Elisabeth und die Kleinganoven durch eine schwere Eisentür ins Innere geleitet. Von wegen, zu Silvester würde hier niemand arbeiten, da hatte sich Willi offensichtlich verschätzt. .

Die Truppe blieb mitten in der Vorhalle stehen. Elisabeth schaute sich um, doch sie konnte nichts Ungewöhnliches entdecken, das auf eine Drogenmafia hinwies. Die Regale an den Wänden beinhalteten Gegenstände, die auf irgendeine technische Werkstatt schließen ließ, aber vielleicht war es auch ihre Masche, um auf den ersten Blick eine falsche Fassade zu präsentieren.

Aus einer angrenzenden Tür kam ein Mann mit Glatze und kleinen Augen heraus, aber er war mit einem Anzug bekleidet und schien der Anführer zu sein. „Was ist das denn für ein Haufen?", bellte er.

Der Baseballkappenträger nahm seine Kappe ab. „Die Bande haben wir vor dem Tor gefunden. Wahrscheinlich gibt es noch mehr, die draußen herumstreunen."

„Ich gehöre nicht zu denen", versuchte Elisabeth klarzustellen. „Ich bin nur zufällig vorbeigekommen und weil ich ein bisschen zu viel getrunken …"

Aufgrund der finsteren Blicke des Bandenchefs wurde ihre Stimme immer leiser, bis sie schließlich erstarb. Nicht nur die Kleinganoven schienen jegliche Beteiligung an dem Gespräch für unangemessen zu halten, sondern auch die Bewacher warteten in Ruhe ab. Offensichtlich durfte niemand eine eigene Meinung preisgeben, nur die des Bosses zählte. Was auch das Katzbuckeln der Kraftprotze deutlich zeigte.

„Anton, stell das Pack an die Tische." Damit wischte der Glatzkopf ihre Bemerkung uninteressiert beiseite und wandte sich an den Baseballkappenträger. „Und Liam, schick deine Leute aus. Sie sollen nachsehen, wer sich da draußen noch alles herumtreibt. Noch mehr Besucher wollen wir nicht, auch wenn wir uns über neue Arbeitskräfte freuen können." Er drehte um und verschwand durch die Tür, durch die er zuvor gekommen war.

Anton, ein Mann mit einem Spitzbart, musterte einen nach dem anderen. Willi, Sammy und Zinkennase wurden auf ein Zeichen hin von zwei Kerlen gepackt und eine Treppe hinaufgezerrt. Als er vor Elisabeth stand, schüttelte er den Kopf. „Murat, die können wir nicht zu den Nackten stellen, da drehen unsere Wachen durch. Könnt ihr sie beim Eintopfen gebrauchen?"

Ein ungepflegt wirkender Mann grinste breit. „Gute Idee. Sie wird es lernen, ich helfe gerne nach."

Die Worte des Mannes verhießen nichts Gutes. Hinzu kam, dass er sich mit dem Schlagstock in die hohle Hand schlug, und das nicht einmal sacht. Die Drohung wirkte. Elisabeth schluckte schwer. Was auch immer diese Typen wollten, sie würde es auf jeden Fall tun. Widerstand war nur verschwendete Kraft, und die würde sie sich lieber für eine

Möglichkeit aufheben, die Erfolg versprach.

„He, was immer ihr vorhabt", knirschte Sammy, der von Anton am Oberarm gepackt und die Treppe hinaufgezerrt wurde, „lasst mich los! Ich zahl euch verdammt noch mal alles, was ihr wollt! Ihr dürft mich nicht festhalten …"

„Ach nee?" Liam setzte seine Kappe wieder auf und grinste unverschämt. „Ich befürchte, wer einmal hier gelandet ist, der kommt nicht mehr raus. Also verschwende nicht deine Kraft, die brauchen wir hier noch."

Der Gauner schien eingeschnappt zu sein. Mit der freien Hand versuchte er, seinem Peiniger mit seinen langen Fingernägeln das Gesicht zu zerkratzen, doch der Bodybuilder packte seine Hand und verdrehte sie, bis Sammy aufschrie. Dann hielt er dessen Hand hoch, sodass er sich die lackierten Fingernägel ansehen konnte. „Hey, Murat, diese Krallen hier können wir oben nicht gebrauchen, die machen die Tüten kaputt. Nimmst du den Kerl auch?"

Der Mann neben Elisabeth lachte. „Nach dem dritten Topf werden sie eh nicht mehr vorhanden sein. Gib den Mistkerl mal her."

Anton stieß Sammy zu ihnen herüber, indem er ihm die Ellbogen hinter dem Rücken festhielt und ihn so vor sich hertrieb. So konnte Murat seine Hand fest packen und ihm die Nägel mit einer Rosenschere, die er aus einer Tasche in seiner Hose zauberte, mit wenigen Handgriffen abknipsen. Bei der zweiten Hand versuchte sich Sammy zu wehren, doch Anton nahm ihn in den Schwitzkasten, sodass er nur noch hilflos aufstöhnte. Er und Elisabeth wurden vorangestoßen wie Tiere, die zum Schlachthof gebracht wurden. Zumindest kam sich Elisabeth so vor, so völlig ohne Würde.

Sie durchquerten eine Halle, die warm und mit Kunstlicht

beleuchtet war. Dutzende Pflanzen standen in ihren Töpfen in metergroßen Wannen, die von Eisenketten gehalten auf mehreren Ebenen im Raum schwebten. Die Konstruktion war überwältigend, denn die oberen Wannen wurden nach einiger Zeit von einem Mechanismus auf die untere Ebene gebracht, wo es deutlich weniger Licht gab. So durchwanderten die Pflanzen ihre notwendigen Tag- und Nachtphasen und wurden anscheinend noch automatisch bewässert, wie Elisabeth an den vielen Schläuchen erkannte. Man nutzte hier den freien Raum in der Höhe aus, um eine größere Menge an Pflanzen unterzubringen.

Murats letzter Stoß beförderte Elisabeth an einen breiten Tisch von mehreren Metern Länge, an dem ein Dutzend Menschen standen. Sammys Gesicht war vor Zorn gerötet, was ihm nichts nützte, denn auch er wurde an den Tisch gedrängt. Mit wenigen Sätzen wurden sie angewiesen, was zu tun sei. Es war einfach, fand Elisabeth, und so nahm sie sich einen der vielen Töpfe, die unter dem Tisch standen, füllte ihn mit Erde und setzte einen der kleinen Setzlinge hinein. Wenn sie das richtig erkannte, war dies eine Hanfplantage. Ihre Aufgabe war es, den Bestand zu erweitern. Sobald sie fünf Töpfe fertig hatte, musste sie alle zusammen zu einer noch freien Wanne bringen und sie dort abstellen.

Sammy schien noch immer besorgt um seine verstümmelten Fingernägel zu sein. „Habt ihr keine Handschuhe?", fragte er rundheraus.

Murats Antwort war ein Stoß in den Rücken, dann fuchtelte er mit seinem Schlagstock vor Sammys Nase herum. „Halt die Klappe, sonst schneid' ich dir persönlich die Finger ab."

Es war klar, dass sie etwas tun musste. Sie ging hier einer Arbeit nach, die illegal war, daher schien auch keiner der Arbeiter die Fabrik jemals verlassen zu dürfen, denn sonst hätte man die Gauner ja ganz einfach verpfeifen können. Niemand sagte ein Wort, nur die Wärter schwatzten hin und wieder untereinander. Mechanisch und mit trüben Augen verrichteten die Anwesenden ihre Arbeit, vielleicht schon monate- oder jahrelang. Elisabeth konnte es ihnen nicht verübeln, wahrscheinlich wurden sie geschlagen oder anderweitig bestraft, wenn sie ihrer Arbeit nicht nachkamen. Besonders Sammy, der sich noch gegen die Gefangenschaft wehrte, bekam die Macht der Wächter zu spüren.

„Stopf die Erde fester zusammen." Murat stieß ihm zum wiederholten Mal den Stock in den Rücken. Bestimmt hatte er dort bereits blaue Flecken.

Elisabeth hatte sich von Anfang an gefügt. Sie war nicht mutig genug, sich gegen diese Typen aufzulehnen, auch wusste sie, dass sie immer den Kürzeren ziehen würde. Ihre Hoffnung lag einzig bei Florian und Tanja, die anscheinend noch nicht gefunden worden waren. Falls sie unerkannt in die Fabrik eingestiegen waren, würden sie vielleicht schon bald die Polizei verständigen und um Mitternacht war der Spuk hier vorbei. Andererseits schien das Gebäude eine Festung zu sein, und auch wenn sie erst kaum eine halbe Stunde hier war, so hatte sie keinen der Wärter mit seinem Handy telefonieren oder zocken sehen. Vielleicht gab es hier überhaupt keine Verbindung nach draußen? Dann waren sie tatsächlich allein auf sich gestellt.

Elisabeth umfasste ihre fünf Blumentöpfe mit beiden

Armen vor dem Bauch und ging hinüber zu der Wanne, in der sie abgestellt werden sollten. Sammy meckerte hinter ihr weiter; er konnte sich mit seiner Situation anscheinend nicht abfinden. Diesmal hörte sie die dunkle Stimme eines anderen Wärters, auch ein dritter mischte sich ein. Man versuchte, ihn auf unangenehme Weise zu züchtigen, aber er schien sich zu wehren. Elisabeth sah sich um. Der Wärter an diesem Tisch schaute nach, welche Probleme der Kerl machte, daher war das ihre Chance: Sie huschte in den nächsten Gang und lief ihn vorsichtig entlang. Wenn sie diese Halle verlassen und sich irgendwo verstecken konnte, war ja schon mal viel gewonnen. Doch sie wusste auch, dass der Weg bis ans hintere Ende weit und sie nicht gerade sportlich war. Ihr Atem ging bereits pfeifend, das Herz klopfte laut in ihrer Brust. Ob vor Angst oder Anstrengung, konnte sie nicht sagen. Die verheißungsvolle Tür, durch die sie gekommen war, lag nur zehn Schritte von ihr entfernt, da hörte sie jemanden wild fluchen.

„He, die Alte ist weg! Sucht sie!"

Sie hatten ihre Flucht entdeckt! Hektisch sah sich Elisabeth um. Wenn sie jetzt durch die Tür rannte, die von allen Seiten gut einsehbar war, würde man sie gleich wieder schnappen. Die Strafe für ihre Flucht wollte sie sich gar nicht ausmalen. Vielleicht gab es noch einen anderen Weg? Geduckt lief sie weiter zur anderen Seite, auch wenn sie durch die vielen Tische nicht sehen konnte, ob es dort etwas gab, wo sie sich verbergen konnte. Wobei sie nicht naiv sein durfte: Jedes Versteck würde irgendwann durchsucht werden, und sollte sie weiterhin um diese gradlinig angeordneten Tische herumwetzen, würde sie auch irgendwann eingekreist werden.

Eine stählerne Tür am Ende der Halle wurde sichtbar.

Elisabeth jubelte innerlich, doch als sie hindurchschlüpfte, sah sie gleich, dass der Raum eine Sackgasse war. Die Notbeleuchtung warf ein gelbliches Licht auf die vielen Kästen, die nebeneinander aufgestellt waren. Auch an einem Schaltpult mit zig Computern, Messinstrumenten und Knöpfen blinkten und leuchteten Dioden – sie war im Schaltraum für die Hanfplantage gelandet! Von hier aus wurde also alles gesteuert, aber einen anderen Ausgang gab es nicht.

Bis in die hinterste Ecke schaute sich Elisabeth um, nirgendwo war ein Versteck, wo sie sich verbergen konnte. Also aufgeben? Sie rannte zurück zur angelehnten Tür, lugte hinaus. Hektische Stimmen schwappten zu ihr herüber, bestimmt ein Dutzend Leute suchte nach ihr. Da fiel ihr Blick auf den Schlüssel im Schloss. Sie konnte abschließen!

Was nicht viel bringen würde, denn dann saß sie wie eine Maus in der Falle. Und doch …

Leise schloss sie die Tür und drehte den Schlüssel, bis er sich nicht mehr bewegen ließ. Irgendwann würden die Leute da draußen die Tür aufbrechen, das war ihr klar, trotzdem musste sie bis dahin wenigstens irgendetwas erreicht haben. Sonst war ihre Flucht vergebens.

Zuerst tippte sie auf der Tastatur eines der Computer herum. Leises Brummen ertönte, er wurde wach. Ein leerer Balken erschien, darüber die Aufforderung, ein Passwort einzugeben. War sie ein Hacker, der das innerhalb von wenigen Sekunden knackte? Nein, solche Geräte hatte sie nie angerührt, es war schon ein Wunder, dass sie überhaupt so weit gekommen war. Sie drehte sich um, öffnete die Tür eines der vielen Schaltkästen und sah ihn sich genauer an. Auch hier waren Knöpfe und Hebel angeordnet, von denen sie nicht erkennen konnte, was sie bewirkten. Eines jedoch wusste sie von ihrem Vater, der sie in ihrer Kindheit mal mit auf eine Baustelle genommen hatte. Es war an einem Samstag gewesen, an dem er mit ihr in die Schwimmhalle hatte fahren wollen. Dann aber war der Notruf gekommen, er solle sofort in eine Blumenhandlung fahren, denn die Klimaanlage sei ausgefallen. Dass das den Tod für viele Pflanzen bedeuten konnte, hatte ihr Vater ausführlich erzählt, während sie in seinem Transporter brav neben ihm gesessen hatte. So ein Ausflug war mindestens so toll gewesen, wie im Schwimmbad zu sein, vor allem, weil sie noch nicht schwimmen konnte und für das Seepferdchen üben sollte. Und das war ihr eigentlich zu anstrengend gewesen.

Und so hatte sich dieser Ausflug in ihr Gedächtnis eingeprägt. Sie hatte sogar etwas tragen dürfen, was, wusste sie nicht mehr, nur dass sie ungeheuer stolz war, als ihr Vater sie als „die jüngste Mitarbeiterin" seiner Firma vorstellte. Die anderen hatten breit gegrinst und ihr durch die Haare gewuschelt, was sie nicht mochte, aber drüber wegsah, weil sie tapfer neben Vati in den Keller steigen durfte. Dort unten hatte es neben viel Staub und Spinnen auch solche Schaltkästen gegeben. Vati hatte den Arbeiter befragt, der auf einer Leiter stand und an der Decke hantierte. Ihm war zuvor der Hammer heruntergefallen, zufällig auf einen der Schalter im Kasten. Daraufhin sei der abgebrochen, und leider war die Bruchstelle so tief gewesen, dass er ihn nicht mehr hatte hochschieben können. Vati hatte geseufzt und ihr erklärt, dass viel Geld für alles Mögliche ausgegeben werde, doch die wichtigen Dinge würden noch immer mit *popeligem Plastik* hergestellt und eingesetzt werden. Bei zu großer Gewalt brachen sie und es war mühsam, den Schaden zu beheben.

Elisabeth grinste nur, denn sie hatte damals einen Schraubendreher bekommen – damals sagte Vati noch

Schraubenzieher, aber in der heutigen Zeit war das falsch – und mithelfen dürfen, die Schraube an dem Blech herauszuziehen.

Dass ihr diese Szene in Erinnerung geblieben war, lag an den wenigen Ausflügen, die ihre Eltern in ihrer Kindheit mit ihr gemacht hatten. Dies war ein besonderer Tag gewesen, denn ansonsten waren ihre Eltern nur mit ihr spazieren gegangen, wobei sie sich meist gelangweilt hatte.

Elisabeth seufzte angesichts der Erinnerung. Sie hatte es bei ihren beiden Kindern anders handhaben wollen, hatte sich bemüht, an den Wochenenden immer etwas mit ihnen zu unternehmen, doch Bernd war in der Woche immer so müde von der Arbeit gewesen, da hatte er sich schnell aus den recht anstrengenden Ausflügen herausgezogen. Falls er doch mal mitgekommen war, überwog seine schlechte Laune, sodass sie meist froh gewesen war, wenn er zu Hause blieb. Jetzt war ihr Ehemann ganz ferngeblieben und sie saß regelrecht in der Scheiße.

Noch einmal seufzend sah sie sich um. In einer Ecke stand ein Werkzeugkasten, den öffnete sie und betrachtete den Inhalt. Sollte sie mit dem Schraubenzieher die Bleche lösen, damit sie anschließend die *popeligen Schalter* zerstören konnte? Nein, das dauerte viel zu lang. Sie griff nach einem dicken Hammer und wog ihn in der Hand. Schwer war er, aber geeignet für ihr Vorhaben. Denn das würde sie jetzt durchführen, entschlossen war sie jedenfalls. Leise tapsend – obwohl das natürlich nicht notwendig war – ging sie zurück zu dem geöffneten Schaltschrank. Hob den Hammer über ihren Kopf, fixierte den Schalter, den sie treffen wollte, und ließ ihn mit voller Wucht herabfallen.

Der Schlag traf nicht die angestrebte Stelle, sondern die

Werkbank darunter. Der Krach war erschreckend, so laut, dass Elisabeth entsetzt zurückwich. Stimmen vor der Tür wurden laut, jetzt wusste man, wo sie sich verbarg. Auch das noch! Sie hatte noch nichts erreicht und stand nur herum. Sie spürte ihr Herz ordentlich klopfen und den dicken Kloß im Hals, der sich durch die Erinnerung gebildet hatte. Erneut nahm sie Anlauf und ließ den Hammer mit neuer Wucht gegen die vielen Schalthebel knallen. Diesmal zielte sie nicht genau, Hauptsache, er landete irgendwo, zerstörte das, was ihm unterkam. So wie sie ihre Beziehung zu den Eltern zerstören wollte. Ja, ihr Vater hatte sie ein einziges Mal mitgenommen, aber ansonsten hatte er nur mit ihr geschimpft. Der Hammer fiel erneut. Traf das Blech und zerbeulte es. Mit einem Grinsen betrachtete sie ihr Werk. Ja, er hatte ihr das Schwimmen beigebracht, aber wie! Wenn sie geweint hatte, weil sie Angst vor dem tiefen Wasser hatte, hatte er sie untergetaucht. Dann würde das Weinen weggehen, hatte er gesagt. Ein neuer Schlag, diesmal brachen zwei Hebel. Und noch lauter: *Wumms!* Der war für Bernd, der sich nicht um seine Familie gekümmert hatte. Oh, da gab es noch mehr, was er getan hatte, mehr und mehr Donnerschläge prasselten auf die Anlage nieder. Sie spürte, wie jeder Hieb etwas von ihrer angestauten Wut nahm. Schwächer wurde sie dennoch nicht, denn anscheinend hatte sich eine Menge Frust angesammelt. Wild hämmerte sie drauflos, öffnete neue Schränke, nahm auf nichts mehr Rücksicht. Im Rücken hörte sie Männer brüllen, natürlich hantierten sie an der Tür. Es würde sicher nicht mehr lange dauern, dann hatten sie sie aufgehebelt oder anderweitig geöffnet. Sie musste sich beeilen, damit ihr Ausbruch auch einen Sinn hatte. Keuchend ließ sie den Hammer in den Bildschirm knallen.

Dann schüttelte sie den Kopf.

Bist du dumm?, schalt sie sich. Nicht das Ding, wo man reinguckt, musste zerstört werden, sondern der unter dem Tisch stehende Computer. *Zack!* Und die Tastatur. *Knall!* Die Tasten flogen umher, das Plastik zersplitterte. Sie ging weiter zum nächsten Gerät, spürte inzwischen die Muskeln in den Oberarmen schmerzen. Warum hatte sie nie Fitnesstraining gemacht? Dann hätte sie jetzt effektiver arbeiten können. Ach nein, das hatte Bernd abgelehnt, wäre viel zu teuer gewesen. Und wozu auch? Damit sie den Putzlappen kräftiger schwingen konnte?

Sie hörte sein Lachen, als wäre es gestern gewesen, als er genau das zu ihr gesagt hatte. Sie nahm den Hammer mit beiden Händen. Schlug zu und beulte das Gehäuse des zweiten Computers ein. Das machte nicht so viel Spaß, also wandte sie sich an die nebenstehenden Geräte. Drosch auf sie ein und dachte an ihre Kinder, die sich immer gefreut hatten, wenn Bernd nach Hause kam. Elisabeth hatte all ihre Zeit für die beiden geopfert, doch den Dank hatte derjenige bekommen, der nie da gewesen war. *Weil* er eben vor Abwesenheit geglänzt hatte, waren sie glücklich gewesen, wenn er mal mit ihnen scherzte. Genauso wie sie froh gewesen war, als ihr Vater mit ihr zum Blumenladen gefahren war. Sie hatte in der Erziehung also nichts anders gemacht, es war so gekommen, wie sie es selbst erlebt hatte.

Der Hammer traf nun mit voller Kraft. Die Wut auf sich selbst steckte darin, aber als sie gerade erneut ausholte, knallte es in ihrem Rücken. Teile der Tür sausten an ihr vorbei, auch sie wurde von der Wucht gegen einen Schaltkasten geschleudert. Ein heißer Schmerz zog durch ihren Rücken, und sie wusste, die Männer kamen nun herein und sie hatte verloren.

Nein, verloren hatte sie nicht. Absolut nicht.

Der Saal der Nackten

Florian verbat es sich, weiter darüber nachzudenken, dass Tanja und er nackt waren. Sein Fuß tat immer noch etwas weh. Aber er hatte seine Kleidung in dem untersten Karton verstaut, genau wie Tanja ihn angewiesen hatte. Darüber kamen noch drei weitere Kartons und der letzte – Florian war darüber sehr froh – verdeckte sein Gesicht. Barfuß standen sie hinter der angelehnten Tür in dem zweiten Raum mit den Möbeln. Er hielt seine Kartons tief, damit sie unten nichts von ihm sehen konnte. Nun mussten sie nur noch warten.

Tanja drehte sich zu ihm zu. „Es ist jetzt wichtig, dass wir zusammenhalten. Wir beide gehen da gleich durch den Raum und tun so, als gehörten wir schon seit langer Zeit dazu. Wenn du ein Problem hast, nackt herumzulaufen, dann tu so, als hättest du deine Klamotten noch an."

„Aber … sie werden es merken!"

Tanja schüttelte den Kopf. „Wenn du über einen langen Zeitraum immer nur das Gleiche siehst, bist du nicht mehr offen für Veränderungen. Es sei denn, jemand tanzt völlig aus der Reihe. Dann werden sie natürlich auf dich aufmerksam." Sie sah ihm fest in die Augen. „Es gehört ein bisschen

Schauspielerei dazu. Hast du bei deiner Arbeit nicht schon mal etwas tun müssen, was du nicht wolltest? Stell dir einfach vor, du wärst hier seit Monaten gefangen und müsstest tagtäglich diese Kartons schleppen. Stell dir diese stupide Arbeit vor und diese Gemeinheit, nackt herumlaufen zu müssen. Das wirst du nach einiger Zeit nicht mehr merken, weil es eben alle tun müssen. Du bist gefangen in einer Mühle, aus der es kein Entrinnen gibt. Wenn du dir das vor Augen hältst, bewegst du dich wie sie.“

Florian atmete tief durch und straffte seine Schultern. „Und du – kannst du es?“

Sie antwortete nicht sofort. „Wahrscheinlich besser als jeder andere.“

Die Tür des Saals wurde geöffnet und die beiden von vorhin tappten auch schon durch den Flur. Kaum waren sie im Lager verschwunden, spurtete Tanja – nackt wie sie war – aus ihrem Versteck. Sie war wie eine Katze, leichtfüßig und unerschrocken. Im Gegensatz zu ihm. Sie schloss hinter den beiden Nackten die Tür, hantierte am Schloss und drehte sich zufrieden um.

„Die stören uns jetzt nicht mehr“, sagte sie.

Hatte an der Tür ein Schlüssel gesteckt? Offensichtlich, er hatte jedenfalls nichts gesehen. Auf was Tanja alles geachtet hatte! Nun merkten die beiden im Innern, dass jemand sie eingeschlossen hatte. Sie hörten sie an der Tür pochen und rufen.

Florian schaute Tanja verständnislos an. „Aber der Krach …“

Sie zuckte mit den Schultern. „Bis da hinten wird es nicht zu hören sein. Und je eher wir in dem Saal sind …“

Und genau davor fürchtete sich Florian. Aber was blieb ihm übrig? Er musste es hinter sich bringen. Er folgte Tanja mit den aufgestapelten Kartons durch den Flur bis zur Saaltür.

„Wenn einer von uns es aus dem Saal der Nackten schafft", sagte sie und sah ihn dabei direkt an, „sucht er das Scheißtelefon und ruft die Bullen. Der andere hält die Aufpasser davon ab, ihn zu verfolgen. Ist das klar?"

Er nickte. Versuchte zu schlucken, aber seine Kehle war trocken.

Während er die Kartons mit einer Hand hielt und mit der anderen die Tür öffnete, trat sie als Erste hinaus. Er zögerte einen Augenblick, doch er wusste, dass er ebenfalls gehen musste. Seine Beine wurden schwer, und außerdem … Wenn er den ersten Karton abgesetzt hatte, konnte er unten nicht alles abdecken und auch sein Gesicht würde sichtbar sein.

Augen zu und durch, so machte er sich Mut.

Er hatte gedacht, alle würden ihn ansehen, sobald er nur einen Schritt in den Saal gesetzt hatte. Aber so war es nicht. Die Leute waren mit ihrer Arbeit beschäftigt, sahen nicht einmal auf. Tanja hatte bereits den ersten Karton auf dem Tisch abgestellt, genauso wie es zuvor die Frau getan hatte. Also musste er nur zur anderen Seite gehen, was ziemlich einfach war. Seine Beine zitterten. Der eine Aufseher, ein glatzköpfiger Typ mit einem bösen Dauergrinsen im Gesicht, flanierte auf Tanjas Seite, der andere hatte ihm den Rücken zugewandt. Beide waren so kräftig, dass sie es mit zehn der recht mageren Nackten gleichzeitig aufnehmen konnten, befürchtete Florian. Da es in diesem Raum immerhin nicht kalt war, liefen auch die beiden kurzärmelig herum und präsentierten ihre sehr beeindruckende und mit Tattoos verzierte Oberarmmuskulatur.

Beinahe stieß Florian mit einem nackten Dunkelhäutigen zusammen, der einen mit fertigen Tütchen gefüllten Karton zu einem Fließband an der Wand zur Linken brachte. Auf dieses Band stellte der Mann das Behältnis und wandte sich ab, um zurück zu seinem Platz zu gehen. Aus den Augenwinkeln beobachtete Florian, wie die fertige Ware durch eine Luke in der Wand weitertransportiert wurde, ähnlich wie Koffer auf einem Flugplatz von einem Ort zum anderen befördert wurden. Durch die mit Gummilamellen abgedeckte Öffnung verschwand das Paket – wohin auch immer.

Florian beeilte sich, die leeren Tüten aus seinem Karton in die Behälter der einzelnen Tische zu verteilen. Tanja war schon viel weiter, er musste sich sputen. Da kam ihm einer den Aufpasser entgegen. Finster schaute er über die Tische, offensichtlich machte ihm die Nacktheit der Leute inzwischen gar nichts mehr aus. Florian senkte den Kopf. Hoffentlich merkte der Typ nichts! Dann war er geliefert – und alle Hoffnungen lagen bei Tanja. Die der Tür am anderen Ende des Raums wirklich nah war. Nur noch wenige Schritte und sie konnte hindurchflutschen. Ob sie auch einen Plan hatte, wie sie sie schnell hinter sich verschließen konnte? Denn würden ihr die beiden Wächter auf den Fersen sein, würde ihr die Flucht absolut nichts nützen.

Aber die besagte Tür wurde plötzlich aufgemacht und es spazierten vier Personen herein. Zwei Wächter schoben zwei nackte Männer herein, die über die nicht gerade sanfte Behandlung wenig erfreut waren. Florian schnappte nach Luft. Das waren Willi und Zinkennase! Was machten diese Kleinganoven hier? Waren sie ihnen auf der Straße gefolgt und dann selbst in die Fänge dieser Bande geraten? Die beiden Wächter hinter ihm stießen sie weiter in den Saal, den Knüppel direkt in den Rücken. Eine kurze Übergabe an ihre Kollegen – es wurde nur geflüstert, sodass Florian kein Wort verstand –, dann scherten sich die beiden Wachen wieder hinaus.

Verflucht! Florian war starr vor Schreck. Was würde diese elende Zinkennase tun, wenn er ihn oder Tanja entdeckte? Auch Tanja hatte sich zurückgezogen, war zum letzten abgestellten Karton gegangen und hatte in den leeren Tüten herumgeraschelt, als ob sie etwas suchte. Mit dem Rücken zu den Neuankömmlingen versuchte sie sich vor ihnen zu verbergen. Von dem näher stehenden Wächter wurden die beiden Neuen unsanft an einen Tisch gestoßen, bevor er wieder seine Runde aufnahm.

„Willst du hier Wurzeln schlagen?"

Die Stimme des Wächters hinter ihm holte ihn zurück in die Wirklichkeit. „Nein", murmelte er, lief schnell weiter zum Ende des nächsten Tischs und lud den Karton dort ab. Mehrere Blicke streiften ihn, auch Zinkennase schaute hoch. Sein Blick verengte sich, dann schaute er suchend umher. Hoffentlich entdeckte er Tanja nicht – doch zu spät, als er sie sah, fluchte er und versuchte, sich durch die Tischreihe zu drängen. Erschrockene Nackte machten ihm ahnungslos Platz, sodass er tatsächlich auf Tanja zulaufen konnte. Seine Wut war offensichtlich so groß, dass er den Schlag des Wärters im Nacken gar nicht spürte. Erst als er ein paar Schritte weitergelaufen war und ihn ein neuer Hieb auf den Kopf traf, sackte er in sich zusammen und stürzte zu Boden.

Gemurmel der Anwesenden machte sich breit, doch schnell kehrte Ruhe ein. Offensichtlich war man es gewohnt, zusammengeschlagen zu werden, wenn man nicht parierte. Wie lange mochten diese armen Menschen schon hier gefangen sein? Von der meist dunklen Haut ausgehend, waren es Flüchtlinge aus fernen Ländern. Vielleicht hatte man sie mit

dem Versprechen auf Arbeit und ein gutes Leben hierher-
gelockt, und dann waren sie zur Arbeit eingesperrt worden
und kamen nicht mehr zurück …

„He – wer bist denn du?“

Die Stimme des Wächters auf der anderen Seite ließ Florian erneut aufschauen. *Mist!* Er hatte Tanja bemerkt, sie war
aufgeflogen! Sie machte einen Satz zur Tür, riss sie auf und
rannte hindurch. Sie schaffte es sogar, sie wieder hinter sich
zuzuschlagen. Helfen konnte er ihr nicht mehr, denn nur
wenige Schritte dahinter folgte ihr der Wächter – sie hatte
keine Chance!

„Ihr macht weiter“, drohte die Aufsicht an seiner Seite,
indem er seinen Schlagstock mehrfach auf den Tisch donnerte. Er ging zur Tür, wahrscheinlich wollte er nachsehen,
ob sein Kollege die Geflohene erwischt hatte. Wenn er sich
dann umdrehte und die Leute an den Tischen betrachtete,
würde er Florian entdecken, da war er sich sicher … Er
musste weg! Aber wohin? Zurück auf keinen Fall, doch da
gab es noch den Weg der Pakete …

Ohne länger nachzudenken, schob Florian das letzte Paket
mit seinen Klamotten auf das Laufband und legte sich hastig
selbst darauf. Ein paar Arbeiter an den Tischen schauten ihn
überrascht an, da legte er sich den Finger auf den Mund. Er
hoffte, dass seine stumme Bitte – *Verratet mich nicht!* – deutlich von seinen Lippen oder der Angst in seinem Gesicht
abzulesen war. Im nächsten Augenblick durchstieß er schon
die Lamellen der Transportluke.

Er brauchte einen Moment, ehe er sich in der Dunkelheit
zurechtfand. Das Gestänge unter ihm knarzte bedrohlich,
wahrscheinlich war er zu schwer für diese Konstruktion.
Sein Blick glitt in die Tiefe, mehrere Meter ging es hinab.

Panik überfiel ihn, er wollte schreien, besann sich aber gerade noch rechtzeitig. Er befand sich in einer Halle, in der auf mehreren Ebenen Pflanzen gehalten wurden, doch hier oben führte das Transportband freischwebend bis zur anderen Seite des Raums zu einer Mauer. Ob es bis dahin sein Gewicht aushielt, wagte er zu bezweifeln. Wenn es brach, würde er etliche Meter herunterstürzen und sich wahrscheinlich irgendetwas brechen, bestenfalls das Genick. Die Menschen dort unten würden herbeigelaufen kommen und ihn sehen – nackt wie er war.

Verzweifelt umklammerte Florian den Karton mit seiner Kleidung. Zentimeter für Zentimeter kroch das Band voran. Hoffentlich hörte niemand dort unten das Quietschen des Gestänges, denn falls jemand hinaufblickte und ihn so sah, war das eine weitere Katastrophe an diesem Tag. Gebannt starrte er auf die Mauer, auf das Loch, das ihn gleich fressen würde. Auch hier wurde die Öffnung mit Lamellen geschützt, er wusste nicht, was dahinterlag. Aber dort würde er hindurchmüssen, es gab keine andere Möglichkeit. Nirgendwo konnte er sich festhalten …

Kaum war er hindurch, blendete ihn helles Licht. Das Laufband war hier zu Ende, die Pakete fielen einfach in die Tiefe. Ein Schrei hallte durch den Raum, und er registrierte, dass es sein eigener war. Sein rechter Fuß stieß gegen etwas Hartes, doch ehe er sehen konnte, was es war, versank er in einem Haufen Kartons.

Schäferstündchen

Na schön, der Lockenkopf hatte sie entdeckt. Sie hatte es geahnt, doch noch war Flo da, der hoffentlich das einzig Richtige tat und sich versteckte. Doch was würde es nützen, wenn er vor Angst schlotterte und nicht handelte? Er war einfach nicht der Typ, der Geistesblitze hatte. Hoffentlich beherzigte er wenigstens ihre Worte!

Auf nackten Füßen floh Tanja den Gang entlang, der zunächst nur von einer Notbeleuchtung erhellt wurde. Am Ende schien eine Treppe zu sein, von dort klangen Stimmen herauf. Da ging die Tür des Saals hinter ihr auf und der Wächter trat hinaus. Er lachte und rief: „He, du Schlampe, ich krieg dich, egal, wohin du rennst!"

Das glaubte sie ihm aufs Wort. Dennoch konnte sie nicht klein beigeben, dafür hatte sie im Leben schon vor zu vielen Problemen gestanden. Manchmal schwierigen, manchmal unlösbaren, und andere hatte sie noch immer an der Backe … Sie probierte die erste Tür – sie war offen. Schlüpfte hinein und knallte sie hinter sich zu. Jetzt galt es, sie zu verriegeln. Ah, ein Lichtschalter. Hektisch sah sie sich um. Matratzen lagen auf dem Boden, darauf Decken, nur selten ordentlich zusammengefaltet. Waren das die Schlaflager der Nackten? Es sah aus, als besäßen sie praktisch nichts, nur ihre nackten Leiber und ihr Leben … Nicht mal einen Stuhl gab es, mit dem sie die Türklinke hätte verbarrikadieren können. Ihr Verfolger würde gleich hier sein. Sie konnte nicht fliehen. Am anderen Ende des Raums gab es eine Nasszelle, wie sie an dem gefliesten Boden erkennen konnte.

Die Tür schwang auf und knallte gegen die Wand. Im Rahmen stand der breit grinsende Wächter. Er hatte ein lüsternes Glitzern in den Augen, das ihr gar nicht gefiel. Sie kannte es von einigen der Männer, die ihre Mutter früher gelegentlich in ihre Wohnung mitgebracht hatte und mit denen sie wohl immer nur kurze Affären gehabt hatte. *Männer sind Schweine*, hatte ihre Mutter ihr immer eingetrichtert. *Es ist ihr Trieb, eigentlich können sie nichts dafür.*

Genau so ein Bild hatte Tanja jetzt vor sich. Ein Mann, der seinen Trieb wohl schon länger nicht mehr ausgelebt hatte. Der die Tür hinter sich zuschlug und dieses fiese Grinsen in seinem Gesicht hatte. Langsam, den Schlagstock auf die eigene Handfläche schlagend, kam er auf sie zu. Sie stolperte rückwärts, fiel über eine Matratze. Flink raffte sie sich auf, entkam seinen grabschenden Händen. Um den Raum zu verlassen, musste sie an ihm vorbei, doch ihr erster Versuch scheiterte, er war schnell genug, sich ihr entgegenzustellen. Eines war ihr klar: wenn er sie einmal in die Finger bekam, würde es schwer sein, sich wieder aus ihnen zu befreien.

Tanja drehte abrupt um und rannte zum Waschraum. Dort würde sie sich einschließen können, bis Hilfe kam. Aber nun nahm sie wahr, dass der Raum gar keine Tür hatte – also konnte sie sich nicht einschließen. Dann sah sie die Kabinen und ihr Mut sank ins Bodenlose. Auch hier waren die

Türen herausgenommen worden. Die armen Menschen mussten ihre Notdurft ohne Schutz verrichten, jeder konnte zusehen …

„Hab ich dich, du Schlampe!“

Eine Hand packte ihren Arm und umschloss ihn fest. Das Grinsen des Mannes wurde breiter, dabei hätte Tanja gedacht, dass das nicht mehr möglich sei. „Du darfst ruhig schreien, hier hört dich niemand. Wir beide sind ganz allein …“

Er zerrte sie zurück in den Schlafsaal und warf sie unsanft auf eine der Matratzen. Tanja nutzte die Gelegenheit, um sich seitlich wegzurollen, doch er warf sich auf sie. Sie ächzte unter der Last. Schlimmer war allerdings sein heißer Atem an ihrem Ohr.

„Lass uns beide mal ein gemütliches Schäferstündchen halten“, säuselte er.

Tanja wusste, dass sie keine Chance hatte, doch sie wusste auch, dass sie sich mit allem wehren würde, egal wie …

Ein Haufen Kartons

Florian schälte sich eher schlecht als recht aus dem Wust der Kartons, in dem er gelandet war. Es war nicht wirklich einfach, ständig gaben sie unter ihm nach, sobald er Halt suchend darauf trat, manche öffneten sich sogar. Bis er endlich Boden unter den Füßen spürte. Vorsichtig – obwohl das wegen des Radaus, den er verursacht hatte, sicherlich nicht mehr nötig war – schaute er an den Kartons vorbei in den Raum, in dem er gelandet war. Drei Gesichter starrten ihn mit großen Augen ungläubig an, aber Florian sah gleich, dass er keine Angst vor ihnen haben musste. Sie waren wie er selbst nackt.

Mühsam versuchte er, aus dem Kartonberg herauszuklettern. Hände griffen nach ihm und halfen ihm heraus. Ein wenig beschämt grinste er zwei Männer und eine Frau an, da entdeckte er hinter ihnen einen Wächter, der auf dem Boden lag.

„Du hast ihn mit dem Fuß getroffen", sagte einer der Männer mit einer dunklen Hautfarbe. Er zeigte auf die Öffnung, durch die gerade ein Paket in den Käfig hinunterpurzelte, aus dem Florian eben gezogen worden war. Nur vorn war das Gitter des Auffangbehälters herabgesenkt, sodass die

Arbeiter die Pakete herausnehmen und auf Paletten stapeln konnten.

„Ich würde sagen: Volltreffer“, meinte die Frau.

Florian schüttelte ungläubig den Kopf. „So ein Zufall …“

„Na ja, er lehnt immer an diesem Gitter, so hat er uns besser im Blick.“ Der Dunkelhäutige lächelte ihm zu. „Ich bin Ibrahim aus Nigeria und arbeite hier schon fast ein Jahr.“

„So lange schon?“ Florian nickte kurz und erfuhr ihre Namen. Er zeigte auf den Wächter, der sich langsam zu regen begann. „Helft mir, ihn auszuziehen und zu fesseln. Ich muss zu meiner Freundin, sie ist vorhin vor den Wächtern geflohen. Wenn ich seine Sachen anziehe, kann ich mich vielleicht bis oben durchmogeln.“

Ibrahim nickte ihm zu, dann holte er sein Klebeband, mit dem er sonst die Kartons verschloss, und wickelte es dem Mann um den Kopf und über den Mund. Die beiden anderen halfen, den Wächter bis auf die Unterhose auszuziehen, dann klebten sie ihm auch die Hände und Füße zusammen. Schließlich erklärt er, wie Florian am schnellsten nach oben kam, denn dort war der Schlafsaal der Gefangenen.

Während sich Florian eine verschlissene Jeans, einen dicken Wollpulli und darüber eine Kunstlederweste anzog, versprach er, sich nach einem Handy umzusehen und sofort die Polizei zu verständigen, um sie zu befreien.

„Nur der Boss hat ein Telefon“, klärte Ibrahim ihn auf. „Wir haben die Aufpasser darüber reden hören. Sie haben sich darüber beschwert, so unterdrückt zu werden.“

„Das ist schlecht.“ Florians Schultern sackten nach unten, während er den Schlagknüppel des Wärters an einer Schnalle des Gürtels befestigte. Da hatte er gehofft, ein leichtes Spiel zu haben. Dennoch knöpfte er sich die Weste entschlossen zu. Sie war viel zu groß, doch er musste es wagen. Tanja war in akuter Gefahr! „Bleibt besser so lange hier, bis ich euch holen komme oder die Polizei eintrifft."

Die drei nickten ihm zu, und Ibrahim reichte ihm noch Klebeband. „Vielleicht kannst du es ja brauchen", murmelte er, ehe er hinter ihm die Tür verriegelte.

Mit vor Angst schlotternden Beinen ging Florian einen menschenleeren Flur entlang. Als er die nächste Tür öffnete und in eine Halle trat, sah er drei Wächter beieinanderstehen. Schweiß lief ihm den Rücken herunter, während er stur weiterging und auf die Treppe zuhielt. *Benimm dich so, als gehörtest du zu ihnen*, hatte Tanja ihm zuletzt gesagt. *Das ist die beste Tarnung.* Das hatte für die Nackten oben gegolten, traf aber hier ebenso zu.

Tatsächlich konnte er ungehindert an der Gruppe vorbeigehen, auch wenn er aus den Augenwinkeln mitbekam, wie sich die drei fragend ansahen und einer sich von ihnen löste. Ob er den Chef nach einem neuen Teammitglied fragen würde? Dann war Florian aufgeschmissen. Er nahm drei Stufen auf einmal die Treppe hinauf und lief den Gang entlang, bis er gedämpftes Fluchen hinter einer geschlossenen Tür hörte. Vorsichtig öffnete er sie und lugte hinein – und sah Tanja unter dem grobschlächtigen Wächter aus dem Saal der Nackten, dessen gemeines Grinsen ihm schon aufgefallen war. Es war offensichtlich, dass ihm ihr Gezappel gefiel, ja, ihn sogar antörnte. Sie wehrte sich jedoch, so gut es ging, biss ihn, wo immer sie herankam, und schlug auf ihn ein. Dennoch war es ihm gelungen, seine Hose schon halb herunterzuziehen.

Entschlossen packte Florian seinen Knüppel fest mit beiden Händen, schlich sich näher und schlug dann kräftig auf den Rücken des Mannes. Der bäumte sich überrascht und stöhnend auf. Tanja nutzte den Moment und stieß ihn zur Seite. Als sie Florian erkannte, schluchzte sie auf und rannte zu ihm.

„Töte ihn!" Ihre Stimme zitterte, noch hatte sich das sonst so taffe Mädchen von dem Angriff nicht erholt.

„Nein." Er schlang den linken Arm um ihre Taille und zog sie schützend an sich heran. Mit der anderen Hand bedrohte er den Mann. Der auf dem Boden sitzend zurückrutschte.

„Hey, Alter, ich weiß ja nicht, was du vorhast", stammelte der Typ. „Aber wir können sie uns teilen. Zuerst du, dann ich …"

„Halt die Klappe!" Florian griff in die Tasche und zog Ibrahims Klebeband hervor. Er reichte es Tanja. „Kleb ihm den Mund zu. Sollte er sich wehren, schlag ich ihm ins Gesicht."

Tanja nahm die Rolle entgegen und trat von hinten an den Mann heran. „Es heißt richtig: Schlag ich ihm seine Fresse ein, dass er sie nie mehr wiedererkennen wird, sollte er je in einen Spiegel schauen. Von da an wird er den nämlich meiden."

Sie umwickelte seinen Kopf mit mehreren Runden Klebeband, sodass auch die Augen verbunden waren, die Nase jedoch frei blieb.

„So kann man es auch ausdrücken", antwortete Florian. „Jetzt ziehen wir ihn aus, damit einer der Nackten seine Klamotten anziehen kann. Hast du deine Sachen noch irgendwo?"

„Sind leider im Saal zurückgeblieben." Sie zeigte auf den gefesselten Mann. „Danach sollten wir den Kerl hinten im Waschraum an der Heizung festbinden."

Zusammen zogen sie den Mann bis auf die Unterhose aus. Tanja warf sich sein grobes Baumwollhemd über, das ihr viel zu groß war und bis über den Po reichte, dann schlüpfte sie in die Stiefel, die sie mit dem Klettverschluss eng um ihre Fesseln zog. Dann packte sie die Füße des Mannes und Florian griff ihm unter die Achseln. So zerrten sie ihn in den Waschraum. Mit dem Klebeband wurden seine Arme und Beine an zwei Heizungsrohren festgebunden, dass er sich kaum noch rühren konnte.

„Und jetzt müssen wir …", begann Florian, doch er wurde unterbrochen.

Geräusche aus dem angrenzenden Raum drangen zu ihnen. Eindeutig war die Tür aufgerissen worden und jemand kam herein. Es waren mehrere, vielleicht zwei oder drei Männer. Alarmiert sah er zu Tanja. Hier im Waschraum gab es kein Versteck, und bestimmt würde das Wachpersonal nach ihm suchen. Wäre er doch nicht so offen durch die Halle spaziert! Jetzt hatte man herausgefunden, dass er nicht zum Personal gehörte und sie an der Nase herumführte.

Tanja zeigte hinauf zu den Lüftungsluken in der Wand, die alle paar Meter vorgesehen waren und die in einem kurzen, aber breiten Schacht lagen. „Verstecken wir uns dort. Nach oben schaut man selten."

Hoffentlich behielt sie recht! Florian sah, wie sie geschmeidig wie eine Katze und vor allem leise von einer Toilette auf den Rand der Kabine kletterte und von dort aus nach oben sprang. Ihre Hände zielten auf den Griff des Fensters. Sie packte zu, zog die Beine an und drückte sie gegen die gegenüberliegende Schachtwand. Da es draußen dunkel war und die Lampen tiefer angebracht war, verschwand sie wie ein Schatten.

Vorsichtig machte er ihr das an anderer Stelle nach. Der Toilettensitz knarzte jedoch und das Klettern an der Toilettenwand war auch nicht gerade leise. Dann zog auch er seine

Beine hoch, als er an dem Griff des Außenfensters hing. Gerade rechtzeitig, denn unter ihm wurden die Stimmen von drei Männern lauter.

„Verdammt, was ist denn hier los?", knurrte einer der Kerle, der eine Kappe trug. Er ging sofort auf den gefesselten Wärter an der Heizung zu. „Wer hat dich denn so zugerichtet?"

Der Gefesselte schien etwas sagen zu wollen, doch es kam nur ein unverständliches Gebrumme heraus. Anstatt dass der Kappenträger ihn befreite, drehte er sich zu seinen Kameraden um. „Hakim, Lukas, schaut nach, irgendwo muss der Typ ja sein!"

Sie wussten also von ihm! Na ja, sonst wären sie wahrscheinlich nicht hochgekommen. Die beiden verteilten sich im Raum, liefen in die Duschen und lugten in jede der Kabinen hinein. Nach oben schaute tatsächlich keiner von den dreien.

„Er muss hier irgendwo stecken", knurrte Hakim. „Er hat Ahmad an der Heizung gefesselt. Dann kann er noch nicht weit fort sein."

Der Kappenträger brummte. Während seine Kumpel abzogen, ging er erneut von Kabine zu Kabine und machte schließlich kehrt. Nachdenklich verharrte er genau unter Florians Versteck. Florians Knie zitterten, er unterdrückte ein Keuchen. Die Versuchung war groß, sollte er es wirklich tun? Kurz schloss er die Augen, dann riss er sie auf. Und ließ sich mit den Füßen voran fallen. Er traf den Kopf, riss den Mann erbarmungslos mit sich. Der Kappenträger schrie auf und beide gingen zu Boden. Auch Florian keuchte, denn der Sturz war nicht so weich, wie er es sich vorgestellt hatte. Doch er hatte das Überraschungsmoment auf seiner Seite. Er musste nur den Mann unschädlich machen, mehr nicht.

Und seine beiden Komplizen … blieben hoffentlich erst einmal fern. Dieser Knüppel konnte ihm helfen, doch der Kappenträger hielt ihn eisern fest. Dann eben die Faust. Ein Schlag gegen den Kopf …

„Scheiße, tut das weh!"

Er hatte es geschafft, sein Gegner lag bewusstlos auf dem Boden. Mühsam rappelte Florian sich hoch, sein rechtes Handgelenk fest an den Körper gepresst. Der Schmerz zog ihm bis in den Arm hinauf. Verdammt, wie machten das die Leute in den Filmen?

Jemand stürzte sich auf ihn, erneut krachte er auf die Fliesen. Schmerzen überall, es raubte ihm fast die Sinne. Warum hatte er nicht aufgepasst? Gerangel über ihm, er wusste nicht, was er dagegen tun sollte. Es war vorbei, wahrscheinlich war es das Dümmste gewesen, was er je getan hatte …

„Du kannst aufstehen." Tanjas Stimme. Ruhig. Selbstbewusst.

„Oh."

Florian versuchte, den Mann über sich zur Seite zu schieben. Er war schwer, doch immerhin bewusstlos. Das Werk seiner Partnerin? „Wie hast du …?"

Sie half ihm auf. „Hab ich mir aus den Filmen abgeschaut. Du rennst auf deinen Gegner zu, stößt dich ab und kickst ihm deinen Fuß an den Kopf."

„Hört sich einfach an", sagte er. Dachte aber, dass er auch versucht hatte, sich an Filmen zu orientieren, und das weniger erfolgreich gewesen war. Nur wenige Meter entfernt lag ein weiterer Mann, der sich gerade stöhnend aufrichten wollte. „Und wie hast du den …?"

„Genau wie du." Sie stellte ihren Fuß auf den Rücken des Mannes und drückte ihn damit nach unten. „Ich hatte es mich erst nicht getraut, aber nachdem du den Anfang gemacht hattest, bin ich ebenfalls auf den Typ gesprungen. Hab ihm direkt meinen Stiefel ins Gesicht gehauen. Da ist er zu Boden gegangen und ich konnte mich auf den dritten werfen, der dich gerade überwältigen wollte.“

Stirnrunzelnd sah Florian seine Begleiterin an. Sie hatte zwei Wächter überwältigt, er nur einen. Sie war ein Mädchen, er ein ausgewachsener Mann. „Cool“, presste er heraus.

Ob sie seinen Unmut spürte? Ihre Stimme war jedenfalls genervt, als sie sprach. „Komm schon, fessle ihn mit dem Klebeband.“

Florian holte die Rolle hervor und begann, dem Mann zuerst den Mund zuzukleben, um ihn dann, nachdem Tanja ihm die Jacke und seinen Pulli ausgezogen hatte, an der Heizung zu fesseln. So verfuhr er auch mit den anderen beiden Schurken. Hoffentlich hielt das eine Weile, zumindest so lange, bis sie aus dieser verfluchten Fabrik herauskamen.

Der Drogenboss

Ihr Kopf brummte, der Rücken schmerzte. Wirre Gedanken schwirrten wie lästige Wespen in Elisabeths Kopf herum, von Hammerschlägen auf Bleche und fliegenden Tasten. Langsam, aber sicher erinnerte sie sich an ihre Wut, die sie dabei abgebaut hatte. Darüber musste sie grinsen. Und nebenbei hatte sie die Anlage der Hanfplantage zerstört – hoffte sie jedenfalls.

„Auch schon wach?", knurrte jemand.

Überrascht schlug sie die Augen auf. Direkt vor ihr schwebte das Gesicht des Glatzkopfes, den sie schon einmal gesehen hatte. Der Boss dieser Drogenbande hatte die Äuglein auf sie gerichtet und die Stirn in Falten gelegt. Bestimmt war er sauer, und das zu Recht. Sie saß auf einem Stuhl in seinem Büro – zumindest glaubte Elisabeth das, denn schließlich stand hinter dem pompösen Tisch, an dem der Mann lehnte, ein riesiger Chefsessel. War es nicht so, dass Menschen, die unbedingt Eindruck schinden wollten, sich genau solche Dinge anschafften? Sie schnaubte kurz. Eigentlich hätte sie Psychologin werden sollen, denn sie las in den Menschen oft erstaunlich treffend, was in ihnen vorging.

Was bei diesem Mann nicht schwer war, denn seinen hasser-
füllten Blick konnte man kaum missverstehen.

Er knurrte wie ein gefährlicher Hund. „Dann können wir
ja mal mit dem Verhör beginnen."

Er drehte sich um, griff nach einem scharf aussehenden
Messer und grinste sie an. Diesmal zeigten seine Gesichtszüge
Triumph. Offensichtlich hatte das mit Verhören und erfolg-
reichen Techniken zu tun. Wovon sie eigentlich nichts näher
erfahren wollte, schon gar nicht am eigenen Leib. Unruhig
rutschte sie im Stuhl zurück, wollte ihre Hände zur Abwehr
erheben. Es ging aber nicht, sie war gefesselt. Kabelbinder
schnitten in ihre Handgelenke. Auch die Füße waren fixiert,
sie konnte nicht einmal nach dem Kerl treten. Der sich ihr
wieder näherte und ihr das Messer dicht an die Wange hielt.

Was für ein Erwachen! Hätte sie geahnt, dass die Zerstörung im Schaltraum eine solche Reaktion hervorrufen
würde, hätte sie dann anders gehandelt? Nein, eigentlich
hatte sie es gewusst. Oder hätte es wissen müssen. Bei einer
solchen Zerstörung konnte sie niemals ungestraft davon-
kommen. Aber sie hatte es verdrängt. Ihre Wut war außerdem so immens gewesen, dass es richtig gutgetan hatte, sie
herauszulassen. Allein dafür hatte es sich gelohnt.

„Ich frage mich, wieso du in meine Festung spazierst und
meine Anlage zerstörst."

„Ich bin doch nicht freiwillig hier", stammelte Elisabeth.

„Ach nein?" Interessiert hob er die Augenbrauen. „Wer
schickt dich denn? Beziehungsweise euch, schließlich waren
noch die drei anderen schrägen Vögel bei dir. Wer hat euch
beauftragt, mich zu unterwandern?"

Das Messer kratzte an ihrer Kehle. Elisabeth schluckte
und spürte, wie es ihr die Haut aufritzte. Den Hals gestreckt,

versuchte sie dem Messer auszuweichen. Doch er brauchte nur zuzustoßen …

„Mit diesen Typen hab ich nichts zu schaffen." Ihr Atem ging heftig, die Füße rutschten trotz der Fesseln über den Boden und versuchten vergeblich zu fliehen. „Die sind zufällig hinter mir her. Ich weiß auch nicht, was sie wollen."

„Zufällig also?"

Das Gesicht des Glatzkopfs verzog sich erneut, und nicht ganz unberechtigt. Sie musste ihm die Wahrheit sagen! Dann würde er vielleicht verstehen, dass sie unfreiwillig in diese Scheiße hineingetappt war. Sie wollte doch eigentlich nur raus und zu Hause … Nein. Doch nicht. Zu Hause wollte sie gar nichts mehr. In der Asche zu stehen, machte ihre Lage auch nicht besser.

„Na gut, dann sag ich es eben. Sammy und Willi hatten uns gekidnappt …", begann sie.

„Uns?" Seine kleinen Augen wurden größer. „Wen meinst du mit ‚uns'?"

Scheiße! Von den anderen beiden durfte er doch nichts wissen. Wie kam sie da nur raus? „Äh … also Sammy, der mit den langen Fingernägeln … und dieser Typ mit den Locken am Kopf…" Verdammt, sein Name fiel ihr nicht mal ein. Ah, doch. Willi. „Also, äh … die haben mich und … und Chantal …"

Auch die halbe Wahrheit in ihrem Gestammel änderte nichts daran, dass der Glatzkopf schon wieder das Gesicht verzog. Er glaubte ihr nicht. Wenn sie ehrlich war, würde sie das auch nicht tun.

„Kommt noch mehr von diesem Unsinn?", fragte er und verzog dann den Mund.

Sie antwortete nicht. Er wich ein Stück zurück und betrachtete sie von oben bis unten. Was ihr absolut nicht gefiel, da sein Blick an ihrem sich hebenden und senkenden Busen hängenblieb. Bei ihrem Gewicht hatte er im Laufe der Jahre einen stattlichen Umfang angenommen, sie hatte sogar etliche Blusen aussortieren müssen, da die meisten oben herum viel zu sehr spannten. Deshalb trug sie zu Hause bequeme Hausanzüge. Aber das – und da war sie sich sicher – interessierte ihn kaum. Sein Grinsen wurde breiter. Mit dem Messer versuchte er, durch den Stoff ihres Oberteils zu bohren.

„Ich stehe auf kurvenreiche Frauen“, murmelte er. „Die Leute, die ich beschäftige, sind einfach zu dünn …“

„Vielleicht, weil sie zu wenig Lohn bekommen?“, mutmaßte Elisabeth.

Laut lachte er auf. „Sie bekommen überhaupt keinen. Aber du hast recht, ich sollte den Frauen wenigstens mehr zu essen geben …“

Die Tür wurde aufgerissen und ein Mann mit Spitzbart erschien im Türrahmen. „Boss, irgendwas ist da oben los“, stieß er hervor. „Die Nackten haben sich verbarrikadiert.“

„Was sagst du da?“ Der Glatzkopf schüttelte den Kopf. „Dann schlagt die Tür ein. Oder macht irgendwas, nur darf niemand entkommen.“

„Ja, Boss.“ Schon knallte die Tür hinter ihm wieder zu.

Der Mann vor Elisabeth seufzte, ging zur Tür und riss sie erneut auf. „Und Anton“, rief er dem Boten hinterher. „Falls jemand flieht – prügle ihn windelweich. Das wirkt immer.“

Als er sich nun zu Elisabeth umdrehte, zogen sich seine Augenbrauen zusammen. „Dann bist du doch mit mehreren Leuten bei mir eingedrungen! Sag schon, wer schickt dich?“

Sie keuchte, denn das Messer lag schon wieder an ihrem Hals. Diesmal schmerzte die Stelle. „Robert. Er schickt mich. Ich soll hier was stehlen …“

„Was?“

Wie ein erschrecktes Eichhörnchen zog sich der Boss hinter seinen Schreibtisch zurück. Starrte sie an, als hätte sie etwas Schreckliches verkündet und sein letztes Stündlein hätte geschlagen. Seine Augen ruckten zum Sideboard an der Wand. Dort stand auf einem Sockel eine zerbrochene Statue. Genau diesen Teil der Trophäe sollte Elisabeth klauen. Robert hatte ihr das Gegenstück gezeigt, die Oberkörper zweier Tischtennisspieler.

Der Glatzkopf nahm die zerbrochene Trophäe an sich, lehnte sich gegen den wuchtigen Schreibtisch und betrachtete sie fast liebevoll. Dann hielt er Elisabeth das Ding vor die Nase. „Ist es das, was du stehlen sollst?“

Sie las das Schild auf dem Sockel. *1992 – Landesliga Tischtennis, Doppel* – Mönchengladbach. Elisabeth nickte. Eine Trophäe, die sowohl Robert als auch dem Boss hier wichtig zu sein schien.

Nun betrachtete er das Ding von allen Seiten. „Robert und ich, wir waren mal beste Freunde“, erzählte er bereitwillig. „So haben wir auch in einem Verein Tischtennis gespielt und sind aufgestiegen bis in die Landesliga. Diesen Pokal haben wir bei einem der letzten Spiele bekommen. Unsere Absprache war, dass jeder ihn für ein halbes Jahr behalten durfte. Aber Robert …“ Er machte ein verkniffenes Gesicht, als er sich offensichtlich an die damaligen Geschehnisse erinnerte. „Er brachte mir den Siegerpreis einfach nicht zurück. Wollte ihn offensichtlich für sich behalten. Also habe ich gewartet, bis er und seine Eltern aus dem Haus waren, und bin durch ein Fenster eingestiegen. Ich musste sein Zimmer durchwühlen, bis ich den Pokal in einer Schublade zwischen den Socken fand. Wahrscheinlich dachte er, ich würde dort nicht suchen. Jedenfalls hatte ich das Ding gerade in den Händen, als Robert ins Zimmer kam. Er war sehr erschrocken, aber als ich ihm vorhielt, er hätte unsere Trophäe vor mir versteckt, haben wir miteinander gerangelt. Sie stieß dabei gegen den Schrank und brach in zwei Hälften. Ich behielt dieses Stück in der Hand und Robert das andere.“

Er stellte den Klotz behutsam auf den Tisch. „Seitdem ist unsere Freundschaft zerbrochen. Und jeder versucht, dem anderen das fehlende Teil abzuluchsen. Gelungen ist es keinem über die Jahrzehnte hinweg.“

Elisabeth legte den Kopf schief. „Haben Sie mal versucht, mit Robert zu sprechen?“

Er betrachtete sie, als könnte sie ihn absolut nicht verstehen. „Natürlich nicht!“

„Na ja“, versuchte sie es behutsam. „Er könnte den Pokal in der Schublade vergessen haben …“

„Er wusste genau, wie wichtig er für mich war“, brauste der Glatzkopf auf. „Sonst hätte er mir das zerbrochene Stück ja auch geben können. Nein, er hat es mit Absicht getan, das weiß ich.“

Nun, dagegen wollte Elisabeth eigentlich nichts sagen, andererseits kam ihr das Spektakel um den Pokal wie ein Gerangel um ein Spielzeug vor. „Diese Trophäe ist wahrscheinlich nur wenige Cent wert“, versuchte sie es erneut.

„Das mag sein.“ Seine Stimme war grollend. „Aber für mich ist sie wertvoller als alles Gold der Welt!“

Zusammenhalt

Als Tanja die Tür des Saals öffnete, trat zuerst sie ein, bekleidet mit dem Pulli und den viel zu großen Stiefeln. Dahinter, fast von ihr verdeckt, spazierte Flo herein. Der verbliebene Wärter trabte gerade von der Seite auf sie zu, blieb überrascht stehen und runzelte die Stirn. Offensichtlich merkte er, dass etwas nicht stimmte. „Was zur Hölle …", begann er.

Da schnellte Tanja vor. Ehe er seinen Knüppel einsetzen konnte, rammte sie ihm bereits ihr Knie in den Unterleib. Flo war ebenfalls da, stürzte sich auf ihn und drückte ihn zu Boden. Der Mann brüllte und zappelte wie ein Fisch auf dem Trockenen. Erst als andere Gefangene hinzukamen, gelang es ihnen, ihn zu fixieren und mit seinem eigenen Kabelbinder zu fesseln. Flo holte das Klebeband hervor, mit dem ihm der Mund verschlossen wurde.

Als sich Tanja schweißgebadet aufrichtete, starrte sie alle Anwesenden an. „Wir sind hier, um euch alle hier rauszuholen", rief sie.

Erwartet hatte sie, dass die Menschen in Jubel ausbrechen würden, doch sie schwiegen. Vereinzelt flüsterte der ein oder andere mit seinem Nachbarn, dann endlich verstanden sie die Worte. Lachende Gesichter, Hände, die freudig in die Luft gestreckt wurden, Körper, die tanzten.

„Schsch, schsch!" Flo mahnte zur Ruhe. „Noch haben wir es nicht geschafft. Wir haben die Wachen hier oben überwältigt, aber unten ist noch mindestens ein Dutzend. Ohne Kampf werden wir nicht freikommen." Er sah sie der Reihe nach an. „Wir brauchen vier Freiwillige, die Deutsch sprechen."

Tanja beobachtete die nackten Menschen. Die meisten schienen nicht zu verstehen, was er sagte, aber dazwischen gab es ein paar, die zu übersetzen schienen. Derweil suchte sie den Karton mit ihren Anziehsachen, den sie zuletzt einfach fallen gelassen hatte. Da lag er, halb unter dem Tisch verborgen. Flink zog sie sich an.

Flo holte aus dem Flur den Stapel Kleidung hervor, den sie ihren Angreifern aus dem Schlafsaal abgenommen hatten. Mit den Jacken und Hosen der Wärter konnten sich vier Personen bekleiden. „Wir kennen einen Weg hinaus", erklärte er. „Ihr solltet gut klettern und schnell rennen können. Zieht euch die Jacken über und wir zeigen euch den Weg."

Der Andrang war groß, die Menschen sprachen durcheinander, doch sie verständigten sich schließlich, bis vier Männer die Kleidung begutachteten.

„Ich werde gehen." Willi drängte sich vor und hinter ihm tauchte Hakennase auf. Der andere – Sammy – war anscheinend nicht hier im Raum.

Flo schüttelte den Kopf. „Ihr würdet euch nur in Sicherheit bringen, aber nicht der Polizei Bescheid geben. Nein, ihr bleibt schön hier."

Das hätte er wohl nicht sagen sollen, Tanja sah sofort, wie wütend die beiden Ganoven wurden. Willi ging auf Flo zu und packte ihn am Kragen. „Hör zu, Freundchen. Wir wurden ganz schön an der Nase herumgeführt …"

Flo wehrte sich kaum. Seine Augen waren nur angstvoll aufgerissen und er umklammerte verzweifelt Willis Handgelenke. „Lass mich los!", brüllte er panisch.

Tanja wandte sich an die neben ihr stehenden Leute. „These two men", sagte sie vorsichtshalber auf Englisch, „want to use the secret exit for themselves and leave you behind! Take them down!"

Die Gefangenen hatten es bereits verstanden, daher zögerten sie nicht. Von allen Seiten stürzten sie sich auf die beiden Gauner, die sich zwar wehrten, gegen diese Übermacht jedoch nicht ankamen. Als beide bäuchlings auf dem Boden lagen, wurden sie ebenfalls mit Klebeband gefesselt. Jeweils zwei Männer packen sie rechts und links und zerrten sie in den Lagerraum, in dem sie sich mit Flo eine Weile versteckt hatte. Den Wächter hatte man inzwischen bis auf die Unterhose ausgezogenen, auch er wurde wie ein Paket verschnürt und mit Kabelbindern an ein Heizungsrohr gebunden. Inzwischen sah Tanja, dass die vier Auserwählten die Kleidung der Wärter anzogen. Sie folgten ihr und Flo zu dem Raum mit den vielen Kartons. Die beiden Eingesperrten waren zunächst erschrocken, schließlich aber froh, befreit zu werden.

„Wir helfen euch hoch aufs Dach", erklärte Tanja. „Von dort aus rennt ihr zur Seite, klettert die Feuerleiter hinunter und lauft zu einem Loch im Zaun zum Nachbargrundstück. Sucht dort einen Baum, der über die Mauer ragt. Wenn ihr darüber geklettert seid und die Straße erreicht habt, lauft so lange, bis ihr jemanden seht. Haltet die Autos an. Macht ihnen klar, dass die Polizei herkommen soll, und zwar schnell. Nein, ihr braucht keine Angst zu haben, dass sie euch einsperren. Ihr seid gezwungen worden, für diese Bande zu arbeiten! Und jetzt kommt, ihr müsst aus diesem Scheißloch raus!"

Die Männer nickten, dann kletterten sie über ein wackelndes Regal, das Tanja und Flo von beiden Seiten festhielten, hinaus ins Freie. Als der letzte Fuß verschwunden und das Glasfenster geschlossen war, sahen sich die beiden an.

„Wird sich zeigen, ob sie wirklich die Polizei verständigen", sagte Flo.

Tanja verzog das Gesicht und nickte. „Ja, vielleicht ist die Angst, abgeschoben zu werden, zu groß. Wir sollten nicht damit rechnen und versuchen, auch die restlichen Wächter zu überrumpeln."

Nun musste Flo schlucken. „Ich bin eigentlich nicht der Typ, der sich körperlich wehrt …", begann er.

„Ich weiß." Sie runzelte die Stirn. „Aber welche Wahl haben wir? Wenn Willi geschnappt wurde, wird Eli es auch nicht geschafft haben. Bestimmt wird sie unten gefangen gehalten. Sie kann also niemanden anrufen."

Nun ließ Flo einen tiefen Seufzer hören. „So habe ich mir dieses Silvester nicht vorgestellt. Nur noch eine knappe Stunde bis zum Jahreswechsel …"

„Ich auch nicht." Tränen wollten hochkommen, doch sie schluckte den Kloß im Hals herunter. „Ich wollte mit meinem Freund feiern. Ich habe ihm vertraut, denn er war anders als alle anderen Jungen, mit denen ich je zusammen war. Aber vorhin, bevor du und Eli und ich uns getroffen haben, habe ich ihn im Bett erwischt. Mit meiner besten Freundin."

„Oh!"

„Genau. Oh." Sie nickte und zog eine Grimasse. Dann sah sie zu ihm auf. „Und du? Was wolltest du tun?"

„Ich …" Er druckste herum, trat von einem Fuß auf den anderen. Dann, mit so leiser Stimme, dass sie ihn kaum hören konnte, flüsterte er: „Ich wollte von einem Hochhaus springen …"

„Was?" Sie wich zurück, um ihn genauer zu betrachten. Meinte er das ernst?

„Sie haben mich gefeuert. Obwohl ich nur das Beste für die Kunden wollte."

Tanja zuckte mit den Schultern. „Na und? Dann fängst du eben woanders wieder neu an. Ich hab das schon oft getan. Du gehörst eben nicht zu den …" Sie suchte nach Worten, die nicht verletzend wirkten. „Anzugträgern. Manchmal muss man eben Dinge machen, die einen zu der Erkenntnis bringen, dass man ganz woanders sein sollte. Aber sich umbringen … Auf die Idee käme ich gar nicht." Sie atmete tief durch. „Jetzt müssen wir uns aber um die anderen kümmern. Nicht, dass sie den Wachen in die Arme laufen …"

Beide eilten zurück in den Saal. Dort hatte sich eine Traube vor dem Pakettransportband gebildet, über das eine Person nach der anderen aus diesem Raum befördert wurde.

Flo zeigte auf die Luke für die Pakete. „Sie haben gesehen, wie ich über das Paketband entkommen bin. War ein bisschen heikel, aber so können sich wenigstens einige der Leute hier in Sicherheit bringen."

Tanja nickte anerkennend. Jetzt, wo die Menschen sahen, dass Rettung nahte, wollten sie offensichtlich nicht untätig bleiben. Etliche stemmten sich gegen die Tür, durch die Tanja vorhin geflohen war. Das Hämmern auf der anderen Seite übertönte ihre Flüche und Ausrufe.

„Mist, die Wachen unten haben gemerkt, dass etwas nicht stimmt." Hektisch sah sie sich um. Dann gab sie Flo einen

Wink. „Lass uns versuchen, ein paar Tischbeine abzubrechen. Wir müssen uns wehren!"

Gemeinsam packten sie einen Tisch an den schmalen Seiten, und ohne sich darum zu kümmern, dass die darauf befindlichen Utensilien auf den Boden flogen, stülpten sie ihn um. Kaum ragten die vier Holzbeine nach oben, begann Flo, gegen sie zu treten. Das Material brach, siegestrunken reckte Flo seine Waffe in die Höhe. Seinem Beispiel folgend, wurden alle Tische auf diese Weise malträtiert.

Tanja nickte einem der Männer zu. „Die Schwachen sollten sich in den Räumen verschanzen, bis Hilfe kommt. Alle anderen sollten hierbleiben und kämpfen. Wir werden die Wächter überrumpeln, wenn sie durch die Tür durchbrechen."

Der Mann nickte und gab es an die anderen weiter. Tanja konzentrierte sich auf den Angriff der Wärter. Etliche mit den Schlagknüppeln bewaffnete Frauen und Männer warteten entschlossen in einiger Entfernung, während sich die kräftigen gegen die Tür stemmten. In ihren Augen stand die Bereitschaft, sich mit allem, was irgendwie zur Verfügung stand, zu verteidigen.

„Es wird nicht einfach werden." Sie nickte ihnen zu und klopfte aufmunternd mit ihrem Stuhlbein in die Handfläche. „Aber zusammen schaffen wir das!"

Einkesseln

Wie mutig sie war! Florian schaute verstohlen zu Tanja, die mit den anderen versuchte, die Tür zuzuhalten. Es rumste und polterte laut, Geschrei und Flüche drangen zu ihnen in den Raum. Florian hingegen versuchte, die Leute nacheinander über das Transportband zu schicken, ohne dass sie hektisch wurden. Jeder wollte hier raus! Er mahnte, ruhig und vorsichtig zu sein, und hoffte, dass die Metallgestänge und Verankerungen hielten. Vor allem durfte niemand diese armen Menschen in so luftiger Höhe durch die Halle schweben sehen.

„Flo!", hörte er Tanja erstickt rufen, während sie sich mit den anderen gegen die Tür stemmte. Immer und immer wieder wurde sie einen Spalt weit aufgedrückt. Das Schloss war anscheinend bereits gesprengt worden. Halb rief Tanja, halb flüsterte sie, damit die Männer auf der anderen Seite der Tür sie nicht hörten: „Nimm du ebenfalls den Weg über das Paketband. Komm mit ein paar von den Geflohenen von der anderen Seite zurück. Wir müssen sie einkesseln!"

Ah – gute Idee! Aber ob er das schaffte? Angst bohrte sich in seine Eingeweide, pochte heftig in seiner Brust. *Bring dich in Sicherheit*, schien jeder Herzschlag zu rufen. Mutig war er noch nie gewesen, und jetzt bekam er eine solche Aufgabe? Aber hierbleiben wollte er auch nicht, denn es war abzusehen, dass die Wächter schon bald durch die Tür brechen würden. Sollten zwei Dutzend gut durchtrainierte Wächter mit Waffen hereinstürmen, würde die Handvoll armseliger Nackter sie kaum aufhalten können. Ja, er musste von der anderen Seite kommen und sie überraschen. Eine Chance hatten sie, wenn sie auch nur klitzeklein war. Er würde auf jeden Fall Tanja beistehen, egal wie. Und wenn es das Letzte war, das er in seinem Leben tun würde …

Behände schwang er sich auf das Transportband. Wartete, bis die Person vor ihm durch das Loch am Ende der Bahn geflutscht war, und ließ sich schließlich von den Rollen hinübertransportieren. Diesmal wusste er, dass der Abgrund unter ihm tief und todbringend war, was nicht hieß, dass er deswegen keine Angst hatte. Doch er hatte es schon einmal geschafft, dann würde er es auch ein weiteres Mal hinter sich bringen. So durchstieß er die Öffnung auf der anderen Seite und landete mitten im Käfig mit den Kartons. Etliche Hände schnappten nach seinen Armen und zogen ihn heraus. So viele Gesichter, die ihn anstarrten. Dann sah er in Ibrahims Augen, die lachten.

„Na, da bist du ja wieder!", rief er und schlug ihm auf den Rücken.

Florian nickte hastig. „Die Wächter greifen die anderen im großen Saal an und werden schon bald durch die Tür brechen. Wir müssen von der anderen Seite kommen und sie davon abhalten." Er sah sich stirnrunzelnd um. „Am besten mit so vielen Helfern wie möglich. Und Waffen bräuchten wir …"

Ibrahim begann in einer Sprache zu reden, die Florian nicht verstand, dann ging das Babbeln der Leute wieder los. Sie verstanden sofort, nickten, schnappten sich Klebebandrollen und Tacker, auch wenn Florian nicht wusste, wie die Geräte als Waffe eingesetzt werden sollten. Vielleicht war es aber besser als gar nichts. Dann stürmten sie durch die Tür.

„Ich gehe unsere Leute aus der Pflanzhalle holen", rief Ibrahim und verschwand mit drei weiteren nackten Männern in die andere Richtung.

Florian winkte allen anderen, mit ihm zu kommen. „Wenn ihr etwas findet, was sich als Waffe eignet, nehmt es mit. Und jetzt kommt!"

Er rannte den Weg entlang, den er vor Kurzem gegangen war, und stieß die Tür zur Eingangshalle auf. Diesmal war sie menschenleer, doch er hörte Gebrüll von der Treppe. Offensichtlich war jegliches Personal der Drogenbande da oben, um den Saal zu stürmen. Aber sie schienen noch immer nicht weitergekommen zu sein, welch ein Glück! Sein Blick fiel auf einen Werkzeugkoffer. Im Vorbeilaufen schnappte er sich einen Hammer. Auch wenn er nicht vorhatte, damit zuzuschlagen, konnte ihm die Waffe mehr Respekt verschaffen. Er hörte die tapsenden nackten Füße hinter sich, jemand kramte im Koffer und schließlich wurde er ausgekippt. Auch Schraubendreher und Zangen waren als Waffen brauchbar. Ja, so konnte es gehen! Seine Angst war verschwunden, an ihre Stelle war Euphorie getreten. Er würde dieser Drogenbande jetzt kräftig in den Hintern treten! Jawohl, und bis zu seinem letzten Atemzug kämpfen, damit Tanja und die Leute in dem Raum ebenfalls eine Chance bekamen.

Beschwingt huschte er die Stufen hinauf, als er abrupt anhielt. Vor ihm tauchte ein Dutzend grinsende Wächter auf.

„He, du Lappen", sagte jemand mit Spitzbart. „Bleib schön stehen, ansonsten machen wir Hackfleisch aus dir!"

Erschrocken sah Florian ihn an. Er versuchte etwas zu sagen, doch seine Kehle war zu trocken. Wie sollte er sich gegen diese durchtrainierten Kerle behaupten? Auch die wenigen mageren Gestalten hinter ihm stoppten abrupt. Es war eindeutig: Die Typen vor ihnen waren zwar nur zu sechst, aber selbst wenn sich ihnen zwei Dutzend nackte Menschen mit nur winzigen Werkzeugen entgegenstellte, war das noch immer zu wenig.

Die Weste

ietmar – so hieß der Chef dieser geheimen Drogenbande – löste ihre Fesseln. Offensichtlich machte er sich
keine Sorgen, dass sie fliehen oder ihn überwältigen könnte,
was weitgehend auch realistisch war, da er noch immer das
Messer hatte. Es schwebte nicht mehr um ihre Nase herum,
doch in seiner Hand bedeutete es für sie weiterhin höchste
Gefahr.

Als er an die Schrankwand trat und in einer Bücherecke
herumhantierte, staunte Elisabeth nicht schlecht: Eine
geheime Tür öffnete sich und gab einen Weg aus dem Raum
frei, den sie so nicht für möglich gehalten hätte. Ja, in Filmen
mochte es das geben, doch in ihrer realen Welt war so etwas
nicht vorgesehen.

„Du willst fliehen?", fragte sie daher perplex. Ihr fiel auf,
dass sie ins vertraute Du gerutscht war. Nun ja, solch bri-
sante Situationen mussten nicht unbedingt mit höflichen
Floskeln gefüllt werden.

Er legte den Kopf schief, als er sich zu ihr umdrehte. „Fliehen würde ich das nicht nennen. Den Aufstand sollen meine
Leute regeln, die werden den Rebellen schon genügend

"

einheizen. Und sollte da etwas schiefgehen … Nun, dann bin ich wenigstens in Sicherheit. Außerdem habe ich jetzt etwas Wichtiges zu erledigen.“

Er packte sie am Arm und schleifte sie durch die geheime Tür mit.

„Ach ja?“ Sie versuchte sich zu wehren, sein Griff war allerdings zu fest. „Und was ist das? Mich kannst du getrost zurücklassen, ich verrate dich nicht.“

Überrascht sah er sie an. „Na, du musst mich zu Robert führen, ist doch klar!“

Nun ja. So gesehen war sie außer Gefahr, zumindest für eine Weile. Allerdings ließ sie ungern ihre beiden Kameraden in Stich. Wie es wohl Florian und Tanja erging? Ob sie diesen Aufstand angezettelt hatten? Sie sollte helfen! Stattdessen saß sie in Dietmars schickem Mercedes und fuhr über die Landstraße zurück in die Stadt. Vielleicht ergab sich ja eine Gelegenheit, bei der sie weglaufen und die Polizei verständigen konnte. Ja, sie war nicht die Schnellste, er aber auch nicht. Hoffte sie. Die Knöpfe seines Jacketts ächzten über dem Wohlstandsbauch, und die Wampe quoll bereits über den Hosenbund. Nun, sie wollte das nicht werten. Jedes Jahr ein oder zwei Kilo mehr, obwohl man nicht mal wirklich über die Stränge schlug, da hatte man schnell sein Gewicht erhöht. Sie hatte großes Verständnis dafür. Ob er wirklich Frauen mit Kurven mochte? War sie tatsächlich noch attraktiv für andere Männer? Ob er echt in Erwägung zog, mit ihr … Nein bestimmt nicht. Und sie ja auch nicht, schließlich wurde sie hier zu etwas gezwungen … was auch immer das war. Und das war absolut keine gute Grundlage für …

Ah! Wohin schweiften ihre Gedanken nur ab. Erst heute war sie von Bernd sitzengelassen worden und da dachte sie schon an einen anderen Mann? Nein, es war die Situation, die sie völlig überforderte. Seit Stunden tat sie Dinge, die sie nicht wollte. Und das nur, weil Bernd ihr einen Laufpass gegeben und sie es über sich hatte ergehen lassen. Wie alles andere, wenn er irgendetwas an ihr auszusetzen gehabt hatte. Wenn die Klöße mal nicht so geschmeckt hatten wie gewohnt, die Stiefel nicht gut genug geputzt waren, weil sie ihre Brille nicht gefunden hatte ... DAS hätte sie sich eigentlich nicht gefallen lassen dürfen, das war eine Unverfrorenheit, die sie nicht hätte dulden dürfen. Hätte sie direkt reagiert, hätte sie sich wohler gefühlt und säße jetzt nicht hier neben Dietmar. Ja, der Kerl neben ihr war ebenfalls so ein Macho, das spürte sie deutlich. Jetzt konnte sie beweisen, dass sie sich nicht einfach alles gefallen ließ. Bei der nächsten Gelegenheit würde sie ihm Kontra geben. Ganz sicher.

Dietmar lenkte den Wagen fachmännisch auf den Parkplatz des Gebäudes, in dem Robert sein Geschäft betrieb und seine feudale Suite bewohnte. Er wusste also genau, wo sein Widersacher verkehrte. Wozu er sie dann überhaupt brauchte ...? Ob sie ihm sein Vorhaben vielleicht ausreden konnte?

„Also, Dietmar", begann sie.

Er zog die Handbremse an, schaltete den Motor aus und sah sie von der Seite scharf an. „Ich wüsste nicht, dass wir per Du sind", knurrte er.

Elisabeth zuckte mit den Schultern. „Du hast mich zuerst geduzt, dann musst du dich nicht wundern, wenn man es dir gleichtut."

„Aber ich bin hier der Chef ..."

„Nicht meiner." Sie wandte sich zu ihm um und verzog den Mund. „Und ich möchte dein Spielchen nicht mehr mitmachen ..."

„Ah, ein Spielchen nennst du das also." Er zog den Schlüssel ab und öffnete seine Tür. „Darf ich dich daran erinnern, dass du zuletzt meine Hanfplantage fast zerstört hättest?"

Enttäuscht ließ sie die Schultern sinken. „Fast?"

„Ja. Hast 'ne Menge Schaden angerichtet, aber die wirklich notwendigen Geräte hast du zum Glück in Ruhe gelassen. Dass jetzt in den Duschen kein Licht mehr ist ... Nicht mein Problem. Steig aus."

Elisabeth schluckte. Sich gegen Machos zu behaupten, war schwerer, als sie gedacht hatte. Da sie wusste, dass es nichts brachte, einfach sitzen zu bleiben, kämpfte sie sich ins Freie. Er kramte im Kofferraum und zog etwas hervor, das wie eine Weste aussah. War das jetzt vielleicht die Gelegenheit, einfach wegzulaufen? Oder würde er ihr das Messer einfach in den Rücken werfen? Ausprobieren wollte sie es eigentlich nicht.

„Zieh deinen Mantel aus."

Elisabeth schaute erschrocken hoch. „Dann friere ich aber ..."

„Macht nichts. Du bekommst dafür ja auch diese Weste hier."

Er hielt sie so, dass sie gleich in die Ärmel schlüpfen konnte. Es war ein dunkelgraues Ding mit vielen Taschen, die auch noch prall gefüllt waren. Elisabeth atmete tief ein und dann wieder aus. Was immer diese Weste zu bedeuten hatte, es war sicher nicht gut. Aber hatte sie eine Wahl? Sie ließ ihren Mantel kurz herunterrutschen, schlüpfte richtig in die Weste, die schwerer war als gedacht, und zog sich den Mantel wieder über. Mit flinken Fingern schloss er den Reißverschluss der Weste und hakte etwas ein, das laut *Klick* machte.

Sie sah an sich herunter. Vorher war der Mantel viel zu groß gewesen, doch jetzt konnte sie die Knöpfe nicht mehr schließen. „Darin sehe ich aber nicht gerade vorteilha…", begann sie.

„Du sollst ja auch keinen Schönheitspreis gewinnen", fauchte er zurück. Dann lächelte er. „Außerdem wird sie dich wärmen."

Er hob eine Hand mit einem schwarzen Gerät, das die Größe einer Fernbedienung hatte. Sein Daumen schwebte spielerisch über einer roten Taste herum. „Nur damit du weißt, dass ich dich jederzeit hochgehen lassen kann, mein Püppchen … In den Taschen ist Sprengstoff drin und mit diesem Fernsender kann ich ihn in die Luft jagen. Und dann …" Er machte mit beiden Händen eine Bewegung, als würde er zum Fasching Bonbons in die Luft werfen. *„Bumm!"*

Bumm also. Elisabeth hätte es eigentlich wissen müssen. Sie schlidderte von einer Katastrophe in die nächste. Und irgendwann machte es *Bumm* und alles war vorbei. Genauso wie ihre Ehe vorbei war und von ihrem Haus wahrscheinlich nur noch die Grundmauern standen.

Was für eine Silvesternacht!

„Du wirst jetzt brav zu Robert gehen und so tun, als würdest du ihm das hier bringen."

Dietmar hielt ihr seine zerbrochene Trophäe hin. Ihre Hand zitterte, als sie sie entgegennahm.

„Dann schieße ich hervor und werde alles Weitere mit dem Bastard regeln. Sobald ich mit ihm fertig bin, kannst du die Weste ausziehen und deiner Wege gehen."

Elisabeths Augen wurden hoffnungsvoll groß. „Und meine bei…?" Sie verstummte, als sie merkte, dass sie sich erneut verplappert hatte. Er wusste doch nichts von ihren Begleitern! Wie konnte sie nur so dumm sein und nach ihnen fragen? „Meine Be-beine?", stammelte sie, um die Situation zu retten. Ihr fiel einfach nichts Sinnvolles ein! „D-die zittern so. Ich glaub nicht, dass ich da so einfach r-reing-g-g…"

Kopfschüttelnd erlöste Dietmar sie. „Red keinen Scheiß! Du gehst vor, ich bin dein Schatten. Und wehe, du versuchst abzuhauen. Dann brauche ich nur drücken."

Er schob sie unsanft vom Parkplatz zum Eingang des Gebäudes hin. Aus den geöffneten Fenstern einer der obersten Etagen drangen Musik und Stimmengewirr bis zu ihnen herunter. Eine Silvesterparty war in vollem Gange, man feierte ausgelassen und war sich nicht bewusst, dass eine lebende Bombe das Haus betrat. Wie sollte sie nur aus diesem Dilemma herauskommen? Vielleicht konnte sie der Empfangsdame etwas signalisieren, auf die sie beide gerade zugingen. Sie sah die Frau einsam hinter dem Tresen sitzen, vermutlich vertieft in eine Beautyzeitschrift oder Ähnliches.

„Hallo, Vanessa", versuchte sie mit klarer Stimme zu sagen, aber sie hörte das Zittern heraus.

Die Frau hob den Kopf und lächelte, musterte erst sie, dann ihren Schatten.

„Ich hab das besorgt, was Robert … also Herr Lingermann unbedingt haben wollte", erklärte sie und wedelte dabei hilflos mit der halben Trophäe herum. Gab es vielleicht irgendwelche Handzeichen, mit denen man dem anderen ein SOS übermitteln konnte? Die musste sie demnächst unbedingt lernen. „Ist er noch im Haus? Er wollte das Teil unbedingt … also ich … wir müssen …"

Die Empfangsdame griff nach dem Telefon und zeigte ihr süßestes falsches Lächeln. „Ich sage Herrn Lingermann Bescheid."

Während sie wählte, ruckte Dietmar vor. „Bitte sagen Sie Robert nicht, dass ich hier bin. Ich möchte meinen alten Freund doch gerne überraschen!"

Vanessa lächelte zuckersüß und Dietmar tat das vermutlich auch – sehen konnte Elisabeth es nicht. Wütend verzog sie den Mund und fixierte die Tussi. Jegliches Aufblitzen in ihren Augen ignorierte die Dame – war die denn einfach nur blind? Oder war sie Dietmars Lächeln verfallen? Ein Film über das Paarungsverhalten von Affen kam ihr in den Sinn – anscheinend hatten sich die Männer im Laufe der Jahrtausende nicht unbedingt weiterentwickelt.

„Vanessa von der Rezeption", säuselte sie ins Telefon. Vermutlich hatte sie Robert erreicht. „Ihre Begleiterin ist hier, sie sagt, sie hätte das, was sie gerne haben wollten, mitgebracht … Nein, nicht die junge, die andere, di…" Sie sah zu Elisabeth und nickte. „Ist gut, ich schicke sie nach oben in die Zehnte."

Nicht die junge, die andere, dicke, hatte Vanessa wohl sagen wollen. Elisabeth versuchte, sie mit Blicken zu töten, und war schon beinahe froh, dass Dietmar sie in Richtung Aufzug schob.

„Ähem", räusperte sich Vanessa so, dass es nicht nach einem Räuspern klang, sondern eher nach einem Kichern. „Herr … es tut mir leid, aber Sie dürfen nicht mit hinauf. Ich habe Anweisung, nur ausgesuchte Gäste zur Silvesterparty durchzulassen."

Dietmars Gesicht wurde grau. Er setzte an, etwas zu sagen, da beeilte sich Elisabeth, ihm zuvorzukommen. „Kein

Problem, mein Begleiter kann ja hier in einem der Sessel warten." Sie zeigte auf die einsam wirkenden Sitzgruppen vor den Geschäften.

„Wunderbar", flötete Vanessa. „Darf ich Ihnen einen Kaffee bringen? Oder etwas anderes?"

Dietmar zögerte. Sichtlich überrumpelt sah er zuerst Elisabeth an, dann schoss seine Hand vor und griff nach der Trophäe. Mit der anderen Hand wackelte er in der Tasche herum. Ja, dachte sie. *Bumm!* So schnell würde sie die Gefahr schon nicht vergessen. Abrupt drehte sie um und lief zum Aufzug. Als sie einstieg und die Schiebetür sich vor ihrer Nase schloss, sah sie Dietmar in Richtung Toiletten gehen. Den war sie erst einmal los! Wenn sie Robert gegenüberstand, musste sie ihm irgendetwas auftischen. Vielleicht konnte er ihm seine Wachleute auf den Hals jagen – nur dass Dietmar dann den Auslöser betätigen würde und sie in Fetzen gerissen wurde. Nein, das war auch keine Option. Aber hatte sie überhaupt eine? Jemals eine gehabt?

Bumm, dachte sie.

Der Aufzug rutschte sanft und kaum merkbar in die oberen Stockwerke, nur am aufblinkenden Licht sah Elisabeth, dass sie den zehnten Stock erreicht hatte. Nachdenklich betrat sie den hellroten Teppich und trippelte über ihn hin, bis sie einen angrenzenden Gang erreichte. Fröhliches Stimmengewirr schallte zu ihr herüber, eine Band spielte live, eine Frau sang. Am Ende des Flurs standen zwei Glastüren offen, dahinter tummelte sich ein Pulk Menschen. Die Damen elegant in Cocktailkleidern, die Herren in Smoking oder Jackett. Edler ging es wohl kaum. Mit Stirnrunzeln sah sie an sich herunter. Wenn sie Robert dort suchte, würde sie auffallen wie ein Pinguin in der Einkaufsstraße. Genau das, was sie jetzt nicht gebrauchen konnte. Außerdem würde sie alle Menschen dort in Gefahr bringen. Wenn Sie nur irgendjemandem hätte Bescheid geben können ... Oder würde Robert vielleicht zu ihr herauskommen? Schließlich wusste er ja Bescheid.

Aus dem Treppenhaus hörte sie schnelle Schritte, da rannte jemand. Hatte Robert es so eilig? Sie dachte, ihn hier bei der Party vorzufinden, aber vielleicht war er ja in seinem Apartment gewesen. Die Tür zum Treppenhaus flog auf und Dietmar schoss hervor. Entsetzt starrte Elisabeth ihn an. Kurz vor ihr stoppte er, den Kopf hochrot und mit hängender Zunge wie ein Hund ... Na gut, nicht ganz so, wie Elisabeth es sich gewünscht hätte, sie befand sich noch in seinem Mund, aber er hechelte. Mit Genugtuung stellte sie fest, dass er anscheinend schlimmer dran war, als wenn sie selbst die Stufen hochgelaufen wäre.

„Wenn du denkst, du könntest mich abschütteln ...“, krächzte er, während er sich mit den Händen auf den Knien abstützte.

„Ich bin doch nicht blöd.“ Elisabeth tippte sich an die Stirn. „*Bumm* habe ich deutlich verstanden. Den Auslöser wirst du doch sicher auch über eine größere Distanz betätigen können. Also würde Wegrennen ja gar nichts bringen.“

Er richtete sich auf und sah sie überrascht an. „Genau.“

Elisabeth drehte sich um. Wieso schien es ihr, als hätte er darüber noch gar nicht nachgedacht? Es war logisch, dass er sie auch über eine größere Distanz im Griff hatte – oder würden Wände und Decken das Signal abschirmen? Dann hätte sie ja doch eine Chance. Sie musste nur so weit wie möglich von ihm wegkommen ...

Verzweiflung

*D*ie Lage war aussichtslos. Sie waren hier in diesem Saal gefangen, während die Gegenmacht durch die Tür zu ihnen eindringen wollte. Zunehmend fraß sich die Schneide einer Axt durch das dicke Holz, immer tiefer wurden die Risse, bis sie sogar schon hindurchblicken konnten. Sollte sie die Leute wegschicken, zum Beispiel zum Lagerraum, wo sie ins Freie fliehen konnten? Nein, bei Temperaturen um null Grad und mit nichts am Leib würde Tanja das niemandem empfehlen. Also blieb nur eines übrig: Sich wehren oder das Paketfließband in die unteren Etagen nehmen. Flo hatte angemerkt, dass es gefährlich wäre, aber warum das so war, wusste sie nicht. Immerhin kam man dort hinunter, ohne gesehen zu werden, und das war ein guter Grund, alle Anwesenden nacheinander dort hinzuschicken.

Vier wirklich engagierte Männer blieben dicht an ihrer Seite. Tanja war sehr dankbar dafür, denn allein konnte sie die Tür nicht zuhalten. Und nun, da die Helfer den Ernst der Lage verstanden hatten, fühlte sie sich mutiger. Ja, Flo hatte sie etwas vormachen können, denn er war anscheinend noch nie in derart ausweglose Situationen geraten. Wenn sie darüber nachdachte, musste die Flut der Ereignisse der letzten Stunden mehr sein als das, was er in seinem gesamten Leben hinter sich gebracht hatte. Und ihn schier erdrücken.

„Wir müssen die Tür mit einer Tischplatte verstärken", keuchte einer der Männer.

Zusammen mit seinen Kumpanen hoben sie eine der Platten mit den abgebrochenen Beinen an und pressten sie flink gegen die Tür. Die Axthiebe wurden dumpfer, und es war eine Frage der Zeit, wann sie auch hier durchbrachen oder die Männer hier drin keine Kraft mehr hatten, sich dagegenzustemmen.

Um Letzteres zu verhindern, verbarrikadierten sie die Tür mit allem, was noch an Möbeln zur Verfügung stand. Anschließend trat Tanja ein Stück zurück. Sie lächelte, wenn auch nur kurz. Fast alle Nackten hatten den Saal bereits verlassen, nur einige standen mit ihren Tischbeinen an Tanjas Seite und warteten entschlossen auf die Angreifer. Auch die vier eifrigen Helfer waren geblieben. Sicherlich würden die Tische, Schränke und Regalbretter die Männer draußen nicht ewig aufhalten, den Fliehenden aber etwas Zeit verschaffen.

„Los, jetzt müsst ihr in die Paketrutsche", drängte Tanja. „Sie werden nicht wissen, dass wir einen Fluchtweg haben."

Einer der Männer sah sie fragend an. „Und du? Du solltest zuerst von hier verschwinden. Den Frauen tun sie meist Schlimmes an."

Tanja runzelte die Stirn. Sie hatte tatsächlich überlegt, ob sie jetzt den Weg über das Dach wählen sollte, doch dann hätte sie das Gefühl gehabt, alle anderen im Stich zu lassen. Vor allem Flo und Eli musste sie helfen, vielleicht waren sie gerade in höchster Not. Schließlich war sie es gewesen, die die beiden gedrängt hatte, im Bulli mitzufahren.

„Ich halte hier die Stellung“, sagte sie und hob ein zerbrochenes Tischbein auf. „Wenn die Wachen merken, dass
hier niemand mehr ist, wenden sie sich denjenigen zu, die
von unten kommen. Falls sie überhaupt von unten angegriffen werden … Ich denke aber, ich werde mich hier oben
verteidigen.“

„Dann bleibe ich bei dir.“ Er nickte seinen beiden Freunden zu. „Wir werden dich nicht im Stich lassen!“

Entschlossen starrten sie auf die Tür. Doch der Krach auf
dem Flur hatte aufgehört.

Wo war Eli?

Jegliche Farbe war aus Florians Gesicht gewichen. Er stand kurz vor der Treppe, um Tanjas Angreifern in den Rücken zu fallen, doch er hatte gänzlich versagt. Denn die sechs gut durchtrainierten Typen vor ihm schauten so grimmig, dass er allein deshalb aufgeben wollte. Doch konnte er das?

Früher hätte er es gekonnt, ja, heute nicht. Heute war etwas Besonderes, das wusste er inzwischen. Er war aus seinem langweiligen Dasein ausgebrochen und hätte nie für möglich gehalten, dass ihm jemals so etwas passieren würde. Ja, die Lage war aussichtslos. Nein, Rettung würde es nicht geben, und wenn, kam sie zu spät. Und noch ein Ja: Er hatte einen Hammer in der Hand, den er aber nicht benutzen wollte. Selbst wenn er angegriffen wurde, konnte er die Waffe niemals gegen einen Menschen einsetzen.

Das wusste er.

Die Kerle auf der Treppe aber nicht.

„Gebt auf!" Die Stimme des Spitzbarts vor ihm troff vor Verachtung. „Es trennen uns noch genau sechs Stufen. Die gehen wir jetzt gemütlich runter. Sobald wir die letzte erreicht haben und ihr eure Waffen nicht abgelegt habt, werdet ihr euch wünschen, niemals geboren worden zu sein. Denn wir nehmen euch einzeln auseinander, jedes einzelne Glied wird euch …"

Florian winkte lässig ab, er unterbrach ihn mit lauter Stimme. „Ja klar, quatsch du nur, Spitzbart. Wir haben längst die Polizei verständigt. In wenigen Minuten wird sie hier sein, so schnell könnt ihr uns nicht alle erwischen. Lass dir aber gesagt sein: Wir werden uns wehren. Denn eines haben alle hier gelernt: Niemand hat etwas zu verlieren. Das Leben der Zwangsarbeiter hier war keines, und es ist besser, sich zu wehren, als alles mit eingezogenem Kopf hinzunehmen."

„Ach, und das sagt jemand, der erst so kurz hier ist?" Der Spitzbart schüttelte den Kopf. „Das mit der Polizei ist geblufft, das glaube ich dir nicht. Und wenn ihr euch wehrt – umso besser. Dann haben wir unseren Spaß, nicht wahr, Kumpels?"

Er drehte sich kurz zu den anderen fies grinsenden Kerlen um, die anscheinend versessen darauf waren, endlich kurzen Prozess zu machen. Florian schluckte schwer. Er hatte versucht, stark zu sein und das Beste aus seiner Situation zu machen, doch es war nicht genug. Sein Bluff war ins Leere gegangen, er hatte versagt. Während er mit Schrecken zusah, wie der Spitzbart und die anderen Kerle Stufe für Stufe hinabstiegen, fehlte ihm jegliche Spucke zum Sprechen. So also würde er sterben? Das hatte er sich anders vorgestellt. Mit verschwitzten Händen umklammerte er seinen Hammer.

Kaum hatte der Spitzbart das Ende der Treppe erreicht, hob er seinen Knüppel, um ihn Florian von oben auf den Kopf sausen zu lassen. In dem Moment wurde auf der rechten Seite die Tür aufgerissen und aus der Pflanzenhalle strömten Menschen. Sie sahen nach wie vor erbärmlich aus, nackt und mager, auch hatten sie sich nur mit Handschaufeln und Gartengeräten bewaffnet, doch es waren viele. Der Strom wollte nicht enden, und nun liefen auch von oben jede Menge nackte Leute die Treppe herab. Tanja hatte es offensichtlich geschafft, die Angreifer abzuwehren. Und sie schien die Leute, die sich in den Zimmern verschanzt hatten, zum Mitmachen überredet zu haben.

Da sah Florian, wie der Knüppel auf ihn herabsauste. Seine instinktive Reaktion war, sich fallen zu lassen, was wegen der Schwere des Hammers sogar leicht war. Dann tönte ein grässlicher Schrei durch die Halle. Der Spitzbart schrie und hielt sich seinen Fuß, auf dem Florians Hammer gelandet war. Auf nur einem Bein hüpfte er fluchend durch die Halle, bis sich die Gefangenen aus der Gärtnerei auf ihn stürzten und ihn überwältigten. Alle anderen stoben auf die fünf Kerle zu, die unentschlossen auf der Treppe standen. Angst war in ihre Augen getreten, die gegnerische Übermacht war anscheinend deutlich. Sich abwendend wollten sie die Treppe hinaufliehen, doch von dort kamen die anderen nackten Gefangenen. Es dauerte nicht lange, da packten viele Hände die Wächter, drückten sie zu Boden und fesselten sie mit ihren eigenen Kabelbindern.

Florian atmete erleichtert auf. Nun hatte er doch seine Waffe eingesetzt – das hatte er nicht gewollt.

Tanja kam mit einem Lächeln auf ihn zu, und ehe er sich's versah, hatte auch er ein breites Grinsen im Gesicht. „Wir haben es geschafft", rief er und strahlte.

Sie nickte. „Dank deiner großartigen Hilfe haben wir tatsächlich einer Drogenbande das Handwerk gelegt, wer hätte das gedacht." Sie zeigte auf den Hammer. „Vor allem hätte ich dir nicht zugetraut, dass du damit auf jemanden einschlägst.

Was ist nur aus dem langweiligen Banker geworden, den ich vor wenigen Stunden an der Bushaltestelle angesprochen habe?“

Er grinste noch breiter, bis es schon fast wehtat. „Der Banker ist längst gestorben, jemand anderes wandelt in seinem Körper. Der die Waffe trotzdem nicht eingesetzt hätte. Der Hammer ist mir nur aus Versehen auf den Fuß des Spitzbarts gefallen.“

Tanja lachte erfrischend und hell. „Ja, und weil der Spitzbart wie ein Gockel herumgehüpft ist, haben alle anderen aufgegeben … Nein, *du* hast es geschafft, dass wir die Gauner ohne großes Blutvergießen fesseln können. *Du* bist ein Held!“

Florian schüttelte den Kopf. „Wärst du nicht mit den anderen Gefangenen von oben gekommen, wären die Kerle abgehauen und hätten jeden niedergetrampelt, der sich ihnen in den Weg gestellt hätte. Wie hast du sie überredet?“

Tanja zuckte mit den Schultern. „Die Menschen waren es leid, eingesperrt zu sein. Es brauchte nur einen Funken Hoffnung, da waren sie schon bereit, sich ihren Widersachern entgegenzustellen.“

Die beiden beobachteten das rege Treiben um sie herum. Mit Klebeband und Kabelbindern gefesselt lag ein Wächter neben dem anderen auf dem blanken Boden. Ihre Hosen, Jacken und Schuhe hatten sie eingebüßt, die trugen nun die Menschen, die so lange Zeit nur nackt hatten herumlaufen dürfen. Außerdem schaffte man alle möglichen Vorräte aus der angrenzenden Küche herbei und verteilte sie, und manche Leute machten sich auch in der Küche daran, etwas zu kochen, wie man am Topfgeklapper hören konnte. Offensichtlich hatten die armen Gefangenen eine Menge nachzuholen. Tanja verschwand in das Büro des Bosses, damit endlich die Polizei verständigt wurde. Florian ging ihr nach und wartete, bis sie ihre Meldung beendet hatte.

„Hast du Eli gesehen?", fragte er.

Tanja schüttelte den Kopf. „Auch der Glatzkopf ist verschwunden. Einer der Männer sagt, sie seien mit dem Mercedes davongefahren."

„Aber was will er mit ihr? Wo können sie hin sein?"

„Vielleicht will er ja auch das fehlende Stück der Trophäe von Robert haben. Die beiden Bosse scheinen ein bisschen durchgeknallt zu sein." Sie wischte sich mit der Hand vor den Augen herum, um ihre Aussage zu verdeutlichen.

„Oder er schleppt sie zu einem einsamen Waldstück und bringt sie dort um."

„Glaub ich nicht. Für so was hat er doch seine Männer."

„Hm." Florian vergrub seine Hände tief in den Hosentaschen. „Die Polizei wird bald hier sein, aber ehe wir ihnen alles erklärt haben, bekommt der Boss vielleicht das, was er haben will, und beseitigt dann Eli."

„Und Robert lässt Chantal verschwinden, die braucht er dann ja auch nicht mehr." Tanja öffnete ein paar Schubladen. Dann zog sie ein Schlüsselbund hervor und zeigte Florian grinsend die Plakette daran. „Sieh mal, steht da draußen vielleicht ein BMW herum?"

Florians Augenbrauen schossen in die Höhe. Er nahm ihr den Schlüssel ab und beide liefen durch die Tür nach draußen. Eine ganze Reihe Autos parkte direkt an der Mauer, und das erste reagierte auf die Fernbedienung am Schlüsselbund.

„Wow, ich wollte schon immer einen M4 fahren", rief Florian und lief zur Fahrertür.

Tanja ließ sich auf den Beifahrersitz fallen, da gab er auch schon Gas. Vor dem Tor hielt Florian an und wandte ihr den

Kopf zu. „Was jetzt? Soll ich einfach durchbrettern? In den Filmen machen sie das auch so.“

Sie schüttelte den Kopf. Einen Moment blieben beide ratlos sitzen, dann griff Tanja nach einer Fernbedienung in der Konsole. Sie grinste breit, als das Tor geräuschlos zur Seite glitt.

„Du bist einfach klasse“, sagte Florian, drückte aufs Gaspedal und rauschte mit quietschenden Reifen um die Kurve. „Gib im Navi mal Roberts Adresse ein. Bestimmt bringt der Glatzkopf Eli dorthin und zwingt sie, ihm das Gegenstück seiner Trophäe zu holen. Außerdem ist Chantal dort, wir sollten sie befreien. Hoffentlich wurde ihr nichts angetan.“

„Wahrscheinlich schläft sie einfach nur ihren Rausch aus.“ Tanja tippte auf dem Display herum. Wenig später erscholl eine weibliche Stimme. *An der nächsten Kreuzung links abbiegen.* „Gut, dass ich mir den Straßennamen gemerkt habe.“

Florian lächelte. Er wollte nicht schon wieder anmerken, dass er sie toll fand. Sie war zwar noch keine achtzehn, doch er bewunderte sie. Mit beiden Füßen stand sie im Leben, ließ sich nichts sagen und wusste, was sie wollte. Im Gegensatz zu ihm hatte sie wahrscheinlich nicht mit Versagerängsten zu kämpfen. Schon wenn er aufwachte, waren das seine ersten Gedanken. *Du wohnst noch bei deiner Mutter!*, klagte ihn sein Gewissen an. Obwohl ihm klar war, dass er sich bewusst dafür entschieden hatte. Beide brauchten sie einander, jeder auf seine Art. Wenn er auszog, würde er überhaupt mit der Einsamkeit zurechtkommen? Außerdem wusste er nicht, wie das alles funktionierte. Musste er sich irgendwo melden und die neue Adresse angeben? Er war zu alt, um seine Kollegen zu fragen, sie wären in schallendes Gelächter ausgebrochen und hätten das sicher im gesamten Betrieb herumposaunt.

Nein, er würde bei seiner Mutter wohnen bleiben, bis sich etwas anderes ergab. Oder er sich vom Dach eines mehrstöckigen Hauses stürzte.

Genau so ein Gebäude tauchte vor ihnen auf. *Ihr Ziel liegt auf der linken Seite*, sagte die Navi-Stimme gerade. Entgegen der Fahrtrichtung und direkt im Halteverbot vor dem Eingang dieses imposanten Wohn- und Geschäftshauses hielten sie mit quietschenden Reifen und sprangen beide heraus. Liefen ins Innere des Foyers direkt auf den Tresen zu, hinter dem die aufgestylte Frau mit den blonden Haaren saß.

„Vanessa", begann Florian, da er sich erinnerte, dass Robert sie so angesprochen hatte. Da fiel sein Blick auf ihren Ausschnitt, aus dem sich zwei Brüste prall hervorwölbten. „Ich … wir … suchen … haben Sie … vielleicht …"

Nach Luft schnappend brach er sein Gestammel ab. Zwang sich, ihr ins Gesicht zu schauen. Doch da waren rot geschminkte Lippen, die ein sanftes Lächeln für ihn bereithielten. Anscheinend kannte sie solche Männer, die in ihrer Nähe keinen vernünftigen Satz herausbrachten. Wie blamabel!

„Ist unsere Freundin vorhin hier hereingekommen?" Tanja übernahm das Wort. Sie warf ihm einen Seitenblick zu, der ebenso verachtend war, wie er es zu verdienen glaubte. „Die etwas … kräftige. Vielleicht in Begleitung eines Glatzkopfes?"

Die Empfangsdame nickte. „Sie wollte zu Herrn Lingermann. Ihr Begleiter sollte hier unten warten, aber dann ist er plötzlich verschwunden."

„Oh nein!" Florian sah Tanja entsetzt an. Er war froh, dass er endlich den Blick von der Barbiepuppe nehmen konnte. „Wir müssen zu Robert!"

„Sie sind oben bei der Silvesterparty. Ihre ... Freundin hatte für Herrn Lingermann das gesuchte Teil, wie sie sagte. Ich denke, Sie können hinaufgehen, Sie gehören ja zusammen, irgendwie ..."

„Komm!", rief Tanja, zupfte ihn am Ärmel und rannte schon zum Fahrstuhl.

Florian wollte ihr nachsetzen, drehte sich dann aber unschlüssig zu Vanessa um. „Vielen Dank ... Also, Sie haben uns sehr ..."

„Komm schon!", brüllte Tanja. Sie hielt die Tür des Aufzugs offen.

Florian seufzte. Sie hatte ja so recht.

Countdown

Elisabeth hatte zu lange gezögert. Wäre sie einfach in die Menge hineingegangen und hätte nach Robert Ausschau gehalten, wäre sie Dietmar vielleicht entwischt. Aber nun war hinter ihr wieder der unheimliche Schatten. Nun, unheimlich war eher sie selbst, was sie gleich an den abfällig schauenden bis entsetzten Gesichtern merkte, an denen sie vorbeischlurfte. Klar, in diesem Outfit, ihrem mittlerweile dreckigen Hausanzug und natürlich den Plüschpantoffeln, bei denen niemand mehr die Farbe Rosa erahnen konnte. Der Mantel verdeckte einiges, doch die pralle Weste gab ihrem plumpen Aussehen vermutlich den Rest. Sie war die faule Nuss in einem leckeren Obstkuchen, nicht dazugehörig und schon gar nicht erwünscht. Von einem Tisch schnappte sie sich ein halbvolles Glas Sekt und kippte es in einem Zug in sich hinein. Wo gab es davon mehr? Das Gesöff schmeckte ausgezeichnet, solch gutes Prickelwasser war ihr noch nie untergekommen. Sie hatte große Lust, sich zu betrinken.

„Wo ist der Kerl nur?", flüsterte Dietmar dicht an ihrem Ohr.

Elisabeth erschrak so sehr, dass sie mit den Armen ruderte und eine Frau in einem melonengelben, eng sitzenden Kleid anstieß. Die Dame drehte sich zu ihr um, öffnete den Mund, um etwas zu sagen, doch die Worte blieben ihr im Hals stecken. Mit Augen, die ihr fast herausfielen, stierte sie die beiden an.

„Entschuldigung", murmelte Elisabeth, nahm ihr das Glas aus der Hand und trank es leer. Dann steckte sie es der verdutzten Frau zurück in die Finger. Sie hatte es einfach satt. Immer und überall beglotzte man sie, das war auch schon so gewesen, bevor diese Tortur losgegangen war. In den Geschäften rempelte man sie an, beschimpfte sie, als wäre sie dafür verantwortlich, und wenn sie mal länger vor einem Regal stand, um sich die Waren anzusehen, fragte man, ob sie da Wurzeln schlagen wolle. Hier und jetzt zwischen diesen piekfeinen Damen und edlen Herren wurde es ihr wieder einmal bewusst. Niemals wieder – das nahm sie sich in diesem Moment vor – würde sie einen Hausanzug tragen.

„Du gehst in die Richtung", sagte Dietmar hinter ihr, während er an ihrem Kopf vorbei zeigte, wohin er meinte. „Und ich gehe in die andere. Dann gehst du im Bogen zurück. Falls du ihn findest, schleif ihn hier aus dem Gewimmel in den Flur. Und denk dran … ein Klick und …"

Bumm. Ja, sie wusste es noch immer. Nickte und sah ihm nach, wie er sich in die andere Richtung kämpfte. War das ihre Chance, hier herauszukommen? Möglichst weit weg von dem Sender, damit ihr und allen hier im Raum nichts passierte?

„Liebe Gäste!", rief ein Moderator durch das Mikrofon. Er zeigte auf eine digitale Anzeige, auf der die Zahlen 03:22 standen – sie zählten die letzten Minuten rückwärts.

„Machen wir uns so langsam fertig für den Countdown. Das alte Jahr geht, das neue beginnt. Vom Südfenster aus haben Sie einen hervorragenden Blick …“

Elisabeth erstarrte. Nur noch drei Minuten, bis das neue Jahr anbrach? Und sie hatte nicht mal mit Bleigießen die Vorhersage fürs nächste Jahr gemacht? Nun ja, eingetroffen war davon ja nie etwas, daher konnte sie sich das auch sparen. Aber wenigstens sollte sie sich für das nächste Jahr etwas vornehmen. Abnehmen zum Beispiel. Was wahrscheinlich schon automatisch passieren würde, wenn sie mittellos auf der Straße herumlungern musste. Hatte sie die ganze Misere nicht eigentlich Bernd zu verdanken? Wäre er wie jedes Silvester bei ihr geblieben, wäre der Braten ordentlich aus dem Ofen genommen und verzehrt worden. Aber wollte sie weiter mit einem Mann zusammenleben, der sich so wie Bernd entwickelt hatte?

Nein! Jetzt war endgültig Schluss! Ihr Noch-Ehemann würde ihr nicht mehr auf der Nase herumtanzen, ebenso wenig Robert und schon gar nicht Dietmar. Diese Typen waren nur in sich selbst verliebt, da konnte sie einfach nicht mehr mitmachen.

Elisabeth straffte sich, pflückte einer Kellnerin ein diesmal volles Sektglas vom Tablett und bahnte sich den Weg zur Tribüne, auf der die Band stand und der Moderator noch seine Rede hielt, bis die Zeit gekommen war, die letzten zehn Sekunden abzuzählen. Mehr als eine Minute blieb ihr noch. Entschlossen stieg sie die Stufen hinauf, direkt auf den Mann mit dem Mikrofon zu, und riss es ihm aus der Hand.

„Ich hab was Wichtiges zu sagen“, schnauzte sie ihn an. Dann blickte sie über die Menschen vor sich. Einige starrten sie bereits an, andere waren in kleinen Grüppchen in

Gespräche verwickelt, Lachen und Geschnatter lag über ihnen wie eine graue Wolke. „Also … ich muss euch was sagen."

Es quietschte fürchterlich aus den Lautsprechern, doch nun sahen alle Anwesenden erschrocken zu ihr hoch. Irgendetwas machte sie wohl falsch, mal wieder. Aber egal, Hauptsache, sie hatte die Aufmerksamkeit der Gäste.

„Ich möchte euch ungern den Abend verderben, aber ich suche Robert. Robert Lingermann, kennt den jemand? Dein Freund Dietmar hat mich in diese scheußliche Weste gesteckt …" Sie schob den Mantel so zurück, dass ihr unfreiwillig getragenes Kleidungsstück besser zu sehen war. Die Leute ganz vorn wichen erschrocken zurück, hektisches Gemurmel breitete sich aus. „Denn Robert, wenn du dieses beschissene Trophäending nicht endlich rausrückst und deinem Freund gibst, dann fliege ich in die Luft. Und leider auch alle in meinem Umkreis. Sorry, Leute, dass ich eure Feier …"

Trotz des Mikrofons war ihre Stimme nicht mehr zu hören. Panik erfüllte nun den Raum, die Frauen kreischten, Männer brüllten, und alle machten, dass sie aus diesen Räumlichkeiten herauskamen. Einige Leute stürzten, andere trampelten über bereits zerbrochene Sektgläser oder rutschten auf ihnen aus. Natürlich war die Glastür viel zu schmal, sodass sich direkt davor eine dichte Traube bildete. Im Gang dahinter würde es nicht anders sein, und der Aufzug war vermutlich überlastet, wenn die Ersten hinunterfuhren.

Elisabeth ließ die Hand mit dem Mikrofon sinken. Auch ihre Schultern sackten mutlos herunter. Das hatte sie eigentlich nicht gewollt. Sie hatte vorgehabt, den Leuten ihr Dilemma zu beschreiben und sie zu bitten, langsam und ruhig das Gebäude zu verlassen. Aber was taten sie? Rannten kopflos hinaus. Robert ließ sich auch nicht blicken, obwohl er sie doch gehört haben musste. Und Dietmar? Vielleicht hatte er ihn vor ihr gefunden und war bereits mit ihm in seinem Apartment. Dann vergaß er vielleicht sogar den Auslöser, sodass sie frei war. Oder er rangelte mit seinem ehemaligen Freund und hatte keine Zeit, zu drücken.

Langsam stieg sie die Stufen des Podests herunter und schob eine Trompete mit den Fuß beiseite, die eines der Bandmitglieder unterwegs verloren hatte. So langsam leerte sich der Raum, offensichtlich liefen die Leute durch das Treppenhaus hinunter, anstatt den Aufzug zu benutzen. Die Anzeige auf dem Display zeigte, dass es noch dreiundvierzig Sekunden bis Mitternacht waren. Und was kam dann?

Bumm vielleicht?

Prosit Neujahr!

ie Tür des Aufzugs öffnete sich, doch Tanja und Flo sahen sich Leuten gegenüber, die sofort in die Kabine drängten und sie gar nicht aussteigen ließen.

„Scheiße, was ist hier los?", brüllte Tanja.

Panik stand in den Augen der Menschen, Worte wie *Bombe* und *lebensgefährlich* fielen. Sollten sie gleich im Aufzug bleiben und wieder mit hinunterfahren, weg vor der Gefahr, welche auch immer das war? Es musste schlimm sein, denn sonst hätten die gut gekleideten Damen und Herren nicht ihre schöne Garderobe aufs Spiel gesetzt und die Flucht ergriffen … Aber Eli musste hier sein, und sie waren gekommen, um ihr beizustehen. Flo drängte sich nun an der Seite an dem Pulk vorbei. Sie versuchte, direkt hinter ihm zu bleiben. Obwohl Tanja die Leute anbrüllte, machte ihnen kaum jemand Platz. Mit spitzen Ellbogen und geballten Fäusten boxten sich die beiden durch die Menge. Endlich – verschwitzt und schwer atmend erreichten sie den Flur. Die Aufzugtür schloss sich – welch ein Wunder – und die Leute davor drehten ab, um eilig zum Treppenhaus zu laufen. Einzelne kamen noch herbeigeeilt, um die Taste für den Aufzug zu betätigen, doch als sie sahen, dass er zunächst ins Erdgeschoss fuhr, drehten auch sie ab.

„Krass, nicht?" Tanja ging hinüber zur anderen Wand, an der Flo lehnte. Auch er war völlig außer Atem, aber er hatte sich erfolgreich gegen die Menge zur Wehr gesetzt.

„Absolut", antwortete er. „Ob Eli hier oben ist?"

Sie zog ihn am Ärmel. „Lass uns nachsehen."

Der Strom der entgegenkommenden Partygäste ebbte mehr und mehr ab. Einige von ihnen hatten zerrissene Kleidung an, manche sogar blutige Hände, als wären sie in Scherben gefallen. Die tatsächlich den Marmorboden des Saals bedeckten, aus denen die Leute geflohen waren. Partytische waren umgekippt, Handtaschen, hübsche Blumen aus den Brusttaschen der Sakkos und ja, sogar die ein oder andere Fliege lagen in dem feuchten Gemisch der Getränke. Man hatte sich anscheinend auf den Countdown vorbereitet, doch der war aus ihr noch unerklärlichen Gründen vereitelt worden.

Mitten im Saal sah sie Eli.

Flo hatte sie ebenfalls entdeckt, er eilte bereits zu ihr. „Ihr ist nichts passiert! Gott sei Dank!"

Tanja hätte ihm gerne gesagt, dass Gott sicher nichts damit zu tun hatte, aber sie sah ein, dass es nicht der richtige Zeitpunkt war, um über Religion zu reden. Als sie Eli erreichte, hockte die wie ein Häufchen Elend in sich zusammengesunken auf dem Rand eines Podests. Als sie hochschaute und die beiden Herannahenden erblickte, hellte sich ihr Gesicht auf und es zeigte ein Lächeln. Dann erstarb es schneller, als es gekommen war. Tränen standen in ihren Augen.

„Bleibt lieber von mir fern", sagte sie, während sie an einer schmutziggrauen Weste unter ihrem Mantel zupfte. „Dietmar hat mich da reingepackt, und ich bin mir sicher, dass er sie um Punkt zwölf hochgehen lässt. *Bumm!*"

Sie zeigte dabei auf eine digitale Anzeige, bei der die

Ziffern gerade auf dreiunddreißig Sekunden standen.

„Das ist tatsächlich übel." Anstatt von ihr fern zu bleiben, trat Flo auf sie zu. „Lass mal sehen. Zieh den Mantel mal aus."

Eli erhob sich und ließ das Kleidungsstück fallen. Die Weste, die sie anhatte, lag prall an ihrem Körper, anscheinend waren etliche Mini-Bomben in die kleinen Taschen gestopft worden.

Flo zeigte auf einen Draht, der von einer Tasche zur nächsten verlief. „Scheiße!", rutsche es ihm heraus.

Tanja drehte sich um, ging auf einen Tisch zu, der noch nicht von den panischen Gästen umgerissen worden war, und klaubte drei volle Sektgläser zusammen. Die balancierte sie zu Eli und Flo. „Selbst wenn du recht hast", sagte sie zu ihren neuen Freunden, „haben wir beide jetzt keine Chance mehr, der Explosion zu entkommen. Aber es ist ja nicht garantiert, dass es so kommt. Daher können wir auch aufs neue Jahr anstoßen."

Unsicher nahm Eli das Glas entgegen. „Sicher?", fragte sie.

Tanja nickte und reichte Flo eins. Seine Hand zitterte, aber trotzdem lächelte er. „Na klar, wir lassen dich doch jetzt nicht im Stich!"

Die drei Freunde fixierten nun die Anzeige. Sie zählte von zehn abwärts, ohne Tamtam und irgendwelche grölenden Menschen ringsum. Das hatte Tanja noch nie erlebt, und sie spürte ihr Herz fast im gleichen Takt schlagen. Die Stille um sie herum war gespenstisch, draußen knallten einige Raketen in den Himmel, die zu früh abgeschossen worden waren. Sie hatte sich schon immer gefragt, warum diese Leute die letzten Sekunden nicht einfach abwarten konnten …

Automatisch hoben die drei ihre Gläser. „Na, dann, Prosit Neujahr!", murmelte Eli.

Die Entscheidung

Eli tat ihm leid. Sie hatte die Augen zusammengekniffen, während sie den Inhalt des Glases in sich hineinkippte. Der Himmel hinter ihr leuchtete nun in explodierenden Farben, immer wieder schossen neue Raketen hinauf und bildeten bunte Sterne. Ein Knall nach dem anderen erschütterte die Luft und vibrierte an den Scheiben. Die bösen Geister des vergangenen Jahres sollten vertrieben werden, damit das neue besser wurde. Und das war es: Die erwartete Explosion blieb aus. Florian war sehr erleichtert. Noch hatten sie also eine Chance.

„Am Südfenster soll man das Feuerwerk besser sehen können." Elis Stimme war dünn, sie musste große Angst haben.

Er konnte es ihr nicht verdenken – es war gemein, jemanden auf diese Weise unter Druck zu setzen.

„Und wo ist das Südfenster?", fragte Tanja. Als Eli mit den Schultern zuckte, lächelte sie matt. „Wie auch immer, die Scheiße vom letzten Jahr ist endlich vorbei, es kann doch nur besser werden."

Florian nickte, obwohl er nicht recht daran glaubte. Da hatte er eine Idee. Aufgeregt rannte er um Eli herum, während sie ihre aufkommenden Tränen zu verdrängen versuchte.

„Sag mal …", murmelte er und sah sich die Weste von allen Seiten an. „Kannst du das Ding nicht einfach ausziehen?"

Überrascht musterte sie ihn. „Ich, äh … Keine Ahnung!"

Die Hoffnung, die sich nun in ihm breitmachte, trieb ihn an. Natürlich verstand er nichts von solchen Dingen, und die Drähte, die in den Taschen miteinander verbunden waren, sprachen auch nicht dafür, an dem Konstrukt herumzufummeln. Auch die Verbindung oben am Reißverschluss sollte er aus seiner Sicht möglichst nicht anrühren. Trotzdem musste Eli davon befreit werden, und das möglichst schnell.

Er sah Tanja an. „Geh bitte zurück in den Gang. Ich werde ihr helfen, dieses doofe Ding auszuziehen."

Tanja zögerte. „Ich soll von euch weggehen? Das Teil könnte echt sein und bei einer falschen Berührung losgehen."

Eli atmete tief durch, dann kam nur noch ein Wort von ihren Lippen, während sich ihre Hände in die Luft erhoben. *„Bumm."*

„Oder es ist eine Attrappe." Florian zeigte erneut zu dem Gang. „Für dich ist es sicherer. Du hast dein Leben noch vor dir …"

Sie sah ihn wütend an. „Ach, und deins ist schon vorbei?"

Er zuckte mit den Schultern und drehte sich dann zu Eli. „Pass auf, ich werde hier an der Schulter vorsichtig nach oben ziehen. Und du hebst …"

„Ich helfe mit." Tanja packte die gegenüberliegende Seite. „Eli – Arme hoch!"

Überrascht schaute Eli die beiden nacheinander an. „Seid ihr sicher?"

Als beide nickten, hob sie ihre Hände. Gleichzeitig ruckelten und zogen die beiden vorsichtig an dem Stoff. Langsam glitt die Weste hinauf und über Elis Kopf, bis Tanja und

Florian sie in den Händen hielten. Vorsichtig legten sie sie auf dem Boden ab und entfernten sich ein paar Schritte.

Nun rannen Eli Tränen über die Wangen. „Glück gehabt!", seufzte sie erleichtert. „Dank euch beiden ist wenigstens diese Gefahr gebannt!"

Sie fiel zuerst Tanja um den Hals, dann auch Florian. Unendlich erleichtert umarmten sich die drei und ließen sich lange nicht mehr los.

„Ich danke euch für alles!", rief Eli schließlich. „Ich wünsche euch ein supergutes neues und gesundes Jahr! Und solltet ihr mich irgendwann noch mal auf der Straße sehen: Macht einen Bogen um mich! Ich ziehe das Unglück an. Garantiert geht es euch ohne mich besser."

Florian schüttelte den Kopf. „Wo denkst du hin! Eine wie dich werde ich doch nicht links liegenlassen." Er stand zwischen ihnen und legte ihnen seine Arme um die Schultern. Auch wenn die beiden völlig anders tickten als er, sie im Alter teils mehr als fünfzehn Jahre auseinanderlagen und er sie erst seit wenigen Stunden kannte, waren sie ihm ans Herz gewachsen. So viel hatten sie in den letzten Stunden zusammen durchgemacht! Waren trotz Gefahren füreinander eingestanden. Nur darauf kam es doch an, oder?

„Mich wirst du auch nicht so schnell los." Tanja grinste sie an. „Und außerdem … was du über meinen Freund gesagt hast, also über Adrian … Vielleicht ist es ja doch ein Missverständnis gewesen und ich habe nur überreagiert. Meine Freundin hat sich schon oft anderen Männern an den Hals geworfen, vielleicht war er tatsächlich nur das Opfer."

Eli nickte. „Höre ihn erst einmal an. Und falls er doch etwas von ihr wollte: Gib ihm eine zweite Chance. Vielleicht sucht er ja auch schon verzweifelt nach dir."

„Wie auch immer." Tanja rieb sich die Hände. „Wir haben noch etwas zu tun. Chantal befreien und Robert und den Glatzkopf zur Vernunft bringen."

„Das kann doch eigentlich die Polizei tun", murmelte Eli.

„Vielleicht. Aber ehe die kapiert haben, worum es geht, sollten wir zumindest Chantal befreien. Nicht, dass Robert für sie auch noch irgendwelche Gemeinheiten im Kopf hat."

Eli nickte. „Okay, ich bin dabei."

„Ich werde die Weste auf das Dach des Hauses bringen." Florian hob sie vorsichtig auf. „Denn wenn sie doch noch explodieren sollte, ist es besser, sie liegt im Freien. Hier würde sie vielleicht das gesamte Gebäude zum Einsturz bringen."

„Bist du dir sicher, dass du das tun willst?", fragte Eli.

Als er nickte, trat Tanja auf ihn zu. „Du willst doch nur deinen Plan ausführen, stimmt's?"

Überrascht sah er ihre Augen glitzern. Würde sie um ihn weinen, wenn er es tatsächlich tat? Denn sich in die Tiefe zu stürzen, wie er es ursprünglich geplant hatte, war ihm gerade gar nicht in den Sinn gekommen.

„Tu's nicht", fuhr sie fort. „Ich hab dich auf eine gewisse Weise gerne. Du kannst nicht mein Liebhaber werden, aber ein guter Freund. Mit dem man mal reden kann. Und ich kann dir außerdem sagen, dass dir die Leute, die dich zu so was getrieben haben, am Arsch vorbeigehen sollten. Ja, darin kann ich dich unterstützen. Und deshalb hast du auch keinen Grund, es zu tun."

Florian schüttelte den Kopf. „Das hab ich nicht vor."

Gemeinsam gingen die drei in den Flur. Während Tanja und Eli den Knopf für den Fahrstuhl betätigten, wandte sich Florian zur Treppe. „Ich komme nach, wenn ich das Ding oben abgelegt habe", rief er und verschwand im Treppenhaus.

Es waren nur wenige Stockwerke, bis er oben ankam. Eine

stählerne Tür versperrte den Weg zum Dach. Damit hatte er gerechnet, denn er wusste auch, dass die Sicherheitsvorschriften für Neubauten von einer Höhe von über fünfzehn Metern verlangten, dass die Tür aufs Dach Fluchttürverschlüsse vorwies. Falls es irgendwo einmal brannte, mussten sich die Leute nach oben retten können. So ruckte er den Hebel kraftvoll zur Seite und drückte die Klinke. Schwer ließ sich die Tür öffnen, während ihm ein eiskalter Wind um die Ohren wehte.

Er ging ein paar Schritte vor, da schloss sich die Tür hinter ihm mit einem Krachen. Kam er jetzt noch zurück oder musste er warten, bis man ihn befreite? Er wusste es nicht. Legte die Weste auf dem Boden ab und ging vor bis fast an den Rand des Hauses. Die Menschen da unten schossen noch immer Raketen in den Himmel. Schön sah es von hier oben aus, so bunt und glitzernd und vor allem nah. Noch nie hatte er das Gefühl gehabt, mitten in einem Feuerwerk zu stehen. Es war gigantisch schön. Nur kalt war es, und das erinnerte ihn an die Kälte von früher, die er während der Arbeit immer gespürt hatte. Sein Vorhaben, sich in die Tiefe zu stürzen, fiel ihm wieder ein, aber auch Tanjas Worte und Elis Umarmung wägte er ab. Vielleicht hatten die beiden recht und er sollte es nicht tun. Er war ja inzwischen selbst nicht mehr überzeugt davon. Doch sie steckten nicht in seinen Schuhen. Würde er nicht immer wieder mit diesen Dingen konfrontiert werden und zu leiden haben? Er war eben nicht wie Tanja und wehrte sich. Nein, kämpfen war nicht wirklich sein Ding …

Vorsichtig trat er an eine hüfthohe Brüstung heran, stemmte sich hoch und hievte seinen Po hinauf. Nun konnte er hinuntersehen. Tief war es, verdammt tief. Schwindel überfiel ihn.

Ja, diese Höhe wäre optimal.

Wie kleine Kinder

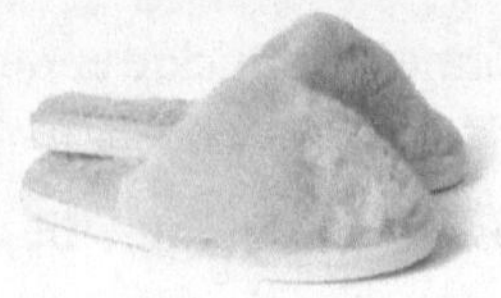

Der Aufzug brauchte ewig und glitt viel zu langsam in die Tiefe. Warum Elisabeth plötzlich von einer namenlosen Angst überwältigt wurde, konnte sie selbst nicht sagen, doch es war ihr, als drückte ihr jemand den Hals zu. War es Florian, um den sie sich sorgte? Tanja hatte angedeutet, dass er sich in die Tiefe stürzen wollte. Dann war es natürlich falsch, ihn allein nach oben aufs Dach gehen zu lassen. Doch Tanja vertraute ihm, sie glaubte nicht, dass er es tun würde. Der Moment, als sie zusammen in dem verlassenen Saal gestanden und sich umarmt hatten, war für sie sehr innig gewesen. *Freunde*, hatte sie gedacht, *das könnten die einzigen, aber echten Freunde sein, die ich habe.* Bestimmt hatte Florian auch die Zusammengehörigkeit gespürt, denn er war ihr zuversichtlich vorgekommen, als er die Treppe hinaufgeeilt war. Nein, um ihn sollte sie sich keine Sorgen machen.

War es dann Tanja, die schweigend neben ihr stand und die blinkenden Zahlen anstarrte, die der Aufzug nacheinander anzeigte? Auch sie schien sich gefangen zu haben, und wenn sie ihrem Freund tatsächlich noch eine Chance gab, musste sie nur noch von dummen Dingen wie Einbruch,

Diebstahl und Rauchen abgehalten werden. Nein, es schien ihr gut zu gehen, wenn man ihr auch die Strapazen der letzten Stunden ansah. Oder hatte sie Angst um Chantal, die ahnungslos irgendwo eingesperrt worden war und nicht wusste, was mit ihr geschah? Ja, diese aufgetakelte Sängerin tat ihr leid, sie war ebenso ein Opfer der Ereignisse geworden wie sie und die anderen beiden. Nur dass Chantal wahrscheinlich allein in einem dunklen Raum hockte und Angst hatte.

Elisabeth wandte sich Tanja zu. „Sobald wir in der Etage ankommen, schaue ich in Roberts Apartment nach Chantal.“

Das Mädchen nickte. „Und ich sehe mir die anderen Räumlichkeiten auf der Etage an. Irgendwo müssen sie sie versteckt haben.“

Der Aufzug hielt und die Tür zum vierten Stock schob sich zur Seite. Tanja bog nach links ab, während Elisabeth rechts den Flur entlang zu Roberts Apartment stapfte. Laute Stimmen waren schon im Gang zu hören, ebenso ein Krachen und Fluchen. Da drinnen wurde gekämpft! Die beiden einstigen Freunde gingen sich gegenseitig an die Gurgel, wie man so schön sagte. Jetzt wusste sie, wem ihre Sorge gegolten hatte: Den beiden dummen Jungen, die nicht fähig waren, einander zu verzeihen!

Die Tür stand einen Spaltbreit offen, in der Hektik hatten die Männer anscheinend nicht darauf geachtet, sie zu schließen. Vorsichtig schob Elisabeth sie ganz auf. Überrascht verharrte sie im Rahmen. Gerade sah sie Dietmar von hinten auf seinen ehemaligen Freund zustolpern. Er hatte ein zerbrochenes Stuhlbein in der Hand, mit dem er Robert, der keuchend auf den Fliesen hockte, eins überziehen wollte.

„Vorsicht!“, brüllte Elisabeth.

Noch rechtzeitig drehte sich Robert zur Seite und entwischte ihm, bevor sich die beiden erneut aufeinander stürzten. Das Apartment glich einem Schlachtfeld; Möbel waren umgestoßen, der hübsche Glastisch zersplittert, Bücher aus den Regalen gerupft und etliche Utensilien aus den Küchenschränken gerissen und über den Boden verteilt worden. Sie war so sehr von diesem Durcheinander geschockt, dass sie erst nach ein paar Sekunden reagierte. Aber dann brüllte sie aus vollem Hals und mit einer Inbrunst, dass die Lampen an der Decke wackelten: *„Hört sofort mit diesem Scheiß auf!"*

Überraschend trat Stille ein. Nur die Sirenen von Polizei, Feuerwehr und Rettungswagen drangen dumpf durch die Fenster zu ihnen, ansonsten verharrten die beiden Männer in ihrer jeweiligen Pose. Robert hatte mit seiner rechten Hand Dietmars Hemd gepackt, das bereits zerrissen war, während er mit seiner anderen Hand den Stiel einer Bratpfanne umschlossen hielt. Dietmar hingegen hatte sich einen schweren Kerzenleuchter gegriffen, um ihn im Gegenzug auf Roberts Kopf landen zu lassen. Beide hatten sich auf dem Boden gewälzt, die Beine ineinander verhakt.

Die Stille tat allen gut. So zumindest empfand Elisabeth es. Mit in die Seiten gestemmten Fäusten ging sie auf die Kontrahenten zu und sah sie mit wütendem Gesicht an. „Ihr benehmt euch beide wie zwei kleine Kinder!", schrie sie. Stellte mit Genugtuung fest, dass beide Männer zurückzuckten und den jeweils anderen losließen. Auch die Hände mit den improvisierten Waffen senkten sich. Gebannt wurde sie angestarrt. Wie Big Mama, die mit ihren Söhnen schimpfte, kam sie sich vor. „Glaubt ihr wirklich, ein Problem lässt sich lösen, indem man dem anderen den Schädel einschlägt? Ihr steckt beide bereits tief in der Scheiße! Die Polizei rückt an und ihr habt nichts Besseres zu tun, als euch das letzte bisschen Gehirn aus den Köpfen zu prügeln?"

Sie schnaubte laut, auch um erneut Luft zu holen. Dass sie eine solche Wirkung auf die beiden hatte, überraschte sie, aber vermutlich lag es an der aufgestauten Wut, die sie in sich spürte. Ja, so hätte sie gern ihren Ehemann zurechtgestutzt. Zu gern hätte sie ihn nach den vielen einsamen Jahren mal so zusammengestaucht, dass er nicht mehr über den Toilettenrand hätte schauen können. Doch immer hatte sie ihren Zorn heruntergeschluckt und weitergemacht wie bisher. Und genau das war ihr in den letzten Stunden hochgekommen. Sie hatte erkannt, dass sie sich Bernd gegenüber falsch verhalten hatte. Genau jetzt gab es eine Gelegenheit, sich entsprechend zu behaupten. Ja, sie konnte bestimmend sein, konnte dirigieren, wenn sie selbst sich ließ. Das einsame Pflänzchen war nie gegossen worden, erst durch Tanja und Florian hatte es endlich einen Schwall Wasser bekommen.

„Setzt euch auf die Couch, aber ohne Faxen zu machen!", sagte sie mit so scharfer Stimme, dass sie glaubte, Glas damit schneiden zu können.

Robert kroch leise stöhnend zu dem einzigen Teil in dem großen Raum, das nicht zerstört oder umgeworfen worden war, und zog sich auf die Sitzfläche. Dietmar hatte sogar noch die Kraft, sich aufzurichten und dort hinzuhumpeln. Als beide brav nebeneinandersaßen, streckte Elisabeth beide Arme aus und hielt ihnen die offenen Handflächen entgegen. „Hier rein. Jeder sein Teil. Schön langsam."

Die beiden wussten, was sie meinte. Zuerst holte Robert seine halbe Trophäe aus der Tasche, und als Eli einen Beistelltisch herbeigeschoben hatte, rückte Dietmar seine Hälfte heraus. Vorsichtig platzierte er sie auf dem Tisch, und genauso behutsam versuchte Robert, den oberen Teil draufzusetzen.

„Du musst ihn mehr drehen, guck mal, hier vorne ist die Lücke … ja genau …“, murmelte Dietmar.

Robert nickte und passte es an. „Aber hier fehlt ein Stückchen. Hast du es noch in der Tasche?“

Beide suchten danach, kramten alles aus ihren Taschen hervor und legten es auf den Tisch. „Weißt du“, sagte Robert schließlich, „es war wirklich keine Absicht, dass ich dir damals unsere Trophäe nicht wiedergegeben habe. Ich kann mich erinnern, dass meine Mutter hereinkam und Staubwischen wollte, da habe ich sie schnell in die Schublade gepackt, bevor sie nachher noch kaputt ging. Dann kam Opas Tod dazwischen und dann warst du plötzlich in meinem Zimmer und hast mich angeschrien.“

„Na ja, ich dachte, dass du sie behalten wolltest …“

Zufrieden ließ Elisabeth die beiden miteinander reden. Kurz wechselte sie einen Blick mit Tanja, die inzwischen dazugekommen war, an der Tür stand und die Situation beobachtete. Mit dem Zeigefinger machte sie eine kreisende Bewegung über ihrem Kopf. Die Polizei würde bald anrücken.

„Okay.“ Elisabeth holte die beiden aus ihrem vertrauten Gespräch heraus. „Jetzt liegt es an euch, was wir der Polizei sagen. Robert: Wo ist unsere Freundin Chantal?“

Der Mann lächelte sanft. „Gegenüber liegen meine Schlafgemächer. In einem davon schläft sie ihren Rausch aus.“

Elisabeth schaute hinüber zu Tanja, doch die war bereits losgelaufen. Kurz danach kam sie zurück und zeigte einen erhobenen Daumen.

„Okay. Dietmar. Die Weste, die du mir angezogen hast – war die echt? Oder nur eine Attrappe? Gib mir bitte den Zünder.“

Der Genannte tat, was sie verlangte, und legte das Gerät neben der Figur ab. „Nein, sie ist nicht echt. Ich hab die Weste schon seit Ewigkeiten in einem Fach unterm Gepäckraum im Wagen. Da wäre ich ja selbst in die Luft geflogen, wenn da echter Sprengstoff drin gewesen wäre. Es ist Sand. Die Weste wollte ich anziehen, wenn ich jogge, damit der Trainingseffekt größer ist. Aber ich habe sie kein einziges Mal getragen. Als ich dich heute Abend dazu bringen wollte, Robert den Teil der Statue abzuluchsen, dachte ich, es wäre eine gute Idee.“

Elisabeth verschränkte die Arme vor dem Bauch. „Die Idee ist nach hinten losgegangen. Alle Partygäste haben gedacht, sie wäre echt. Das werden sie auch der Polizei sagen, insofern wäre es nicht verkehrt, wenn du bei der Wahrheit bleibst.“

Dietmar sprang auf. „Ich denke nicht daran, mich den Bullen zu stellen!“ Und schon lief er in Richtung Tür.

Mit einem Mal tauchte Florian auf, sein Gesicht entschlossen, eine Eisenstange fest in den Händen. „Das kannst du dir sparen“, sagte er. „Setz dich mal hübsch auf das Sofa und warte, bis die grünen Männchen hier sind.“

„Sind die nicht blau?“, murmelte Tanja.

Mit hängenden Schultern ließ sich der Glatzkopf zurück auf seinen Platz fallen. Legte wie Robert die Hände brav auf seine Knie und beide sahen Elisabeth erwartungsvoll an.

„Schön.“ Elisabeth musterte die zwei. „Eure Karriere ist hiermit zu Ende, ihr werdet beide in den Knast wandern. Und das nur wegen dieser dä… hübschen Trophäe. Ich …“

Mit Krach und lauten Befehlen stürmten etliche SEK-Leute in voller Montur in den Raum. Obwohl Elisabeth sie erwartet hatte, zuckte sie erschrocken zusammen. Im Nu war der Raum von maskierten Männern und Frauen überflutet, die mit ihren schweren Kampfstiefeln den Schmodder von draußen in die saubere Wohnung brachten. Genauso, wie es Bernd sonst in ihrer Wohnung tat. Sie hätten sich wenigstens vorher die Schuhe … Elisabeth schüttelte über sich selbst den Kopf, dann lachte sie lauthals los. Wann konnte sie sich endlich von ihren Zwängen befreien und nicht mehr das Alltägliche so wichtig nehmen? Wen interessierte es, ob der Teppich schmutzig wurde oder nicht? Wichtig war, dass ihre Geschichte ein gutes Ende genommen, sie zwei tolle Menschen getroffen und mit ihnen etliche Probleme gemeistert hatte.

Als hätte sie das Startzeichen für eine ungezwungene Atmosphäre gegeben, stimmte zuerst Florian in ihr Gelächter mit ein und schließlich auch Tanja. Alle drei sahen sich an, mit Tränen in den Augen, unfähig, aufzuhören, während die schwer maskierten Männer und Frauen um sie herumtrampelten und noch mehr Krach machten. Das Lachen war so befreiend, dass sie sich an den Händen fassten und im Kreis tanzten. Die Polizisten schauten sie verwundert an, manch einer schien sogar zu grinsen.

Ohne Gegenwehr ließen sich die beiden Gauner festnehmen und abführen. Nachdem sich die drei Freunde beruhigt hatten, erzählte Elisabeth einem der Beamten von der Fabrik, in der illegal eingeschleuste Menschen zwangsbeschäftigt wurden, aber der Mann erklärte ihr, dass dort bereits eine Sondereinheit vor Ort sei.

Als noch mehr Polizisten eintrudelten, wurden noch ihre Daten aufgenommen. Auf die Frage, was denn genau passiert sei, sagte Elisabeth: „Das ist eine lange Geschichte. Ich erzähle sie Ihnen gerne, aber zuerst möchte ich nach Hause und schauen, ob mein Haus abgebrannt ist oder nicht."

„Ich möchte zu meiner Mutter", sagte Florian. „Sie wird sich wegen meines Abschiedsbriefs Sorgen machen."

Da trat auch Tanja vor. „Und ich muss zu meinem Freund

und mit ihm reden. Er wird sich vielleicht ganz schreckliche Sorgen machen."

So wurden sie mit der Maßgabe entlassen, sich am nächsten Vormittag im Polizeipräsidium zu melden. Chantal war bereits fort, Rettungssanitäter hatten sie ins Krankenhaus transportiert. In einem Polizeiwagen wurde zuerst Florian nach Hause gebracht, in einem anderen Tanja und Elisabeth. Vor dem Haus von Tanjas Freund ließ Elisabeth den Polizeiwagen noch so lange warten, bis sie sah, dass jemand öffnete. Es war Adrian, der sie gleich in den Arm nahm. Tanja winkte ihr zu, bevor sie in der Wohnung verschwand.

Das Herz klopfte schnell, als sie in die Nähe ihres Grundstücks rollten. Und endlich sah sie es: Alles stand noch, nichts war abgebrannt, nicht einmal das Küchenfenster war schwarz. Nur ein Zettel klebte mit Tesafilm an der Haustür. Elisabeth riss ihn ab und las. Dann wurden ihre Augen größer und sie begann zu lachen. Sie lachte und lachte, bis ihr die Tränen kamen und sie auf den kalten Boden rutschte. Noch einmal las sie die Zeilen.

Hallo Eli!

Was machst du für Sachen! Ich bin nach deinem seltsamen Anruf nun doch noch gekommen und habe den Ofen ausgeschaltet – der Braten wäre darin verkohlt!!! Auch wenn ich nicht mehr zuständig für dich bin: So etwas darfst du nicht machen. Falls du dich ausgesperrt hast, so weißt du doch, dass wir einen Ersatzschlüssel versteckt haben. Ich sag nur: Farbtöpfchen!

Bernd.

PS: Ich wünsche dir ein gesundes neues Jahr.

Ein Jahr später

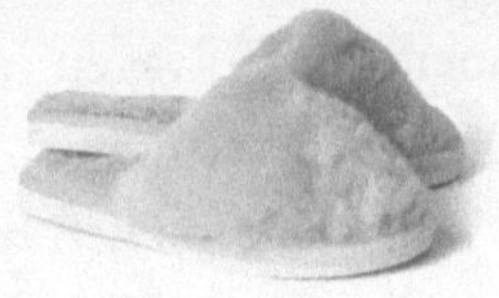

Ein schwarzer Rabe mit einem weißen Fleck auf der Stirn pickte mit seinem krummen, grauen Schnabel im nassen Rasen herum, um einen Wurm zu finden. Er schreckte auf, als eine braun getigerte Katze aus der Tür sprang und in Habachtstellung verharrte. Die Frau dahinter, in ein schickes Kostüm gekleidet und mit gutsitzendem Haar, mahnte: „Minka, lass den armen Vogel in Ruhe!"

Doch da rumste hinter ihr die Tür ins Schloss und der schwarze Rabe flog erschrocken auf. Er setzte sich auf die Teppichstange, auf der er vor der Katze sicher war und von der er das weitere Geschehen beobachten konnte.

„Ts ts", machte die Frau, während sie lächelnd den Kopf schüttelte. Sie öffnete die Tür eines Sideboards, in dem allerlei Krempel für den Garten untergebracht war. Dort lag nichts drin, was einen Dieb interessieren konnte, es sei denn, er wusste, dass er das uralte Döschen Farbe anheben und von dessen Boden den aufgeklebten Schlüssel ablösen musste. Diesmal hatte sich die Frau das Versteck wohl merken können, denn beim letzten Mal, als sie den Schlüssel gebraucht hätte, waren dreißig Jahre seit dem Verstecken vergangen, in denen sie ihn schlichtweg vergessen hatte.

Mit der Zunge schnalzend steckte sie ihn ins Schloss. Er hakte anscheinend, denn die Frau stapfte hektisch hin und her und rüttelte an der Türklinke. „Ich wollte das Schloss längst ausgetauscht haben!", murmelte sie. „Und jetzt passt nicht mal der Schlüssel."

Mit ihren hellblauen Flauschpantoffeln schritt sie über den Rasen, wo zuvor der Rabe gepickt hatte. Sie schaute, ob sie ein Fenster in der ersten Etage offen gelassen hatte, doch dem war nicht so.

„Ich bin ja so ein Esel", murmelte die Frau. „Ein richtig dummer Esel …" Sie nahm sich den Besen, der an der Mauer lehnte, und richtete den Stiel auf die Fensterscheibe der Küche. „Ich muss mir doch noch andere Schuhe anziehen!"

Eine dunkle Gestalt stiefelte um die Ecke „Eli, was machst du denn da?"

Erschrocken zuckte die Frau zurück. Dann lächelte sie, als sie die herannahende Person erkannte. „Tanja! Schön, dass du schon da bist … Na ja, ich hab mich wieder mal ausgesperrt."

„Echt jetzt?" Tanja kam kopfschüttelnd näher. „Warum hast du denn die Tür noch nicht reparieren lassen?"

„Das Haus ist mir zu groß, daher verkaufe ich es. Sollen sich die neuen Käufer darum kümmern. Nur … was mache ich jetzt?"

Tanja ließ sich den Schlüssel geben. „Er ist verrostet. Hast du eine Drahtbürste oder ein Ölkännchen da? Ich will dich natürlich nicht hindern, aktiv in dein eigenes Haus einzubrechen …"

Der Rabe krächzte und flatterte mit den Flügeln, als ob er sich vor Lachen schütteln würde. Dann blieb er still, da die Katze unten auf ihn lauerte. Er rückte ein wenig nach links, um die Menschen weiter zu beobachten.

„Na klar, hier ist WD40. Das hilft bei allem, hat Bernd immer gesagt."

„Da hat er ausnahmsweise recht." Tanja sprühte mit einem winzigen Schlauch das Schloss und den Bart des Schlüssels ein, ehe sie ihn hineinsteckte und drehen konnte. Ohne Probleme sprang die Tür auf.

„Ein Glück, dass du gerade rechtzeitig gekommen bist." Elisabeth fuhr sich mit der Hand durch die Lockenpracht. „Du bist trotzdem zu früh, ich bin noch nicht ganz fertig."

Die beiden gingen ins Haus, doch der Rabe hörte sie durch die Scheibe hindurch.

Die Schwarzhaarige schüttelte den Kopf. „Lass doch die Puschen an, das erinnert mich an letztes Jahr."

„Meinst du, wir sollten wieder losziehen?"

„Klar, warum nicht?"

„Kommt Florian auch? Bestimmt hat er keine Zeit, jetzt wo er diese Stelle hat."

„Hat er. Und Chantal kommt auch. Hm … wir sollten trampen."

„Echt jetzt?"

„Klar, es fahren doch keine Busse. Und wenn doch, sind sie voll mit Betrunkenen."

„Aber trampen …"

„… kennst du nicht, ich weiß. Gerade deshalb."

„Wohin denn?"

„Zu deinem Vater. Mal sehen, wann wir dort ankommen."

Elisabeth zog sich dennoch hübsche und warme Stiefel an und warf sich einen warmen Mantel über. Kurz betrachtete sie sich im Spiegel.

Tanja nickte anerkennend. „Hast du noch mehr abgenommen, seit ich dich zuletzt gesehen habe?"

Elisabeth strahlte sie an. „Achtzehn Kilo seit letztem Silvester. Und mir geht es richtig gut.“

Gemeinsam gingen sie aus dem Haus und die Straße entlang. An der Bushaltestelle trafen sie Florian und Chantal.

„Hallo, meine Lieben!“, begrüßte die Sängerin die beiden herzlich und drückte ihnen Küsse auf die Wangen. „Ich freue mich so sehr, euch zu sehen!“

„Und ich erst!“ Florian begann, einen nach dem anderen zu umarmen. „Ein halbes Jahr haben wir uns jetzt nicht mehr gesehen. Ihr müsst mir unbedingt erzählen, was ihr so macht.“

Chantal schoss mit ihrer Hand vor und wackelte mit den Fingern.

„Ein Ring!“ Tanja sah es zuerst. „Sag bloß, du bist verheiratet?“

Chantal wiegte unbestimmt den Kopf hin und her. „Nur verlobt. Aber Boris und ich planen die Hochzeit. Und dann seid ihr natürlich eingeladen!“ Sie gluckste kurz. „Es wird recht bunt … Übrigens haben wir mit *Deathkiss* einen Plattenvertrag bekommen. Das wird dann ebenfalls gefeiert.“

Die Begeisterung der Anwesenden war überschwänglich, breit grinsende Gesichter, klopfende Hände auf Schultern. „Wow! Gratuliere!“

Elisabeth wandte sich an Florian. „Hast du inzwischen noch weiteren Neulingen geholfen?“

Florian lächelte siegessicher. „Seitdem ich der Bank den Rücken gekehrt habe, habe ich fünf Start-ups so beraten, dass sie ihre Finanzierung sichern konnten. Und sie sind durchweg erfolgreich. Endlich habe ich das Gefühl, mein Leben nicht ganz zu verschwenden! Zu Hause bin ich ebenfalls ausgezogen, worüber meine Mutter sehr froh war …“

„Froh?“, fragte Tanja. „Du wolltest sie doch nicht alleine lassen. Nach dem Abschiedsbrief in der Silvesternacht war sie so glücklich darüber, dass du dich nicht umgebracht hast.“

Florin nickte. „Ja, als ich nach der verrückten Nacht nach Hause kam, fand ich sie völlig aufgelöst vor. Wir haben uns dann das erste Mal richtig ausgesprochen, und das war höchste Zeit. Ihr war längst alles zu viel geworden, das zu große Haus, der Garten und all das Drumherum. Sie wollte lieber in die *Arche Noah*, wo betreutes Wohnen möglich ist. Dort sind auch all ihre Freundinnen.“ Er grinste nun breit. „Sie hat im Sommer dort einen Platz bekommen und wir haben das Haus verkauft. Ich habe ein hübsches Apartment gekauft, das auch nicht so weit weg ist.“

Verwundert zog Chantal die Augenbrauen hoch. „Oha, gleich gekauft?“

„Ja, denn Sylvia und ich leben nun zusammen …“

„Das war die Frau aus der Bank, oder?“, hakte Tanja nach.

„Genau. Sie hat mich beim Karaoke im *Danceclub* singen gehört und mich angesprochen.“ Sein Gesicht gewann deutlich an Farbe. „Auch sie hat die Bank übrigens verlassen. Genau wie ich hat sie sich dort nie wohlgefühlt. Wir verstehen uns prächtig … Und was läuft bei dir, Tanja?“

„Tanja ist mit Adrian zusammengezogen“, platzte es aus Elisabeth heraus. „Er hat ihr verziehen, obwohl sie ihrer Klassenkameradin Georgina letztes Silvester einige Dinge gestohlen hatte, bevor wir uns alle getroffen haben. Die Sachen hat sie zurückgebracht und sich entschuldigt. Jetzt macht sie eine Ausbildung zur Feinmechanikerin. Ich habe sie neulich in der Werkstatt getroffen, als ich Roberts Auto …“

„Du bist mit Robert zusammen?“, fragte er überrascht.

Elisabeth schüttelte heftig den Kopf. „Nein, das geht nicht, der sitzt doch im Knast. Ihr wart doch bei der Gerichtsverhandlung dabei.“

Tanja nickte. „Gut, dass sie Zinkennase und die beiden anderen gleich mit eingelocht haben. Aber was ist jetzt mit Robert?“

„Der hat mich als Verwalterin seiner Suite eingestellt.“ Elisabeth grinste breit. „Meine Aufgabe ist es, das Apartment an seine Geschäftspartner aus anderen Städten oder Ländern zu übergeben, wenn sie mit seinen Stellvertretern in der Firma zu tun haben, und die Termine mit ihnen zu organisieren, denn überraschenderweise laufen seine anderen legalen Geschäfte weiter. Robert und Dietmar sind wieder dicke Freunde. Auch Dietmar hat manchmal legale Aufträge für mich, weil er mir komplett vertraut, und dafür bezahlt er mich gut. Dadurch konnte ich auch endlich einen Führerschein machen.“

„Wow!“, riefen alle Anwesenden und klopften ihr auf den Rücken.

„Ja, ich habe sogar …“

Sie wurde von einem Schluchzen unterbrochen. Eine Frau trat aus dem dunklen Weg einer Parkanlage heraus, offensichtlich benötigte sie Hilfe.

„Ist etwas passiert?“, fragte Florian schon von Weitem.

„Man hat mich überfallen!“ Die Frau schien noch unter Schock zu stehen. „Zwei Männer. Zum Glück haben sie mir nur die Handtasche gestohlen. Wenn ich daran denke, was alles hätte passieren können!“

„Wie haben denn die Typen ausgesehen?“, fragte Tanja.

Bereitwillig gab die Überfallene Auskunft. Elisabeth nickte ihr zu. „Wir werden versuchen, die beiden Räuber zu finden. Bringen Sie sich in Sicherheit und melden Sie das der Polizei."

„Sie wollen ihnen nach?" Ungläubig schaute sie die kleine Gruppe der Reihe nach an.

Florian nickte. „Wenn wir erfolgreich sind, bringen wir die Tasche zur Polizei." Er wandte sich an seine Kameraden. „Kommt ihr?"

Die drei folgten ihm in den Park. „Mein Lieber, meinst du wirklich, wir kriegen diese Diebe?", wollte Chantal wissen.

Tanja nickte. „Und wenn wir sie haben, werden sie erst mal vermöbelt!"

„Keine Gewalt!", mahnte Elisabeth. „Und wann trampen wir?"

„Das bekommen wir sicher auch noch hin …", antwortete Florian und Tanja nickte.

So wurden sie von der Dunkelheit des Parks verschluckt. Erst sechs Stunden später wurden sie in einer kleinen Stadt in der Nähe der Ostsee von der Polizei aufgegabelt. Die Beamten wunderten sich: Etliche gestohlene Autos waren fein säuberlich nebeneinander aufgereiht worden und in jedem Wagen saß ein Betrüger, der ans Lenkrad gefesselt war. Die Beteuerungen, sie hätten nichts getan, wurden schnell widerlegt: Diese gesuchten Autodiebe waren endlich dingfest gemacht und ihr Netzwerk rund um Deutschland zerstört worden.

Florian, Tanja und Elisabeth grinsten nur, Chantal hingegen lag schlafend auf einer Rückbank.

Eine kleine Bitte

Liebe Leserinnen und Leser, ich wünsche mir von Herzen, dass euch der Roman gefallen hat und ihr auch das ein oder andere Mal schmunzeln musstet. Über Rückmeldungen in Form einer Rezension würde ich mich sehr freuen. Auch kritische Kommentare sind willkommen, denn sie helfen herauszufinden, was ich in diesem oder folgenden Büchern verbessern kann. Von daher hoffentlich bis bald!

Eure

Jenny

Mach doch mal das Gegenteil

Burnout. Klipp und klar steht die Diagnose im Raum und Sonja muss ihr Leben von Grund auf ändern. Der Rat ihres Arztes ist ungewöhnlich: „Mach doch mal das Gegenteil!"

Was anfangs sogar leicht scheint, artet in etlichen Katastrophen aus – ihr Mann Albert und die beiden jugendlichen Kinder denken aber nicht daran, auf den Komfort zu verzichten, den Sonja ihnen bislang geboten hat.

Aber nun ist Schluss! Sonja lässt sich auf Menschen und Situationen ein, denen sie vorher aus dem Weg gegangen wäre, und katapultiert sich damit sogar ins ferne Afrika und in die Arme eines fremden Mannes …

Ein Roman, erfrischend und mit überraschenden Wendungen.